Einaudi. Stile Libero Big

Dello stesso autore nel catalogo Einaudi

*Sabbia nera*
*La logica della lampara*
*La Salita dei Saponari*
*Tre passi per un delitto* (con G. De Cataldo e M. de Giovanni)
*L'uomo del porto*
*Il talento del cappellano*
*La carrozza della Santa*
*Il Re del gelato*

Cristina Cassar Scalia
La banda dei carusi

Einaudi

© 2023 Giulio Einaudi editore s.p.a., Torino

Pubblicato in accordo con Grandi & Associati, Milano

Questo libro è un'opera di fantasia. Nomi, personaggi, luoghi e avvenimenti sono il frutto dell'immaginazione dell'autore o sono inseriti nel testo a puro scopo narrativo. Ogni riferimento a fatti, ambientazioni, e persone, vive o morte, realmente esistenti o esistite è puramente casuale.

www.einaudi.it

ISBN 978-88-06-25637-1

La banda dei carusi

*a nonno Sebastiano,
che ho perso troppo presto*

Nel bel mezzo del caos ho scoperto che vi era in me un'invincibile tranquillità.

ALBERT CAMUS, *Invincibile estate*

1.

La campanella d'ingresso era suonata da cinque minuti buoni. Alla spicciolata, alcuni da soli, altri in gruppi di due o tre, i ritardatari s'infilavano a passo spedito nel portone ancora aperto per metà. Tonino, custode di quel varco da tempo immemore, li fece passare mentre si apprestava a ridurre al minimo l'apertura residua. Braccia conserte, sguardo che nell'intenzione voleva essere di rimprovero ma che alla fine risultava bonario, si mise di piantone davanti all'ultimo spiraglio. Una ventina di centimetri, giusto a testimoniare i pochi minuti di tolleranza ancora concessi. Dopodiché chi c'era c'era: ingresso sprangato, se ne parlava alla seconda ora.

Sprofondata nel sedile della microcar bianca, Emanuela Greco fissava il portone del liceo classico che frequentava con la tensione di un evaso in fuga. Le mani gelide, sudate, aggrappate al volante, il cuore fuori dal petto. Per la prima volta stava tradendo i suoi principî. Era arrivata davanti alla scuola e non era entrata. Se la stava *caliando*, proprio come quei quattro che aveva appena visto sfrecciare via con lo scooter e che fino al giorno prima avrebbe criticato.

Ma quella mattina non era come le altre. E non perché, a sconfessare tutte le previsioni meteorologiche, era venuto fuori un sole da primavera inoltrata che suggeriva la diserzione con la stessa persuasione delle sirene di Ulisse.

Quella mattina a Emanuela sembrava che il mondo non fosse piú lo stesso. Il cielo le era appena caduto addosso, e cercare di rimetterlo a posto era il suo unico obiettivo.

Aspettò che il portone fosse chiuso e partí.

Non aveva neanche completato il giro dell'isolato che un messaggio lampeggiò sul cellulare poggiato sul sedile accanto. Si fermò e lo lesse.

«Manu, che è successo?» Emma, la sua migliore amica e compagna di banco. L'aveva incontrata nell'unico minuto che aveva passato fuori dal liceo prima di realizzare che non avrebbe mai potuto restare chiusa lí dentro per cinque ore con quel peso sul cuore.

Non le rispose. Riprese a guidare concentrata. Incrocio, semaforo, altro incrocio. Il suo cuore accelerava in misura inversamente proporzionale alla distanza che la separava dal punto di arrivo. E, manco a farlo apposta, piú si avvicinava alla meta piú il traffico si faceva intenso. Una tortura che pareva non finire mai.

Un'ora dopo, alla rotatoria di via Acquicella Porto, Emanuela non contava piú le palpitazioni che le mozzavano il fiato. Lasciò il Faro Biscari sulla destra, girò intorno al grande distributore di carburanti, superò l'edificio del Bowling e svoltò in direzione di viale Kennedy. La strada che costeggiava la Playa era pressoché deserta. A destra il palaghiaccio, la piscina olimpionica. A sinistra i lidi, ancora smontati. I parcheggi vacanti, i chioschi chiusi. Uniche forme di vita nel raggio di tre chilometri gli avventori di due grandi alberghi, i soli esercizi della zona che rimanevano aperti tutto l'anno. Percorse il lungo rettilineo fino all'ultimo tratto, quello in cui le costruzioni si diradavano e le spiagge s'allungavano verso l'Oasi del Simeto. Parcheggiò la minicar e si diresse veloce verso il lido-villaggio ancora chiuso. Lo scooter grigio era davanti al cancello d'ingresso, con la catena alla ruota e un casco multicolore appeso alla sinistra del manubrio a fare da contrappeso al cavalletto mezzo rotto che tirava verso destra.

Emanuela prese un respiro. E se stava sbagliando tutto? Se proseguire oltre si fosse rivelato un autogol? Scosse la testa. No, non c'erano alternative. L'orgoglio non porta da nessuna parte e i problemi si affrontano, non si eludono. Thomas lo diceva sempre, lo faceva sempre. Sempre, tranne quel giorno. Tranne con lei.

Spinse il cancello e imboccò il vialetto incolto, camminò verso la spiaggia e la attraversò tutta fino alla battigia. L'Etna ancora innevata, stranamente tranquilla, dominava l'orizzonte sulla città oltre la lunga spiaggia che arrivava quasi in prossimità del porto. Il mare, limpido come di rado si presentava da quelle parti, lambiva la rena con onde piccole e lente, odorose di salsedine e di sabbia ancora fredda.

Emanuela non vedeva niente, non sentiva nessun odore. Raccolse le poche forze che la notte insonne le aveva lasciato e si mosse verso il capanno in fondo alla spiaggia. Scostò la porta di legno ed entrò.

2.

Il porticciolo di San Giovanni Li Cuti si ripopolava al primo accenno di sole con la stessa rapidità con cui si era spopolato all'arrivo della prima pioggia. I bar avevano già tirato fuori tutto l'armamentario per il servizio all'aperto e i ristoranti si preparavano a farlo di lí a poco.

Il vicequestore aggiunto Giovanna Guarrasi, detta Vanina, s'era scelta un tavolino con vista mare. Non paga della posizione, l'aveva ulteriormente spostato sul pizzo della piattaforma di cemento che il bar usava come dehors. Un paio di metri sotto di lei, davanti alle barche di legno, si apriva la spiaggetta di sabbia nera e ciottoli lavici: i famosi *cuti* che davano il nome a quell'antico borgo di pescatori.

Gauloises accesa nella mano destra, tazzina ormai vuota nella sinistra, una gamba piegata e poggiata sull'altra, Vanina subiva quel martedí inoperoso con la costernazione di un velista in un giorno di bonaccia. Ogni tanto si voltava verso la strada, a controllare il portoncino verde dietro il quale si celava l'abitazione in cui l'ispettore Marta Bonazzoli, elemento validissimo della sezione che lei dirigeva, aveva piantato le sue bresciane radici. Un appartamentino ricavato da un'ex casa di pescatori che la poliziotta condivideva ormai stabilmente con Tito Macchia, primo dirigente della squadra Mobile di Catania nonché diretto superiore di Vanina.

Quella mattina, fatto decisamente anomalo, il capo non s'era presentato in ufficio, mettendo in ambasce la fidanzata che, reduce dal turno di notte, non lo vedeva e non lo sentiva dalla tarda sera precedente. Ambasce che si erano trasformate in terrore al terzo tentativo di chiamata andato a vuoto. Vanina non aveva avuto il tempo di apprendere la notizia che la Bonazzoli stava già volando fuori dal portone della Mobile e si stava dirigendo velocissima verso il parcheggio delle auto di servizio, armata di casco. L'unico modo per evitare incidenti – che per com'era abituata a correre l'ispettore, e date le condizioni in cui si trovava, erano alquanto probabili – era stato correrle dietro e costringerla a lasciarsi accompagnare in auto da lei.

In mezz'ora di tragitto, Marta aveva ipotizzato tutti i malori improvvisi da cui il suo fidanzato poteva essere stato colto. L'infarto, secondo la sua logica, era quello piú verosimile.

– Ma perché dev'essergli venuto un infarto? – aveva tentato di obiettare Vanina.

– Come, perché? Cinquant'anni, centoventidue chili, fuma, mangia tanto e malissimo, beve alcolici...

– Mizzica, perciò pure io, cosa di poco tempo e finisco in unità coronarica, – aveva sdrammatizzato Vanina.

Marta non aveva apprezzato. – Scherza, scherza. Scherzate.

Quando s'erano accorte che la moto monumentale di Tito era ancora parcheggiata davanti a casa nella stessa posizione della sera prima, anche Vanina aveva iniziato a preoccuparsi.

Marta era corsa dentro.
– Tito!
Nessuna risposta.
– Tito!

Secondo un criterio che a Vanina era sfuggito, la prima stanza in cui la ragazza s'era precipitata era stata il bagno. L'aveva trovato vuoto.

– Mio Dio, che gli sarà capitato?

Vanina nel frattempo aveva teso l'orecchio. Poteva essere un'allucinazione uditiva, ma il rumore pareva proprio quello.

– Fossi in te controllerei in camera da letto, – aveva suggerito.

Marta non se l'era fatto ripetere, era entrata di volata nella stanza, buia come se fosse mezzanotte, e aveva acceso la luce.

– Tito!!!

– Ahhh! Chi è? – Macchia era saltato sul letto, con grande sofferenza di rete e materasso. La mano sulla fronte, il fiato grosso. – Martu', maronna mia, che spavento m'hai fatto pigliare.

Vanina aveva preferito defilarsi, anche perché difficilmente sarebbe riuscita a trattenere una risata. A stento aveva resistito poco prima, quando aveva capito che là dentro qualcuno stava russando sonoramente.

E ora se ne stava lí, faccia al mare, in attesa che la Bonazzoli si decidesse a uscire e a comunicarle cos'era successo a Macchia, che ronfare alle nove e mezzo del mattino di un giorno feriale non era da lui. A quel punto Vanina avrebbe ripreso la strada verso l'ufficio in solitaria, augurandosi che il periodo di rinsavimento dei delinquenti catanesi non si prolungasse ancora per troppo tempo, lasciando lei e la sua squadra a rigirarsi i pollici. Cosa da sbattersi la testa muri muri, per una come lei che nel lavoro duro trovava la sua unica fonte di serenità.

La ragazza che le aveva servito il caffè passò per ritirare la tazzina.

– Le porto qualcos'altro?

Vanina meditò se cedere alla tentazione di sbafarsi la seconda colazione della giornata, anzi la terza, se si consideravano i due savoiardi che aveva inzuppato nel caffè ancora a occhi chiusi.

– Magari una treccina con la crema? O un cornetto mignon? – propose la ragazza.

Stava per accettare la treccina quando vide arrivare Marta. S'inibí.

La Bonazzoli sedette accanto a lei.

– Eccomi, capo. Scusa se ti ho mollata qui.

– Allora, che fu? – chiese Vanina. Dalla faccia rasserenata dell'ispettore era evidente che nessun infarto aveva colpito il suo titanico compagno.

– Lasciam perdere, va'! Si è svegliato alle sei con la febbre. Ha buttato giú un miscuglio di farmaci antinfluenzali che, evidentemente, hanno avuto un effetto sedativo. Senza accorgersene aveva silenziato il telefono…

– E si combinò la polpetta, – concluse Vanina. – Almeno sta meglio?

– Sembrerebbe di sí. Ma l'ho convinto a rimanere a casa.

– Allora tornatene a casa pure tu, che mi pari un poco sbattuta –. Le occhiaie su un viso perfetto come il suo stonavano assai.

– Magari vado a fare una corsa.

– Ma quale corsa, senti a me, vatti a riposare. Vicino vicino all'amore tuo che cosí guarisce prima, – scherzò Vanina. – Tanto, per quello che c'è da fare in ufficio in questi giorni, basta e avanza pure Lo Faro –. Si alzò e si diresse verso l'auto di servizio parcheggiata malamente sul marciapiede.

Marta sorrise andandole dietro. – Addirittura Lo Faro! – L'agente piú giovane della sezione e, soprattutto, quello che faticava di piú a conquistarsi la fiducia della dirigente.

– Pensa tu, – rincarò Vanina. Mentre entrava in auto si sentí chiamare. Si voltò verso la finestra ad altezza strada della Bonazzoli e vide Macchia affacciato.
– Chiudi quei vetri, prima che t'ammazzi del tutto, – gli suggerí avvicinandosi.
– Ma che m'ammazzo, co 'sto sole. Casomai guarisco.
– Cerca di riguardarti invece, ci servi vivo.
– Vabbuo', mi riguardo. Tu però devi fare una cosa per me.
– A disposizione.
– Vedi se Giustolisi ha bisogno di supporto alla sezione Criminalità organizzata.
Lei non rispose, ma la faccia parlava chiaro.
– Vani', non è che ti consumi se ogni tanto elargisci un poco della tua competenza in ambito mafioso pure ai colleghi di Catania, eh!
Una frecciata diretta diretta: pareva che chissà per quale principio non volesse piú occuparsi di criminalità organizzata, rifiutava continuamente le sue proposte di avanzamento al vertice della Sco catanese, invece per gli ex colleghi di Palermo si spendeva senza remore viaggiando avanti e indietro un giorno sí e l'altro pure.
– Va bene, Tito, stai tranquillo: Giustolisi non saprà come liberarsi di me.
– Oltretutto sembra che in questo momento tu non sia granché occupata. Tenere una come te ferma a non fare nulla mi pare uno sciupío sconsiderato.
Fissato era, con la storia dello sciupío. La tirava fuori a cadenza mensile. Come quella volta che s'era spinto addirittura a paragonarla a Maradona, che se ce l'hai in squadra tenerlo in panchina è un peccato mortale. Un paragone che per un napoletano come lui, che custodiva la maglia del Pibe al pari di una reliquia, era il complimen-

to piú significativo che potesse esserci. La panchina, nel caso specifico, era la sezione Reati contro la persona che, a dispetto della sua importanza, a parere di Tito – e non solo – non era una posizione adeguata a lei.

Macchia aveva appena finito di evocare l'inattività eccezionale di quel periodo quando il telefono della Guarrasi squillò. Vanina rispose mentre si infilava in auto.
– Don Rosario, buongiorno! – Don Rosario Limoli era il sacerdote che nella sua parrocchia in pieno quartiere di San Cristoforo aveva impiantato un centro di recupero per ragazzi tossicodipendenti o che volevano affrancarsi da giri criminali. Vanina aveva conosciuto lui e i suoi *carusi* qualche mese prima, mentre indagava sull'omicidio di un professore di liceo anche lui dedito alla causa. Non lo sentiva da settimane.
– Buongiorno, dottoressa. Mi scusi se la disturbo, ma è accaduta una cosa terribile –. La voce si riconosceva a stento. Era roca, rotta, affannosa.
– Di che si tratta?
– Thomas… – Il prete prese fiato. – L'hanno ammazzato.
A Vanina sembrò di aver ricevuto un pugno nello stomaco. La sigaretta spenta tra le labbra, l'accendino bloccato a mezz'aria. Aveva capito bene?
– Ma Thomas… Ruscica?
– Sí, dottoressa. Proprio lui.
Dovette deglutire piú volte per recuperare il suo contegno di sbirra navigata, vaccinata contro le emozioni.
– Dove?
– Alla Playa. In un capanno del lido in cui lavorava.
– Chi lo trovò? Lei?
– No, la sua carusa. Emanuela Greco, se la ricorda?

– Certo che me la ricordo –. La figlia dell'avvocato Enzo Greco, noto civilista nonché compagno dell'ex moglie dell'ispettore capo Carmelo Spanò, il braccio destro di Vanina. – Quando è accaduto?
– All'incirca mezz'ora fa, a quanto ho capito.
– E non ha chiamato il 113?
– No, dottoressa. Ha chiamato me, disperata. Le ho detto che ci avrei pensato io ad avvertirvi.
– Lei è già sul posto?
– No, sto per arrivare. C'è un traffico spaventoso.
– Ci vediamo là.

Vanina scese dalla macchina, la sigaretta finalmente accesa. Andò a bussare alla porta di Marta, che le aprí subito.
– Ritiro tutto quello che dissi: preparati e vieni con me.
– Perché?

Macchia comparve dietro di lei, intrusciato in una vestaglionà di due metri per due.
– Guarra', che è successo?
– Hanno ammazzato un ragazzo.

Tito si fece serio. – Ah –. Occhieggiò Marta, che anche a lui pareva palliduccia assai. – E non ti puoi portare Spanò, o Nunnari?
– Il cadavere è alla Playa e a quanto pare verso il porto c'è il traffico bloccato. Ho solo bisogno che Marta mi accompagni con la tua moto –. Guardò la Bonazzoli. – Mi lasci là e te ne torni subito a casa. Basta che facciamo presto. È importante.

Macchia corrugò la fronte. La Guarrasi cosí accorata non l'aveva mai vista. Anche la fidanzata si allarmò.
– Vanina, ma si tratta di qualcuno che conoscevi?

La Guarrasi la fissò. – Anche tu lo conoscevi, Marta. È Thomas Ruscica.

La Bonazzoli ebbe un sussulto. Si voltò verso l'attaccapanni, afferrò il giubbotto e un mazzo di chiavi dal tavolino accanto.
– Andiamo, – disse. Tito non protestò.

3.

Vanina e Marta arrivarono allo stabilimento balneare nello stesso momento in cui vi stava entrando Enzo Greco, il padre della ragazza. Appena le vide, l'avvocato si fermò e le aspettò. Era pallido da fare paura.
– Dottoressa Guarrasi, meno male che è già qui.
Imboccarono insieme il vialetto che, secondo le indicazioni scritte sulla freccia di legno, portava verso la spiaggia.
– Che tragedia, che tragedia, – ripeteva Greco.
– È stata sua figlia a chiamarla? – chiese Vanina.
L'avvocato scosse il capo. – No. Mi chiamò don Rosario.
S'accorsero di aver sbagliato strada. Erano finiti in uno spazio rialzato che, a giudicare dai tabelloni dei gelati, durante la stagione doveva essere adibito a bar. Girarono torno torno in cerca di un accesso alla spiaggia, ma non lo trovarono. In compenso avvistarono Emanuela e il sacerdote seduti a ridosso del capanno.
– Ma vedi tu che siamo a pochi metri dalla scena del crimine e non possiamo raggiungerla, – bofonchiò Vanina. – Marta, – chiamò.
– Dimmi.
– Lo conosci tu 'sto stabilimento?
– No, capo. Mai stata.
– E manco io.

L'avvocato intanto si stava sbracciando per farsi vedere. Don Rosario gli rispose tirandosi su e alzando una mano. Emanuela non si mosse.

Tornarono indietro e percorsero un vialetto che portava in quella direzione. Sbucarono in una zona adibita alle docce che, evidentemente per la stagione invernale, aveva l'accesso alla spiaggia sbarrato da una rete posticcia.

– Bih chi camurria, – sbottò Vanina.

– Ma non è possibile! – fece Greco, agitato.

Mentre ripercorrevano il vialetto Marta individuò un varco laterale. Bisognava passare in mezzo a una siepe di banani, che dato il periodo era pure un po' incolta, ma almeno di là si tagliava. S'infilarono e finalmente furono in spiaggia.

Enzo Greco corse subito verso la figlia.

Don Rosario andò incontro alle poliziotte. Cereo. Occhi lucidi. – Dottoressa, ispettore –. I jeans e la giacca sportiva, l'aria alla Paul Newman, tutto pareva tranne che un prete. Eppure non c'era sacerdote piú autentico di lui.

– Dov'è? – chiese Vanina. Parlava con don Rosario ma guardava verso Emanuela, rannicchiata in un angolo. Povera figlia, da un'esperienza simile non ci si riprende facilmente. Soprattutto non la si dimentica mai, nessuno poteva saperlo meglio di lei. Ingoiò il nodo in gola e distolse lo sguardo.

Il prete indicò la porta del capanno. – Lí dentro.

Vanina e Marta entrarono, seguite da don Rosario. Un locale di servizio costruito con assi di legno, a occhio adibito a ripostiglio per gli attrezzi. Nessuna apertura se non la porta dalla quale erano passati. Ci volle qualche secondo per adattarsi al buio. Thomas Ruscica era lí, al centro della stanza, abbandonato sul pavimento. Il corpo disteso in una posizione innaturale, la testa bionda insanguinata.

Il cappuccio della felpa che usciva dal giubbotto di jeans sistemato intorno al cranio come una sorta di fasciatura. Vanina si chinò su di lui.

– Ma che t'hanno fatto, Thomas, – disse, a voce bassa.

Se lo ricordava come se fosse stato il giorno prima, il pomeriggio in cui una banda di carusi aveva invaso il suo ufficio desiderosa di contribuire alle indagini sul professore ucciso a coltellate. Thomas era uno di loro. Era stata quella la prima volta che Vanina l'aveva incontrato. Un ragazzo dal passato difficile, proveniente da una famiglia malavitosa dalla quale aveva deciso di prendere le distanze. Con l'aiuto di don Rosario e, soprattutto, con un coraggio e una forza d'animo ammirevoli, combatteva ogni giorno per riuscirci. E ora era lí, steso su un pavimento di legno, la testa spaccata e gli occhi spalancati che parevano chiederle aiuto.

Don Rosario s'era chinato accanto a lei.

– Dottoressa, mi scusi, ho aspettato il suo arrivo perché non sapevo se... Glieli posso chiudere, gli occhi?

Vanina annuí. Il prete allungò la mano e abbassò le palpebre del ragazzo.

– Capo, guarda qua, – fece Marta, che s'era messa a girare per il capanno tenendosi a debita distanza. Emotiva com'era, davanti al cadavere di un ragazzo che conosceva avrebbe rischiato di farsi beccare dalla sua superiore con le lacrime agli occhi.

– Dove?

Bonazzoli illuminò col telefono un grosso rastrello di ferro gettato di lato.

– Credo sia questa l'arma del delitto.

Vanina s'avvicinò, le mani dietro la schiena, si abbassò per esaminarlo. Lo smalto verde dei denti e parte del manico erano sporchi di sangue.

– È molto probabile, – si tirò su. Tornò verso il cadavere, ma non si chinò di nuovo su di lui. Fece partire una chiamata.

– Spanò, a che punto siete?

– Ora ora arrivammo, capo. Madunnuzza santa, solo l'Asse dei servizi chiuso per lavori ci ammancava.

Ecco spiegato l'arcano del traffico impazzito a quell'ora nella zona del porto. Cose da scippare la testa a chi pianificava quel genere di lavori in piena mattina.

– Mi raccomando, Spanò, non vi perdete. Dovete andare verso sinistra.

– Perché ci dovremmo perdere, dottoressa? – fece Spanò, perplesso.

– Perché 'sto stabilimento è enorme. Pare un labirinto.

– Pi chistu non c'è pericolo, dottoressa! 'Sto lido lo conosco come le mie tasche.

– Notizie della Scientifica ne abbiamo?

– Non vedo tracce qua intorno –. Pausa. – Però... se non mi sbaglio sta arrivando il dottore Calí, – il medico legale, grande amico di Vanina, – ma non c'è ancora la macchina del pm. Lo sa che è il dottore Terrasini, vero? – specificò, compiaciuto.

– Sí, lo so. Periodo fortunato, ultimamente –. Non era un segreto per nessuno che con alcuni pm – uno, per la verità – la Guarrasi non andasse per niente d'accordo. Con Terrasini invece parlavano la stessa lingua. – Allora faccia una cosa, ispettore, aspetti Adriano Calí e lo guidi, prima che si perde.

Spanò non commentò, ma perché la Guarrasi s'era amminchiata che tutti si dovevano perdere? Un lido era.

Vanina riattaccò.

– Marta, se vuoi puoi tornare a casa a riposarti, gli altri sono arrivati.

– Grazie, capo, ma finché ce la faccio preferirei restare –. La ragazza si voltò a guardare il cadavere e ricacciò indietro una lacrima.
– Ti capisco –. Era cosí per davvero. Mai come quella volta Vanina comprendeva il suo stato d'animo, mentre Marta non poteva sapere quanto fosse devastante per lei non riuscire a mantenere il solito, autoimposto, distacco.
– Amuní, usciamo, che sta arrivando Calí. Evitiamo di modificargli il quadro, almeno noi.
Don Rosario si sentí chiamato in causa, si voltò.
– No, padre, non si preoccupi: non mi riferivo a lei.
Sia lui che Marta la guardarono interrogativi, ma la Guarrasi era già fuori dalla porta.

Emanuela Greco era accovacciata sulla sabbia accanto al padre, le braccia intorno alle ginocchia, le spalle contro la parete esterna del capanno. Mani, felpa, jeans, perfino le sneakers bianche, erano sporchi di sangue, ma lei non sembrava curarsene. Mentre Vanina le si avvicinava don Rosario raccontò di aver trovato la ragazza abbracciata a Thomas e di averla costretta a uscire dal capanno quasi trascinandola di peso. Aveva persino dovuto fare una corsa fino alla battigia per recuperarla mentre tentava di buttarsi in mare. Era completamente fuori di sé.
La faccia di Enzo Greco non nascondeva il rammarico. Vanina sapeva quanto scettico fosse sempre stato l'avvocato in merito alla storia tra la figlia e Thomas, e quello che era successo non poteva che averlo convinto di essere stato nel giusto.
La Guarrasi si accucciò sulle ginocchia.
– Emanuela.
La ragazza alzò gli occhi verde azzurro che, cerchiati com'erano, parevano ancora piú chiari. Il viso era arros-

sato, bagnato di lacrime. In mano stringeva un fazzoletto di stoffa, di sicuro offerto dal padre, che il miscuglio di sangue e lacrime aveva colorato di rosa.
– Dottoressa Guarrasi! – disse, piangendo piú forte.
Vanina dovette distogliere lo sguardo per non infilarsi nei panni della ragazza con tutte le scarpe. Non doveva succedere. Si sedette sulla sabbia, che le sue gambe sedentarie non erano allenate a mantenere posizioni plastiche per troppo tempo, e si accese una sigaretta. Aspettò che si calmasse.
– Allora, Emanuela.
– Sí, dottoressa.
– Te la senti di rispondere a qualche domanda?
La ragazza annuí, si asciugò il naso con il fazzoletto.
Vanina incrociò le gambe e si allungò verso di lei, i gomiti sulle ginocchia.
– Partiamo dall'inizio: come mai non sei andata a scuola stamattina?
– Le giuro che non era mai successo prima! – rispose a lei, però guardava il padre.
– Non ne dubito, ma non è questo che mi interessa. Avevi appuntamento con Thomas?
– No, lui non sapeva che l'avrei raggiunto qui.
– Volevi fargli una sorpresa?
Emanuela abbassò gli occhi. – Volevo parlargli.
– Doveva essere una cosa molto importante, se hai addirittura marinato la scuola per venire a dirgliela.
Nessuna risposta.
– Avvocato, potrebbe lasciarci sole un momento? – disse Vanina.
Greco abbozzò. Del resto, sua figlia era maggiorenne e la Guarrasi lo sapeva benissimo. Si alzò e si allontanò.
– Perciò, Emanuela, che era successo di cosí grave da farti saltare la scuola?

La ragazza esitò un attimo, poi iniziò. – Ieri sera Thomas mi aveva lasciata.

Vanina si stupí. – Cosí senza preavviso?

– Veramente era un po' di tempo che faceva discorsi strani. Diceva che non ero cosa per lui, che avrei sofferto, che non mi meritava... sa, tutte quelle stupidaggini che i ragazzi tirano fuori quando vogliono lasciarti?

– Conosco.

– Ecco, ieri sera siamo usciti insieme e mi ha detto che tra noi era finita. Mi ha riaccompagnata a casa ed è sparito. Ha staccato il telefono e quando l'ha riacceso non mi ha piú risposto. Io... – scosse la testa, – non ci ho dormito tutta la notte e stamattina...

– Non hai resistito e sei venuta a cercarlo.

La ragazza annuí. – Sapevo dove trovarlo –. Fece un sorriso triste. – Ci siamo conosciuti proprio qui, l'estate scorsa...

– A che ora sei arrivata?

– Non lo so di preciso. Ho trovato traffico, ho perso molto tempo... non riesco a quantificarlo.

– E quando sei arrivata cos'hai visto?

– C'era lo scooter di Thomas al solito posto, quindi lui era qui.

– Sei andata direttamente al capanno?

– No, prima mi sono fermata sulla spiaggia. Sa, a un tratto non sapevo cosa dirgli. Poi mi sono decisa.

– Hai notato qualcosa di anomalo intorno?

– Anomalo... come?

– C'era qualcun altro nel lido?

– No, no. A quell'ora in questa stagione c'era solo Thomas. Vanina le sfiorò un braccio. – Vai avanti.

– Ho aperto la porta del capanno e ... – Riprese a piangere. – Mi scusi.

– L'hai visto subito?
– Sí.
– E cos'hai fatto?
– Non me lo ricordo di preciso. Ero abbagliata dal sole... Mi sono buttata su di lui e ho cercato di scuoterlo. Pensavo fosse svenuto, che si fosse sentito male. Poi a poco a poco mi sono abituata al buio e mi sono accorta del sangue, ho visto il rastrello conficcato nella testa... Ho fatto forza per toglierglielo ma... era troppo tardi... – Chiuse gli occhi, singhiozzò.

Povera ragazza, che cosa aveva dovuto vedere. – E il cappuccio della felpa, gliel'hai messo tu intorno alla testa?

Emanuela fece segno di sí piú volte. – Cercavo di coprirgli... il buco.

– E poi cos'hai fatto?
– Ho preso il telefono e ho chiamato don Rosario.
– Non t'è venuto in mente di chiamare la polizia?
– No, dottoressa. All'inizio ho pensato di chiamare l'ambulanza, poi ho capito che... era morto.

Vanina rimase un attimo in silenzio.
– Capisco. Possiamo far tornare tuo padre, che dici?
Emanuela annuí.

Vanina fece segno all'avvocato di riavvicinarsi. Si alzò in piedi e allungò una mano verso la ragazza.
– Vieni con me, – disse.

Camminò verso la porta del capanno.
– Ti ricordi se era aperta o chiusa?
– Era accostata.
– Non hai fatto caso se c'era un catenaccio o un lucchetto?
– No, non ci ho fatto caso.

Nel giro di dieci minuti la scena solitaria che Vanina e Bonazzoli avevano trovato appena arrivate s'era modificata profondamente. Dentro e fuori dal capanno c'era un viavai di gente che manco in via Etnea. Due elementi della Mobile, Spanò e il sovrintendente Nunnari, piú la Guarrasi, mentre la Bonazzoli aveva ceduto alla stanchezza e se n'era andata. Quattro tra uomini e donne della Scientifica; il sovrintendente capo Pappalardo a dirigere l'orchestra, con sommo gaudio di Vanina che ne aveva grande stima. Adriano Calí non era venuto da solo, ma con una specializzanda in medicina legale che ogni tanto l'Istituto gli appioppava. Completavano il quadro quelli della Mortuaria, già pronti a rimuovere il cadavere. Infine era arrivato pure il gestore dello stabilimento, accompagnato da un uomo che aveva presentato come il direttore del personale. Vanina l'aveva preso da parte e lo stava sentendo, insieme a Spanò.

– Perciò Thomas era un vostro impiegato stagionale?

– No, non era stagionale. Lavorava per noi tutto l'anno, nei mesi invernali però era part time. Veniva qui ogni mattina, controllava se era tutto a posto, aggiustava se c'era da aggiustare, faceva piccoli lavoretti. Tra poco ci sarebbero state le cabine da ridipingere –. Alzò le mani. – Era regolarmente ingaggiato, eh!

– Non ne dubito, signor...?

– Tantieri, Niní Tantieri.

– Niní, cioè Antonino? – intervenne Spanò.

– No, Niní Niní. Mio nonno si chiamava cosí.

– Niní all'anagrafe?

– Io sí. Lui no.

Vanina ritenne di dover intervenire e ricondurre la conversazione dentro i confini dell'indagine. Spanò era un poliziotto eccezionale, ma aveva un vizio: era curioso assai. Se gli lasciava mano libera, era capace di farsi contare tutta la storia.

– Signor Tantieri, chi altri lavora qui in questa stagione?
– Oltre a Thomas nessuno –. L'uomo s'intristí. – Un bravo caruso era, poveretto. Lo sa, io all'inizio non mi fidavo. Lo presi a lavorare qua solo perché fu don Rosario a raccomandarmelo. Ma mi accorsi subito che valeva tanto oro quanto pesava. Manco c'era bisogno di dirgli le cose che lui già le aveva fatte. Meticoloso, poi.
– Quando non c'è nessuno la porta del capanno rimane chiusa?
– Certo.
– Come, con un catenaccio?
– Sí, un catenaccio e un lucchetto.
Vanina si spostò verso l'ingresso.
– Agganciato a questi? – indicò due anelli di ferro, uno sulla porta e uno sul bordo.
– Sissignora –. Tantieri aggrottò la fronte, si guardò intorno. – E unní finí?

Mentre Spanò, insieme a Tantieri e al direttore, setacciava i dintorni del capanno in cerca del catenaccio e del lucchetto, l'attenzione di Vanina fu attratta da un gruppo di persone che avanzavano a passo di carica lungo la spiaggia gridando parole pressoché incomprensibili, affiancate da Nunnari che cercava di tenere il passo sprofondando con gli anfibi nella sabbia.
Vanina lo chiamò.
Il sovrintendente fece uno sforzo ulteriore e ballonzolò verso di lei.
– Eccomi, capo.
– Chi sono quelle persone?
– I genitori, la sorella e il cognato del ragazzo.
Ora che si erano avvicinati, le parole che una delle due donne – la madre, probabilmente – continuava a urlare,

iniziavano a essere udibili. – 'U figghiu miu! Mi l'ammazzanu! Maliditti!

Don Rosario fece per andare loro incontro, ma la reazione dell'uomo piú adulto – il padre, a occhio e croce – fu immediata.

– Vattinni di ccà, parrinu di mmerda! A ttia avanu a 'mmazzari, no a me' figghiu.

A Vanina saltarono i nervi.

– Nunnari!

– Signorsí, capo.

– Portami qua i *signori*.

Il sovrintendente interruppe la sequela di insulti che il sacerdote stava provando a schivare con vani tentativi di dialogo. La ciurma dei Ruscica si spostò appresso a lui, verso Vanina che li aspettava a braccia conserte, la sigaretta tra le labbra.

– Lei è la commissaria? – chiese subito il padre.

– Vicequestore Giovanna Guarrasi, squadra Mobile. Lei è?

– Ruscica Giuseppe. Unni è Thomas? Fatecelo vedere!

La madre, che s'era zittita, riemerse da dietro le spalle del marito.

– L'avit' a truvari subbito, 'u curnutu ca ammazzò a me fiiigghiuuu –. L'ultima parola suonò come un lungo lamento, acuto, seguito da una crisi di pianto. La ragazza che le stava accanto – la sorella di Thomas, presumibilmente – cercò di confortarla.

– È il nostro lavoro, signora, – replicò Vanina, che non dubitava dell'autentico dolore della donna, ma non riusciva a empatizzare con quella famiglia. – Le assicuro che faremo di tutto per trovare l'assassino al piú presto. E, *le assicuro*, senza riguardi per nessuno –. Fissò entrambi i genitori. Il padre per un po' resse lo sguardo grigio, duro che pareva acciaio. Poi abbassò gli occhi. Quarantacinque anni al massimo, pluritatuato, capelli rasati lateralmente, piú lunghi sopra. Era biondo come il figlio, ma il viso irregolare, affilato, non aveva nulla della sorridente bellezza di Thomas. La madre, invece, non si fece intimidire. Il contrasto tra la disperazione esibita e l'espressione glaciale raccontava piú di cento parole.

– Quando avete visto vostro figlio l'ultima volta?

Il padre assunse un'aria sdegnata. – Mai lo vedevamo. Grazie a quel buffone di parrinu, che 'sa cchi ci ava misu 'nta testa, – indicò con un cenno del capo don Rosario, che era tornato da Emanuela.

Guarrasi prese un respiro.

– Ruscica, lei padre Limoli deve solo ringraziarlo. Se non fosse stato per lui, vostro figlio non sarebbe mai uscito dalla tossicodipendenza.

– Megghiu 'na canna in piú ma vivo, che morto per colpa di... di... – Si fermò.

– Ah, perché secondo lei Thomas si limitava alle canne?

Ruscica fece un gesto che minimizzava. Spanò, che s'era appena avvicinato, lesse la frustrazione in faccia al capo. La guardò preoccupato che potesse esplodere. La Guarrasi cosí era: con una certa categoria di persone, con cui nella sua carriera aveva avuto a che fare per parecchi anni – e Ruscica per collocazione ambientale e familiare ne faceva parte – tendeva a perdere facilmente le staffe.

Ma Vanina resisté. Serrò la mascella e non commentò.

– Vogghiu virriri a me' figghiu! – insorse la madre.

Vanina girò un'occhiata a Spanò, che capí.

– Venite con me, vediamo se il medico legale ha finito.

Adriano Calí emerse dall'interno lasciando campo libero alla squadra Mortuaria e alla Scientifica. Virò diretta-

mente verso la Guarrasi, che s'era accesa una sigaretta e fissava il capanno.
– Sei in meditazione?
Vanina sbuffò il fumo.
– Osservavo –. Vide che era solo. – E la picciottedda?
– Chi, Miriam? Ancora là dentro, a mitragliare di domande Pappalardo –. Fece un sorriso bonario. – Che vuoi, è l'entusiasmo delle prime volte.
– Tu invece che mi dici?
– E che ti dico. Povero figlio, che mala morte gli è toccata.
– Hai idea di quando possa essere avvenuta?
Adriano assunse un'espressione dubbiosa. – Vani, pigliala col beneficio d'inventario: minimo tre ore fa, se non qualcosa di piú. Per il resto, c'è poco da capire: un rastrello di ferro gli ha perforato il cranio, probabilmente in due punti. Piú lo sfascio ulteriore che si dev'essere creato quando l'arnese è stato asportato. Oltretutto gli cambiarono pure posizione.
– Nel senso che non è morto lí?
– No, è morto lí e questo è certo. Voglio dire che sicuramente non era messo in quella posizione cosí distesa.
D'istinto Vanina cercò con lo sguardo Emanuela Greco. Era abbastanza lontana.
– Quando il rastrello è stato estratto Thomas era già morto, giusto?
– Senza ombra di dubbio.
Vanina tornò a guardare Emanuela, che stava andando via scortata dal padre.
Adriano capí. – È stata lei a estrarlo? – chiese, stupito.
– Proprio lei, – confermò Vanina. Chissà quanto doveva essere disperata per aver trovato la forza di farlo.
In quel momento don Rosario s'avvicinò.

– Dottoressa, se non avete bisogno di me io me ne andrei. Mi raccomando, mi faccia sapere presto qualche cosa.
– Certo –. Allungò la mano per salutarlo, ma ci ripensò.
– Una domanda, padre: fu Emanuela a sistemare Thomas disteso in quella posizione?
– Sí. Quando sono arrivato l'ho trovata abbracciata a lui. Gli teneva la testa tra le mani, lo accarezzava. L'ho costretta a staccarsi e, prima di uscire, lei l'ha adagiato in quel modo.
Calí scosse il capo. – Mischinazza, che incubo.
Vanina distolse l'attenzione. Stava già incontrando serie difficoltà a mantenere il distacco, figurarsi se avesse anche solo iniziato a ragionare sullo stato d'animo di Emanuela. Lei, con quello stato d'animo, ci faceva i conti tutti i giorni e tutte le notti da venticinque anni. Il terrore, la disperazione, il senso d'impotenza che si prova tenendo tra le braccia la testa insanguinata di una persona che ami e che qualcuno ha deliberatamente deciso di portarti via. Poco cambiava se a provocare quel sangue fosse stato un proiettile o un rastrello di ferro, il risultato era lo stesso. Quel terrore, quella disperazione e quel senso di impotenza restano impressi a fuoco per tutta la vita, pronti a riemergere con violenza alla prima evocazione.
Don Rosario la scrutò.
– Dottoressa, tutto bene?
– Sí, perché?
Il prete la stava fissando.
Senza rendersene conto Vanina aveva usato il mozzicone di una sigaretta per accenderne un'altra, e fumava compulsivamente.
A trarla dall'imbarazzo ci pensò il telefono che prese a squillarle in tasca.
– Dottor Terrasini, – rispose.

– Dottoressa Guarrasi, buongiorno. Volevo avvertirla che l'indagine sta passando nelle mani di un altro pm.
Vanina s'allarmò.
– Ah. E chi? – chiese, cauta. Bastava che non fosse Vassalli, altrimenti era rovinata. Quel caso le stava a cuore piú del solito, e piú del solito era risoluta ad affrontarlo di petto e senza fare sconti a nessuno. Di tutto aveva bisogno, tranne che di un pm pavido e col freno a mano sempre tirato.
– Eliana Recupero.
– Meno male, – si lasciò sfuggire, sollevata. – Almeno non dovrò rimpiangere troppo lei, dottore, – corresse il tiro.
Eliana Recupero, procuratore aggiunto della Dda, Vanina la conosceva bene. Si poteva dire persino che fossero amiche. Senz'altro godevano l'una della stima dell'altra.
– La ringrazio, dottoressa. Comunque sí, è una buona notizia. Ma stavolta temo che lo sarà meno di quanto pensi.
Vanina corrugò la fronte. – In che senso?
In quel momento si materializzò Spanò, anche lui accigliato.
– Dottoressa, taliasse chi sta arrivando, – fece, sottovoce.
Vanina strinse gli occhi sul gruppo di persone che stava avanzando lungo la spiaggia. Serrò le labbra intorno alla sigaretta mentre focalizzava il vicequestore Giustolisi avvicinarsi a passo di carica con due dei suoi.
– Dottoressa, mi sente? – la richiamò Terrasini.
– Sí, dottore, la sento. Ma credo di aver capito.

4.

Il commissario in pensione Biagio Patanè bussò piú volte senza ottenere risposta. Carico com'era di sacchi, pesanti che pareva contenessero chiummi anziché vestiti, si fece tutto il giro della chiesa e uscí nel cortile. Il vuoto piú assoluto. Appoggiò i carichi per terra e s'avvicinò alla porta della saletta che il prete usava come aula.
– Don Rosario, – chiamò.
Niente.
Allargò le braccia, perplesso.
– Ma che è 'sto deserto?
Si diresse verso un'altra porticina, anche quella aperta. Da lí si andava verso le scale interne che portavano all'alloggio del sacerdote e dei carusi che ospitava.
– Don Rosario, – chiamò di nuovo. Silenzio.
Non era normale.
Prese il telefono e fece una chiamata. Sua moglie gli rispose subito.
– Angilina, senti 'na cosa: ma sicura sei che don Rosario ti disse per oggi alle undici?
– Ca certu che sugnu sicura, Gino. Ieri pomeriggio ci parrai.
Da quando ce l'aveva portata la prima volta, mesi prima, Angelina aveva trasferito alla parrocchia di don Rosario Limoli tutte le buone azioni che di solito elargiva a un istituto di monache vicino casa loro. Con grandi camurríe per Gi-

no, che ogni cinque minuti era costretto a trasportare la roba che lei raccattava a destra e a sinistra da amiche e conoscenti. Si ni puteva iri fino a San Cristoforo? Che era cosa pi 'na fimmina sula? Minimo minimo le avrebbero scippato la borsetta. Per amore di pace il commissario non replicava. Come gli era venuto per testa di presentarle quel parrino, solo lui lo sapeva. Per una come Angelina, credente e praticante nel modo piú autentico, dall'incontro con una persona speciale qual era don Rosario non poteva nascere che una grande devozione. Con tutte le conseguenze del caso.

S'era caricato di nuovo i pacchi e stava per andarsene, quando si sentí chiamare.

– Commissario!

Si voltò e vide una carusa che gli stava andando incontro.

– Oh, Chanel.

Chanel Di Martino, vent'anni appena compiuti, nessun passato difficile da cui smarcarsi e una onesta quanto umile famiglia alle spalle. Frequentava quel posto per puro spirito di servizio e per affetto nei confronti di don Rosario.

Appena gli fu vicina, Patanè s'accorse che stava piangendo. Abbandonò i pacchi per terra e le accarezzò i capelli.

– Chanel, che successe?

– Non l'ha saputo?

– No. Che cosa dovevo sapere?

– Una cosa terribile, commissario, – singhiozzò. – Hanno ammazzato Thomas.

Patanè sentí defluire il sangue dalla testa. Fu cosa di un attimo, ma lí per lí s'appoggiò sulla spalla della ragazza che prontamente gli prese il braccio, preoccupata.

Il commissario agitò una mano.

– Non darti pensiero, gioia, sto bene. Debbo solo riprendermi dal colpo.

– Mi scusi, forse non dovevo dirglielo.

– T'arrisulta per caso che le cattive notizie migliorino se uno non le comunica? – Si raddrizzò, si aggiustò la cravatta. – Quando è accaduto?
– Hanno chiamato don Rosario due ore fa, ancora non è rientrato.

Ecco perché lui non ne sapeva niente. La dottoressa Guarrasi evidentemente non aveva avuto il tempo di dirglielo. Per l'amicizia che s'era creata, oramai non serviva manco piú che le cose le scoprisse da solo e si presentasse alla Mobile con una scusa. Era lei stessa che lo notiziava e lo coinvolgeva nelle indagini. Santa idda e il dirigente del ministero che l'aveva mandata a Catania.

– Dove lo trovarono?
– Alla Playa, nel lido dove lavorava –. Chanel gli disse il nome.

Patanè non ci rifletté nemmeno. Le allungò i pacchi, lesto, e la ragazza li afferrò al volo.

– Accúra, che sono pesanti assai.

Fece un cenno d'intesa, girò sui tacchi e partí col passo piú spedito che la sua anca ottantatreenne gli consentiva.

Aveva appena raggiunto la sua Panda 1000 bianca quando vide Chanel che correva verso di lui.

– Commissario, aspetti! – lo raggiunse, senza fiato.
– Che fu?
– Vengo con lei.

– Giustolisi, fammi capire una cosa: ti presenti qua, mi sfili dalle mani il caso e pretendi che non ti chieda manco il motivo?

Erano seduti a un tavolino di plastica tirato fuori dal bar chiuso che Tantieri aveva offerto loro.

– Avaia, Guarrasi, finiscila, non ti sfilai niente. La pm fu, a decidere che di questo caso ce ne dobbiamo occupare assieme –. E lui obtorto collo aveva dovuto accettare. Niente di strano che anche Tito ci avesse messo lo zampino, alla luce dei discorsi di quella mattina.

– Il motivo, Giustolisi, – insisté Vanina. – Oppure devo chiederlo direttamente alla Recupero?

Il collega la guardò in cagnesco. – Va bene, Guarrasi –. Puntò i gomiti sul tavolino, Vanina fece lo stesso. – Da qualche mese Thomas Ruscica collaborava con noi per un'operazione antidroga che stiamo conducendo a San Cristoforo.

– Quella contro il clan Zinna?

– Esattamente.

– E come c'era finito Thomas a collaborare con voi?

– Fu lui a farsi avanti. L'operazione era partita durante la tua indagine sull'omicidio del professore, ti ricordi?

– Certo.

– Quando venne alla Mobile per parlare con te capí che eravamo interessati al traffico di stupefacenti. Un paio di giorni dopo si presentò da quelli della Narcotici e si mise a disposizione. Diceva di conoscere bene le piazze di spaccio di San Cristoforo e di sapere chi le gestiva.

– Thomas aveva un passato da tossicodipendente, per quello era entrato nella comunità, – disse Vanina. – Faceva di tutto per affrancarsi dal mondo da cui proveniva, anche se non era semplice. Don Rosario dice che è cosí per molti dei suoi ragazzi. Lui cerca di salvarli e le loro famiglie remano contro. Thomas era uno dei piú determinati, ce la metteva tutta.

– Si capiva che era motivato.

Vanina prese un respiro lungo.

– Pensi che possa essere stata una ritorsione?

Giustolisi allargò le mani.

– Tu hai altre ipotesi?

– Non lo so. Non ho ancora iniziato le indagini.

– Dottoressa, di 'sto scooter che ne dobbiamo fare?
Nunnari s'era piazzato accanto all'ingresso del lido, dal quale un po' per volta era sciamata tutta la comitiva di poliziotti e consulenti. Per ultimo era uscito il gestore, prima che gli agenti procedessero a sbarrare il cancello con i sigilli.
– E che ne vuoi fare, Nunnari? Vedi se Pappalardo ne ha bisogno e fallo portare in deposito.
La visione del casco colorato le provocò l'ennesima botta di tristezza. Distolse lo sguardo.
– Amuní, Spanò, torniamocene in ufficio.
L'ispettore annuí. Quel giorno anche lui aveva un'aria piuttosto cupa. Quando aveva incrociato Enzo Greco sulla spiaggia gli aveva rivolto un breve saluto e per il resto della mattinata si era dedicato ai suoi doveri con una professionalità che in passato, di fronte al nuovo compagno della sua ex moglie, pareva aver dimenticato.
Mentre andavano verso l'auto di servizio Vanina e il suo braccio destro videro una Panda 1000 bianca che avanzava su viale Kennedy.
– Capo, ma che lo avvertí lei? – fece Spanò.
– Io? E quando, che dalle nove di stamattina vado furriando senza tregua –. Si fermò, le mani in tasca, piú divertita che stupita.
Giustolisi li superò, con i suoi appresso.
– Guarrasi, ci vediamo in ufficio.
Vanina gli rispose con un cenno, sorridendo verso l'utilitaria che s'era appena fermata con grande stridore di freni.
– Ma chi è? – chiese Giustolisi.
In quel momento Patanè scese dall'auto.
– Olé! Guarrasi, ora sí che la tua squadra è al completo, – fece il vicequestore, sfottente.

Vanina non gli rispose. Attraversò la strada e andò incontro a Patanè. Chanel era accanto a lui.
– Commissario.
– Dottoressa.
Si baciarono e abbracciarono, con piú calore del solito.
– Dovrei chiederle come faceva a sapere che ero qui, ma la risposta sarebbe scontata, – accennò un sorriso a Chanel.
Devastata dal pianto, la ragazza non riuscí a ricambiare. – Buongiorno, dottoressa, – disse soltanto.
– Se lo portarono? – chiese Patanè, dritto al sodo.
– Sí, un'ora fa.
Il commissario guardò avanti, verso la spiaggia, fosco.
– Povero caruso, – sospirò. – Come l'ammazzarono?
Vanina esitò un momento.
– Può parlare, dottoressa, – s'intromise Chanel, – se lo scordò che se potessi studiare vorrei diventare commissaria di polizia?
E come poteva scordarselo? Anzi, aveva promesso a don Rosario che avrebbe fatto di tutto per abbattere quel «se» e quel verbo condizionale.
– Gli sfondarono la testa.

La Guarrasi e Spanò arrivarono alla Mobile alle due e mezzo passate. Strada facendo s'erano fermati da *Nino* a mangiare qualcosa. Vanina, fatto strano assai, aveva piluccato senza troppa voglia degli spaghetti al nero di seppia che normalmente si sarebbe spazzolata in due minuti. L'ispettore l'aveva guardata preoccupato e Nino, che le aveva proposto il piatto come il migliore del menu di quel giorno, c'era rimasto male. Vanina s'era scusata, ma cosí era e non poteva farci niente.
Se ne andò dritta nella sua stanza. Tirò fuori una tavoletta di cioccolata, l'unico cibo di cui sentiva l'esigenza, e

ne mangiò mezza. Si scolò il caffè che s'era portata dietro dal chiosco sotto l'ufficio e si accese una sigaretta. Andò a fumarla sul balconcino con vista sulla piazza, sulla caserma borbonica che ospitava il parcheggio delle auto di servizio e sull'incrocio, sempre bloccato a tappo, tra via Ventimiglia e via Vittorio Emanuele.

In poco tempo, a uno a uno, tutti i componenti della squadra bussarono ed entrarono. Prima Spanò con Fragapane, vicesovrintendente vicino alla pensione con cui l'ispettore capo divideva la stanza «dei veterani», poi Nunnari e appresso a lui l'agente Lo Faro, che era rimasto a presidiare l'ufficio assieme all'agente Agata Ristuccia. Mancava solo Marta.

Nunnari si fece avanti. Pantaloni cargo verde cachi, maglia mimetica che gli triplicava il girovita già abbastanza importante, anfibi neri. Pareva uscito da uno dei film di guerra americani di cui si nutriva.

– Capo, mi scusi, posso chiederle una cosa?
– Dimmi, Nunnari.
– Come ci dobbiamo comportare?
– In merito a cosa?
– L'ispettore Spanò ci disse che dell'indagine non ce ne occuperemo da soli, ma assieme a quelli della Sco. Mi chiedevo: ma allora noi a chi dobbiamo rendere conto, a lei o al dottore Giustolisi?

Vanina si sedette sulla scrivania, come faceva sempre quando li riuniva lí.

– Nunnari, posso chiedertela io una cosa?
– Certo, capo.
– Tu sei in servizio in quale sezione?
– Reati contro la persona.
– E chi dirige la sezione Reati contro la persona?
– Lei, dottoressa.

– Perciò a chi devi rendere conto tu?
Nunnari abbassò gli occhi imbarazzato. – A lei.
Vanina girò intorno alla scrivania e si sedette sulla sua poltrona.
– Qualcuno ha altre domande?
Lo Faro stava per alzare la mano, ma si trattenne. Meglio evitare. Finalmente, dopo un anno e mezzo di gavetta, la Guarrasi gli aveva accordato quel famoso permesso di chiamarla «capo» che concedeva solo a suoi collaboratori piú fidati.
Fu Fragapane a prendere la parola.
– Dottoressa, mentre voi eravate alla Playa io mi cercai un poco di notizie sulla vittima, – disse, sedendosi davanti a Vanina e porgendole dei fogli pinzettati secondo il suo solito stile. – 'Sto caruso era giovane, ma un poco di fissarie le aveva cumminate. Innanzitutto era stato pizzicato due volte con droga addosso. Gli era andata bene perché alla fine risultò che era per uso personale. Una volta fu arrestato dai carabinieri, sospettato di fare il palo a 'n autru caruso che arrobbava una motocicletta, ma macari stavolta ci iu bona perché non si riuscí a provare. Da due anni a questa parte basta. Silenzio totale.
– E proprio a due anni fa risale l'incontro con don Rosario Limoli. Notizie della sua famiglia?
Stavolta Lo Faro si fece coraggio e parlò. – La ricerca sulla famiglia l'abbiamo fatta io e Ristuccia, dottoressa.
– E che avete trovato?
L'agente tirò fuori un foglio.
– Il padre, Ruscica Giuseppe, ha appena finito di scontare dieci anni di carcere per rapina a mano armata. La madre, Tiluzzo Carmela, incensurata, è però la figlia di Tiluzzo Salvatore, uomo di fiducia del clan Zinna. Thomas ha una

sorella, Ruscica Samantha, di anni ventidue, incensurata, e un fratello, Ruscica Francesco, di anni undici.
– Vabbe', niente di diverso da quanto mi aspettavo.
– Sicuramente i colleghi della Sco avranno già fatto ricerche approfondite sulla famiglia del ragazzo, – considerò Spanò.
– Certo. Ma Fragapane, Lo Faro e Ristuccia non potevano sapere che del caso se ne sarebbero occupati anche loro, perciò hanno fatto bene a portarsi avanti col lavoro.
– Tantieri mi disse che l'unica telecamera funzionante è quella dell'ingresso. Oggi pomeriggio viene a portarci i filmati registrati. Mi misi già d'accordo con Sanna della Sco per guardarli assieme, – fece Spanò.
Vanina annuí.
– Va bene, picciotti. Ora cerchiamo di organizzare le cose in modo da non sovrapporci con Giustolisi e i suoi. Quella che l'omicidio di Thomas sia legato alla criminalità organizzata è un'ipotesi, ma non possiamo considerarla come l'unica possibile. Non è escluso che si tratti di altro. Noi su questo dobbiamo lavorare. Con Giustolisi abbiamo stabilito che a sentire i familiari di Thomas e gli eventuali contatti nell'ambiente criminale sancristoforino ci pensano loro. Noi ci concentreremo sugli amici e sui conoscenti estranei alla famiglia.
Quella ripartizione dei compiti le aveva fatto trarre un sospiro di sollievo. La semplice idea di infilarsi a tempo pieno nel mondo maleodorante della criminalità organizzata, di cui per anni a Palermo s'era occupata giorno e notte, le dava la nausea. Era stato già difficile accettare di collaborare a distanza con la sua ex squadra palermitana, ora che una sua vecchia indagine recuperata dai colleghi aveva condotto al covo – purtroppo vuoto – del latitante

Salvatore Fratta, detto Bazzuca, dato per defunto da anni. Ma lí la cosa era diversa. Il latitante in questione era l'unico dei quattro killer di suo padre che non era riuscita a catturare quand'era in servizio alla Mobile di Palermo, e fino ad allora lei era stata la sola persona a credere che fosse ancora vivo.

– Da dove cominciamo, capo? – chiese Spanò.

– Lei e Fragapane ve ne andate alla parrocchia di don Rosario e iniziate a sentire tutti i picciotti. Nunnari, tu e Lo Faro aspettate i tabulati telefonici del cellulare di Thomas e le localizzazioni. Ci lavoreremo contemporaneamente a quelli della Sco; voi raccogliete i dati, poi ci penso io a fare la sintesi con Giustolisi. Ristuccia, tu invece mi accompagni in procura. Quando abbiamo finito ce ne andiamo pure noi da don Rosario. Siamo d'accordo?

– Sí, capo.

Nel coro spiccò un rumore di tacchi sbattuti. Tutti si voltarono verso Nunnari che, sull'attenti, lentamente abbassava la mano dalla fronte. Bordeaux.

Vanina scosse la testa, rassegnata.

– Rompete le righe, va'.

5.

Eliana Recupero aveva modificato per l'ennesima volta la disposizione dei mobili del suo ufficio. La scrivania, che prima era messa perpendicolarmente alla porta, adesso era piazzata sotto la finestra. Il divanetto biposto aveva ceduto spazio a un tavolo basso completamente occupato da pile di faldoni. Sparse per la stanza, due sedie e due poltroncine, tre delle quali ricoperte di fogli e fascicoli. In un angolo, il solito trolley che la pm usava per trasportare le sue «sudate carte» tra casa e ufficio.

– Dottoressa Guarrasi, mi stavo preoccupando. Mi chiedevo come mai non l'avessi ancora vista spuntare –. Si strinsero la mano.

Vanina si sedette sull'unica poltroncina sgombra, davanti al magistrato.

– La mattinata è stata lunga, dottoressa.

– Sí, lo so. Non ho ritenuto utile raggiungervi, visto che all'orario in cui ho preso in carico l'indagine il cadavere doveva essere già stato rimosso.

La Recupero si aggiustò il collo del dolcevita. Aprile era, ma lei era ancora vestita da pieno inverno. Con l'unica differenza che invece di indossare due maglioni sovrapposti ne indossava uno solo.

Vanina si guardò intorno. – Graziosa la nuova disposizione dei mobili.

– Funzionale, piú che altro. Cosí posso sfruttare l'unico spicchio di sole che riesce a valicare la mia finestra. Lei lo sa: qua ogni fonte di calore è la benvenuta, pena l'ibernazione.

La stufetta elettrica era al solito posto, al lato della scrivania. Rispetto all'ultima volta che Vanina era stata lí, era comparso in aggiunta un termoventilatore, di quelli che si usano in bagno.

– Tecnologia in ceramica, riscalda immediatamente, – specificò la pm indicandolo. Accavallò le gambe e si appoggiò alla spalliera della poltrona. – Immagino che non le abbia fatto molto piacere questo cambio di programma, – sparò.

– Sa che per me lavorare con lei è sempre un piacere.

– Grazie. Però so anche quanto *non* le piaccia infilarsi nelle indagini della sezione Criminalità organizzata. E per motivi a me incomprensibili. Ma non è che per caso è con il suo collega Giustolisi che non le va di avere a che fare? Oppure alla Dda di Palermo ha piú difficoltà a dire di no... – si fermò lí, ma il sorriso ironico suggeriva la conclusione.

E due. Da quando s'era messa a collaborare con la Catturandi di Palermo – squadra che lei stessa aveva diretto anni prima – per dare la caccia a Salvatore Fratta, Vanina non faceva che raccogliere stoccate a destra e a sinistra. Prima Tito, ora la Recupero, entrambi strenui promotori di un suo eventuale approdo all'Anticrimine catanese.

– Ma non divaghiamo, – proseguí la pm, togliendole con magnanima – e senz'altro momentanea – sollecitudine le castagne dal fuoco. – Allora, lei che idea s'è fatta sull'omicidio del ragazzo?

Vanina apprezzò.

– Siamo ancora all'inizio, dottoressa. Certo, a naso, il gioco pericoloso in cui Thomas Ruscica s'era imbarcato farebbe pensare a un omicidio di mafia. E infatti... – allargò le mani a indicare la sede in cui erano.

– Mi pare di capire che nemmeno lei lo dia per scontato –. La Recupero appoggiò le braccia conserte sul tavolo, sporgendosi in avanti.

Vanina fece lo stesso dall'altro lato. Vennero a trovarsi faccia a faccia.

– Devo essere sincera? – Non attese la risposta, le bastò un'occhiata. – A me l'ipotesi mafia non quadra per niente.

– Questo l'avevo capito già nei due minuti in cui l'ho sentita per telefono, – replicò la pm, e quel «nemmeno» che aveva pronunciato poco prima stava a significare che era d'accordo con lei. S'allontanò leggermente, tornò ad appoggiarsi alla spalliera. – Mi racconti cosa non la convince.

– Due cose. Innanzitutto i tempi: Thomas Ruscica iniziò a collaborare con la Sco circa tre mesi fa. Non mi pare che da allora a oggi le indagini della sezione abbiano avuto svolte eclatanti, giusto? Il lavoro piú pericoloso, quello che avrebbe potuto metterlo a rischio, a detta di Giustolisi, il picciotto ancora doveva svolgerlo. Insomma, non s'era esposto piú di quanto non avesse fatto altre volte in questo anno. Che motivo avevano gli Zinna di ammazzarlo ora?

La Recupero la ascoltava attenta. Annuí. – Vada avanti, dottoressa.

– La seconda questione, ancora piú importante, riguarda la modalità con cui è stato commesso l'omicidio.

Stavolta la pm non aspettò che finisse la frase per abbassare la testa in segno di assenso.

Vanina continuò: – Non dico che avrebbero dovuto farcelo trovare sotterrato da qualche parte con un sasso in bocca, perché ormai è difficile che organizzino 'ste messe in scena, ma almeno giustiziato con metodi piú consoni alle loro abitudini. Metodi riconoscibili, che per loro valgono come una firma. Se fanno fuori uno del loro ambiente che ha tradito la famiglia, e non scordiamoci che Thomas da là proviene, poi si deve risapere. Cosí, secondo i loro schemi, sottolineano chi comanda.

– A meno che, – obiettò la Recupero con scarsa convinzione, – per qualche motivo stavolta non gli convenisse far fuori il ragazzo senza sollevare un polverone.

– Ma anche in questo caso, di modi per ammazzare una persona, gente come quella ne conosce a tignitè. E le armi se le porta appresso, non improvvisa afferrando il primo arnese che gli capita per le mani.

– E questa è esattamente la riflessione che avevo fatto io –. La pm si riavvicinò a Vanina. – Ora mi ascolti, dottoressa: purtroppo sia io sia lei siamo consapevoli che la mano sul fuoco non si può mettere mai su niente. In teoria, per quanto ne sappiamo al momento, potrebbe anche aver ragione il vicequestore Giustolisi. Ecco perché ho voluto assolutamente che di questa indagine ve ne occupaste entrambi, e Tito Macchia è stato subito d'accordo con me. Ho bisogno di qualcuno che lavori senza dare nulla per scontato.

– E può stare certa che io lo farò.

Si alzarono in piedi.

– Ho sentito il dottore Calí, – continuò la Recupero, accompagnandola alla porta, – ha assicurato che avrebbe eseguito l'autopsia oggi stesso. Non s'è sbilanciato con le anticipazioni, ma a quanto ho capito è tutto abbastanza chiaro, compresa l'arma del delitto.

– Direi di sí. La testa del ragazzo era sfondata e il rastrello era vicino a lui, sporco di sangue.

– Strano che l'assassino non abbia quantomeno cercato di liberarsene.

– Non era semplicissimo.

– Perché?

– Perché i denti del rastrello erano rimasti conficcati nella testa della vittima.

– Novità, Ristuccia? – chiese Vanina entrando in auto, la sigaretta già accesa.
– Nessuna, dottoressa.
L'agente era una new entry della sua sezione. Era stata lei a chiedere espressamente che gliel'assegnassero e la ragazza non mancava di mostrarle in ogni modo la sua gratitudine. Era una sveglia, Agata, una che poteva crescere in poco tempo, bastava vedere l'evoluzione che aveva subito Lo Faro da quando stava – in tutti i sensi – appresso a lei. Vanina l'aveva conosciuta qualche mese prima, quando per un periodo s'era ritrovata costretta ad avere una scorta; la Ristuccia ne faceva parte.

Mentre attraversavano mezza Catania per raggiungere la parrocchia di don Rosario a San Cristoforo, Vanina tirò fuori il cellulare. La fotografia dell'Addaura sul display era piena di notifiche.

Un messaggio era di Patanè, che comunicava di essersi smarcato da moglie e nipotino e ora stava raggiungendo Spanò alla parrocchia. Gli rispose che si sarebbero visti lí. Due erano di sua madre e uno di Bettina, la vicina e padrona di casa ultrasettantenne con cui Vanina aveva ormai un rapporto quasi filiale. In entrambi i casi, niente che richiedesse risposte celeri. Gli ultimi tre messaggi, invece, meritavano una chiamata. Aspettò di arrivare davanti alla chiesa, scese dalla macchina e si appartò leggermente per farla partire.

Il procuratore aggiunto Paolo Malfitano alzò gli occhi dal rapporto che il comandante del Ros gli aveva consegnato quella mattina. Poche pagine, ognuna delle quali valeva per cento, tale era la quantità di reati che conteneva. Per non parlare del numero di persone coinvolte. Puntellandosi alla scrivania si mise in piedi per sgranchire un po' la gamba che gli stava dando piú fastidio del solito. Camminò avanti e indietro per la stanza zoppicando, finché il passo non si fece piú fluido. Aprí la porta e uscí in giardino. Quel giorno aveva deciso di mollare baracca e burattini e ritirarsi nella casa all'Addaura. Manco aveva fatto in tempo ad arrivarci che il telefono aveva cominciato a squillare senza tregua. Era partita una processione di tutti i rappresentanti delle forze dell'ordine con cui collaborava, che uno per volta s'erano presentati lí carichi di fascicoli. La giornata di relax era finita cosí: a capo chino sulla scrivania, con la gamba anchilosata.

Imboccò il vialetto che portava in riva al mare. In pochi secondi Nello Licitra, il capo della sua scorta, si materializzò davanti a lui.

– Dottore, tutto a posto? Che fa qua fuori?

– Sí, Nello, tutto a posto. Sto pigliando un poco d'aria.

Se avesse potuto, Paolo glielo leggeva in faccia, Nello gli avrebbe risposto che no, un poco d'aria senza prima avvertirlo lui non la poteva prendere. Se non s'azzardava a dirlo era solo per amore di pace, o forse per pura pietà nei suoi riguardi.

– Due minuti e rientro, non ti preoccupare, – disse.

L'uomo lo seguí fino al cancelletto che s'apriva direttamente sugli scogli. Paolo non lo oltrepassò. Rimase lí, le mani dietro la schiena, a fissare l'acqua per un tempo indefinito.

– Lo sai, Nello, una volta quand'ero giovane una persona speciale mi disse che guardare l'orizzonte, specialmente sul mare, ha un effetto benefico sull'organismo. Lí per lí mi parve una frase senza senso, sparata cosí, tanto per dire. Non le diedi nessuna importanza. Dovettero passare molti

anni prima che mi accorgessi di quanto aveva ragione. Senza volere mi resi conto che taliare quest'orizzonte alleviava qualunque dolore, fisico o emotivo.
– E lei poi glielo raccontò, che l'aveva capito?
Paolo fece un sorriso amaro.
– Purtroppo non ci arrivai, – guardò Nello, – per colpa di qualcuno non ci arrivai.
Il poliziotto capí.
– Almeno questo qualcuno ora sta pagando?
– Forse –. Paolo indurí lo sguardo. – Ancora non ne sono sicuro.

Nello non domandò altro. Il resto della storia lo conosceva, ne era testimone. L'auto blindata parcheggiata là davanti raccontava meglio di qualunque parola. Gli uomini e le donne che nel tempo s'erano avvicendati al suo comando, i due che in quella squadra, quattro anni prima, avevano perso la vita. Una strage evitata per un soffio, un soffio che aveva un nome, cui tutti loro dovevano la vita.

Senza accorgersene lo pronunciò.
– La dottoressa Guarrasi come sta? Quando viene a Palermo?
Paolo allargò le braccia.
– Secondo te me lo disse? – scherzò. Ormai ci si stava rassegnando, a quella perenne incertezza. E poi, proprio nell'ultimo periodo, le cose parevano andare meglio. Forse perché l'operazione «Bazzuca» l'aveva portata piú spesso nella loro città, forse perché un po' per volta – coi suoi tempi – Vanina stava prendendo atto che il loro incontro di sei mesi prima, dopo quattro anni di silenzio, aveva scardinato la sua teoria della lontananza forzata. Fatto sta che, in un modo o in un altro, finalmente da alcuni mesi s'era creato un equilibrio che Paolo non aveva nessuna intenzione di rompere.

Nello si strinse nel giubbotto. – Fresco sta calando.
Paolo afferrò il messaggio.
– Vero è, sta calando il fresco. Rientro in casa.
Era sulla soglia quando il telefono gli squillò in tasca.
Lo tirò fuori, lesse il display e sorrise.

Vanina entrò direttamente dal cortile, evitando la chiesa che si stava riempiendo di gente. La messa delle diciassette di don Rosario era sempre assai frequentata; se si aggiungeva che quella della mattina, per ovvi motivi, era saltata, era presumibile che di sera ci sarebbe stato il pienone. Meglio non farsi vedere, prima che qualche fedele particolarmente ferrato nella cronaca nera catanese la riconoscesse. Per fortuna fino a quel momento la notizia del ritrovamento di Thomas non doveva essere circolata troppo, ma Vanina sapeva che quello stato di calma non sarebbe durato ancora a lungo.
Aveva rispedito la Ristuccia alla Mobile, in supporto a Lo Faro, e s'era fermata nell'ingresso del cortile per telefonare. Tanto era cosa di due minuti, un saluto e via. E invece era durata un quarto d'ora. Non l'avrebbe mai ammesso manco con sé stessa, ma parlare con Paolo stava diventando un bisogno quotidiano. L'omicidio di Thomas le aveva buttato addosso un tale carico emotivo che arginarlo le era costato tutto l'autocontrollo di cui era dotata, col risultato che non glien'era rimasto piú nemmeno un goccio. E di quella carenza Paolo aveva potuto beneficiare.
Nell'aula di don Rosario regnava il caos. Una quarantina di ragazzi e ragazze agitati che pareva li avesse morsi la tarantola. Spanò e Fragapane, taccuini alla mano, erano seduti dietro la «cattedra», un vecchio tavolo da cucina con due sedie di plastica spaiate.

Il commissario Patanè, appena arrivato, s'era imposto d'autorità per arginare il fiume in piena dei giovani, che non ne volevano sapere di starsene zitti e buoni.

– Carusi! Accussí nenti ci fate capire all'ispettore! Assittatevi e parlate uno per volta quando vi interpelliamo noi.

Ottenne un minimo di silenzio e questo permise a Vanina di palesare la propria presenza. Ne scaturí una baraonda che, al confronto, il rumore di prima pareva un brusio. Le uniche parole che si distinguevano erano: – Dottoressa Guarrasi, – pronunciate a ripetizione.

Vanina non riuscí ad avanzare di mezzo metro, tanta era la ressa che s'era creata intorno a lei. Spanò era scattato di corsa e stava cercando di crearle un varco.

– Oh, basta! – si sentí tuonare.

Le voci si zittirono di colpo, il varco si aprí e comparve Patanè. In piedi su una panca, a braccia conserte. La posizione identica a quella di sua moglie Angelina quando lo azziccava a fare qualche cosa che non le andava a genio. Sotto di lui Chanel Di Martino, preoccupata, teneva le braccia alzate come per afferrarlo in caso di caduta.

– Ma viri tu. E che siete, all'asilo? – borbottò il commissario, mentre Spanò lo aiutava a scendere. Controllò con gli occhi a destra e a sinistra. – Ora assittatevi e cercate di non farci perdere tempo, che ogni minuto scippato alla dottoressa Guarrasi e ai suoi uomini è regalato al fituso che ammazzò l'amico vostro.

I carusi dovettero realizzare che il commissario aveva ragione, tant'è che si accomodarono ognuno al proprio posto.

– Dottoressa, riuscimmo a farci contare picca e nenti, – comunicò Fragapane.

Vanina si sedette con una sola gamba sopra il tavolo che fungeva da cattedra.

– Picciotti, ma cosí numerosi siete? Lo sapete che non me n'ero mai accorta?
– Non vivono tutti qui, dottoressa, – rispose Chanel. – Alcuni di loro frequentano soltanto la parrocchia, un po' come faccio io.
Il messaggio sottinteso era: non sono tutti ex tossicodipendenti o reduci dal carcere minorile.
– Chi di voi è ospite di don Rosario? – chiese Vanina.
Si sollevarono una decina di mani. Un paio li conosceva già.
– Allora, picciotti, facciamo una cosa, altrimenti rischiamo solo di confonderci: tutti fuori in cortile. Entrate uno per volta nell'ordine in cui vi chiamiamo noi. Va bene?
I ragazzi sciamarono in cortile senza protestare.
– Chanel, tu resta qua.
La ragazza sorrise per la prima volta da quella mattina, grata. Vanina s'accorse che aveva tolto il brillantino dal dente. Anche i capelli adesso erano di un colore piú uniforme.
– Sai per caso chi divideva la stanza con Thomas?
– Joe Santostaso. Glielo chiamo?
– Sí, partiamo da lui.
La ragazza uscí in cortile.
– Joe, – ripeté Spanò. – Oh, ma uno che avesse un nome normale.
– Carmeluzzo, lo dici ogni volta, – sorrise Patanè.
– Ma perché, commissario, che sono nomi normali? Chisti tutti italiani sono, da almeno vinti generazioni.
– Commissario, venga a sedersi qua accanto a me, – disse Vanina. Patanè non se lo fece ripetere, trascinò una sedia e si piazzò alla sua destra.
Gli altri due ripresero le loro posizioni.
– Fragapane, lei prenda appunti, – disse la Guarrasi.

Chanel rientrò con il ragazzo appresso. Capelli biondi laccati, sparati sopra la testa e cortissimi ai lati, tre orecchini per lobo e avambracci in cui era difficile trovare un centimetro non tatuato. Occhi che avevano pianto, come quelli della maggior parte dei suoi compagni.
Si sedettero entrambi al centro della prima fila, davanti alla Guarrasi che s'era issata sul tavolo.
– Allora, Joe, – iniziò Vanina, – quanti anni hai?
– Diciannove.
– Da quanto tempo eri in stanza con Thomas?
– Da cinque mesi, cioè da quando sono qui. Don Rosario ci mise assieme perché ci conoscevamo da bambini e di lui si fidava. Thomas era qua già da un anno e ormai da quella mer... dalla droga se n'era uscito da un po'. Io invece ancora ero nel periodo piú infame, quello piú difficile. M'ha aiutato un sacco.
– Senti, Joe, tu sai chi frequentava Thomas fuori di qui?
– Boh. Però, a parte Emanuela, non penso che avesse molte amicizie. Di sicuro non frequentava le vecchie conoscenze.
– Intendi gli amici di prima che entrasse nella comunità?
– Quelli.
– Perciò, se vedeva qualcuno, doveva trattarsi di gente estranea al quartiere.
– Sicuramente.
– Amici della fidanzata, magari?
– Ma cui, chiddi? – rise. – Difficile mi pare, dottoressa.
– Perché?
– Perché gli amici di Emanuela a Thomas lo schifavano. Finché era appresso a lei va bene: feste, serate. Ma farci amicizia personalmente, mai sia. Comunque a lui non gliene importava niente. Anzi, diceva che non aveva smesso di frequentare i tossici di San Cristoforo per mettersi a frequentare quelli... – Si fermò.

– Quelli?
– No, niente.
– Joe, non mi fare incazzare: quelli?
– Quelli dei quartieri alti.
Vanina incamerò la notizia.
– Raccontami cos'ha fatto Thomas stamattina. Tutto, anche le fesserie.
Il ragazzo rifletté. – Si è alzato prima del solito, alle sei e mezzo. Lo so perché di solito mi alzo sempre prima io. Si è vestito, ha fatto colazione con me nella sala comune ed è uscito.
– È andato subito al lido?
– Non lo so. Però di solito andava prima a salutare la zita all'entrata del liceo.
– Ti è sembrato normale? Voglio dire: era tranquillo, come gli altri giorni, oppure era preoccupato?
– Normale normale, no. Aveva la faccia scura... – ricordò, – quasi triste.
– Gli hai chiesto cos'aveva?
– Sí, e lui rispose che aveva avuto mal di testa tutta la notte. Ora che ci penso, anche ieri sera, quando rientrò, aveva la stessa faccia scura.
– E negli ultimi giorni notasti qualcosa di particolare? Ti raccontò qualcosa di personale?
– No, dottoressa. Thomas le cose sue non le confidava mai a nessuno. Si deve immaginare che quando si mise con Emanuela noi lo venimmo a sapere dopo almeno due mesi e spatti per caso. L'unico che forse poteva sapere di piú è don Rosario.

Il secondo che Chanel fece entrare era Davide Radalà, un altro dei ragazzi che tempo prima avevano collaborato all'indagine sulla morte del professore che viveva al porto.

– Dottoressa, io sono convinto che Thomas negli ultimi tempi non ce la contasse giusta.
– Che vuoi dire?
– Era strano. Parlava meno del solito, aveva sempre fretta. E poi chattava continuamente.
– E questa che è, una cosa strana, per uno dell'età vostra?
– No, però se ogni volta t'ammucci...
– Ah, perché lui s'ammucciava per chattare?
– Sí. E s'incaz... s'arrabbiava se qualcuno tentava di spiargli il display. Vero, Chanel? – cercò la conferma con gli occhi.
– Vero, io sono testimone: una volta gliene disse un sacco a una ragazza che s'era azzardata a sbirciargli il telefono –. Esitò. – Dottoressa, mi scusi se glielo chiedo ma... il telefono di Thomas lo trovarono?
A Vanina scappò un sorriso, che scambiò con Patanè. La dovevano aiutare, quella aspirante sbirra.
– No. Purtroppo non l'abbiamo trovato.
– Perciò aveva ragione Thomas ad ammucciarlo, – commentò, quasi tra sé e sé. Poi si spiegò meglio. – Cioè: se non l'avete trovato, significa che l'assassino lo fece sparire. E se lo fece sparire...
Vanina la anticipò: – Chissà che cosa conteneva. Sí, Chanel, probabilmente è cosí –. Tornò da Davide. – Come si chiama la ragazza che aveva sbirciato il telefono di Thomas?
– Michela Tidone.

Diciotto anni appena compiuti, ma ne dimostrava quindici, bassina, capelli cortissimi e occhi vivaci. Una Rita Pavone nei panni di Gianburrasca dei giorni nostri. Salvata in corner un anno prima da don Rosario mentre stava per finire in un giro di prostituzione gestito dallo zio con cui viveva, che grazie al sacerdote adesso era in galera. Disintossicarla dalle droghe che assumeva era stato il passo piú semplice.

– 'Sta storia del telefonino di Thomas mi fece passare per la cuttigghiara della compagnia, – disse contrariata Michela. – Io proprio, che mi faccio sempre i fatti miei.

– Qua non stiamo cuttigghiando, Michela. Quello che hai letto nel telefonino di Thomas potrebbe aiutarci a ricostruire il motivo per cui l'hanno ammazzato. E di conseguenza a trovare l'assassino.

– Dottoressa Guarrasi, mi deve credere: vidi poco e niente.

– Almeno con chi chattava lo leggesti? – Vanina era sicura che fosse la prima cosa che quella sedicente campionessa di discrezione era andata a sbirciare.

– Sí, ma secondo me non le servirà a molto saperlo.

– Tu dimmelo, che se serve lo decido io.

– C'era scritto «Cetti». Dalla foto nel tondino pareva una ragazza.

Pure l'immagine del profilo aveva adocchiato, tanto per farsi i fatti suoi.

– E che si scrivevano?

– Quello non ci arrivai a leggerlo. L'unica cosa che mi ricordo erano le facce: una che piangeva, e una col bacio. E il cuore rosso alla fine.

– E che conclusione ne traesti?

– Io? Perché dovevo trarre conclusioni?

Chanel la saettò con lo sguardo.

– Michela, vedi che non stanno scherzando. A 'sti signori se tu sei o non sei una cuttigghiara non gliene importa niente. A loro interessa prendere gli assassini di Thomas. A te t'interessa?

– Certo che m'interessa, – rispose la ragazza, facendosi seria.

– Allora cerca di spremerti le meningi, che sicuramente qualche cosa in piú te la ricorderai.

Vanina riprese il discorso.

– Perciò, Michela, che pensasti?

– E che dovevo pensare, dottoressa? Che Thomas tradiva la sua zita con un'altra.

– Che si chiamava Cetti.

– Cosí c'era scritto.

– Di questa cosa ne parlasti con qualcuno? Non mi dire che ti fai i fatti tuoi perché non attacca.

– Lo raccontai alle ragazze. Ci sono due che frequentano la parrocchia di don Rosario solo per incontrare a Thomas, che manco le taliava.

– Thomas aveva successo con le ragazze, – spiegò Chanel. – Ma non dava mai conto a nessuna. Pareva che avesse occhi solo per Emanuela.

Vanina fissò Michela, avrebbe scommesso qualunque cosa che fosse tra le fan piú sfegatate.

– E tu avevi scoperto che non era cosí.

6.

Vanina salutò don Rosario e salí assieme a Patanè sull'auto di servizio guidata da Spanò. Aveva lasciato Fragapane con uno degli uomini della Sco a ispezionare la stanza in cui dormiva Thomas, mentre Giustolisi, appena arrivato, sottoponeva alla seconda tornata di domande i carusi che abitavano col ragazzo, visibilmente provati da quella giornata atroce. Prima di lasciarla andare, il collega le aveva contato con dovizia di particolari le prime indagini condotte a tappeto dalla sua sezione su tutti gli esponenti della famiglia Zinna che potevano avercela con Thomas Ruscica. Il resoconto non le era piaciuto per niente. Nel giro di mezzo minuto, Vanina aveva sentito diffondersi il solito tanfo che le ammorbava l'aria ogni volta che aveva a che fare con quel genere di criminali. Un tanfo insistente, nauseabondo, cui aveva dovuto abituarsi di nuovo da quando aveva ripreso a frequentare la sua vecchia squadra palermitana, ma che non aveva piú nessuna voglia di respirare, se non per il tempo strettamente necessario.

Quella mattina, a quanto pareva, qualche movimento strano tra gli esponenti del clan coinvolti c'era stato. Il telefono di Agatino Zinna, uno dei millemila nipotuzzi del vecchio capomafia Natale Zinna, intorno alle sette e mezzo aveva agganciato la cella della Playa, proprio nella zona del lido in cui era stato trovato il cadavere. Stando a quello che aveva raccontato Thomas alla Sco, era proprio Agatino che gestiva la piazza di spaccio in cui era finito lui, e dalla quale don Rosario l'aveva tirato fuori da piú di un anno. Non era difficile immaginare che quella gente non avesse ancora digerito il tradimento. Se poi si aggiungeva qualche sospetto di collaborazione con la polizia...

Insomma, Vanina s'era infilata in auto con l'animo piú pesante di una tonnellata.

Erano appena partiti quando il suo telefono squillò.

– Dottoressa Guarrasi, buonasera, Pappalardo sono.

– Oh, Pappalardo, che mi dice? – Lo mise in vivavoce cosí che anche gli altri due potessero ascoltare.

– Allora: il manico del rastrello era chinu chinu di impronte digitali, per la maggior parte confuse. Però due diverse riuscii a isolarle. Al momento grosse cose purtroppo non ce ne sono. Come le dissi stamattina, di sicuro nel capanno ci fu una colluttazione, perché mezza parete dov'erano appoggiati gli attrezzi era sottosopra, come se qualcosa fosse andato a sbatterci contro. Sull'angolo di una mensola c'era una traccia di sangue che pareva abbastanza fresco. Se non è della vittima, magari potrebbe esserci utile. Per il resto un paio di mozziconi di sigaretta, un fazzoletto di carta appallottolato e un pupazzetto di gomma. Ah, dimenticavo, questo forse può interessarle: un braccialetto d'oro.

– Da donna o da uomo?

– Io non ne capisco granché. A occhio mi pareva da fimmina. Ma tanto lo scopriremo quanto prima, perché lo mandai a Palermo assieme a tutti i campioni che prelevammo per la ricerca del Dna. E viremu cchi nesci.

– Il lucchetto che chiudeva la porta si trovò?

– Sí, dottoressa, era buttato sulla sabbia, almeno a dieci metri di distanza. L'abbiamo analizzato. Qualche impronta c'è, ma confusa assai.

– Del telefonino invece nessuna notizia, vero?

– Nessuna. Ispezionammo tutto il lido, mi creda, tanto per non lasciare niente di intentato, ma si figuri: se lo volevano fare sparire, 'sa unni 'u ittànu.
– Va bene, grazie, Pappalardo.
– Dovere, dottoressa.
– Ma me la leva una curiosità: com'è che Manenti le lasciò campo libero? Per caso non sapeva che a dirigere quest'indagine sono io... – si ricordò che la dirigeva solo per metà e aggiustò il tiro: – insieme con il vicequestore Giustolisi?
– Il dottore Manenti è fuori Catania. A un corso di aggiornamento –. Dal tono con cui lo disse si capiva che nessuno ne stava patendo la lontananza.
– Santi aggiornamenti, – commentò Vanina, piú esplicita. Se quel rompipalle di Cesare Manenti fosse stato in sede, pur di farle un dispetto sarebbe stato capace di spedire il suo prediletto Pappalardo in cima all'Etna a fare rilievi su un rottame di bicicletta rubata tre mesi prima.
– Ce lo mandò il dottore Munzio, – aggiunse il sovrintendente capo, sottilmente divertito. Il nuovo dirigente della Scientifica era una vecchia conoscenza palermitana della Guarrasi e aveva del suo vice la stessa idea che ne aveva Vanina: un deficiente patentato.
– Porti a Munzio i miei ringraziamenti.
Pappalardo rise. – Presenterò.
– E mi raccomando, facciamo fretta a quelli di Palermo per il Dna.
– Nemmeno a dirlo.
Stava per riattaccare quando si ricordò una cosa.
– Pappalardo? – lo chiamò.
– Dica, dottoressa.
– Ha modo di mandarmi una foto di quel braccialetto?
– Certo, prima di spedirlo a Palermo lo fotografai. Gliela mando subito.

Spanò guardava la strada, perso nei suoi pensieri.
– Carmeluzzo, che ti pigliò? – chiese Patanè dal sedile posteriore dell'auto di servizio. La Guarrasi, seduta su quello anteriore, la sigaretta già accesa, alzò gli occhi dalla foto del braccialetto che aveva appena salvato.
– Niente, commissario, – rispose Spanò. – Pensavo a quel povero caruso, ammazzato come un cane per chissà quale stronzata di motivo.
– Le consiglio di non usare questi termini in presenza di Giustolisi, – suggerí Vanina. – Per lui il motivo è chiaro e non è una stronzata.
– E sicunnu lei c'è qualche possibilità che abbia ragione? – Spanò si voltò. – Sincera, dottoressa.
Vanina non rispose. Aspirò una boccata piú lunga.
– Se posso dire la mia, – intervenne Patanè, – 'stu delitto assomiglia piú a un'aggressione finita male che a un omicidio di mafia.
Spanò annuí. – Appunto, commissario. La colluttazione, gli attrezzi abbiàti accomu veni veni.
Tutti e due, l'uno con la coda dell'occhio dato che stava guidando, l'altro piegato in avanti con la testa infilata tra i sedili, guardarono la Guarrasi che fumava senza parlare.
– Dottoressa, – insisté l'ispettore, – allora?
Vanina si rassegnò a dire la sua.
– Allora che, Spanò? Cosa vuole che le risponda? Manco a me pare plausibile che un killer assoldato dalla mafia ammazzi una persona in un modo cosí maldestro. Però non è questo il momento di escludere piste e per ora quella di Giustolisi, per quanto incoerente con il quadro d'insieme, è l'unica ad avere qualche base concreta.
Seguí un lungo silenzio di tutti e tre.
– Per ora, – concluse Spanò.

Angelina Patanè s'era piazzata dietro i vetri del balcone e aspettava impaziente. Il piede nervoso, in mano un settimanale che ancora un paio di arriminamenti vigorosi e si sarebbe ridotto a un ammasso di carta colorata. Quando era uscito da casa, quel pomeriggio, suo marito non le aveva comunicato dove stava andando. Aveva murmuriato, sí, qualche cosa, ma lei non aveva afferrato. Lí per lí, tra la cucina da risistemare e il nipotino che di fare i compiti non ne voleva sapere manco di calata, non s'era posta troppi interrogativi. In quei giorni capitava spesso che Gino si incontrasse con gli amici suoi per organizzare la festa di commiato al geometra Bellia, che all'età di settantasei anni aveva deciso di trasferirsi a Tenerife assieme alla nuova compagna, pure lei settantenne. Solo dopo che suo figlio Francesco si fu ripigliato il picciriddo, nutrito e istruito a dovere, nella testa di Angelina aveva iniziato a insinuarsi il solito tarlo maledetto.

Alle otto di sera, in totale assenza di novità, s'era avventurata a chiamarlo sul telefonino. Manco a dirlo, era staccato. Rassegnata, aveva acceso la televisione in cerca di un notiziario qualunque, meglio se locale, che confermasse i suoi sospetti. Tanto aveva fatto che l'aveva trovato.

S'era seduta dietro i vetri di uno dei balconi che davano su via Umberto e s'era messa ad aspettare.

Quando vide l'auto di servizio – oramai, dopo una vita, le riconosceva a naso – accostare là davanti, non resisté e uscí sul balcone. Le portiere di destra della macchina si aprirono: da quella del passeggero sbucò la Guarrasi, da quella posteriore venne fuori Gino. Un abbraccio, baci a destra e sinistra, e un saluto che per Angelina fu come fuoco sulla miccia: ni viremu domani, dottoressa.

Come una furia rientrò, andò in cucina, agguantò lo spezzatino che aveva preparato e fece per buttarlo nel contenitore dell'organico. All'ultimo, presa dallo scrupolo per tutta quella grazia del Signore, cambiò idea e lo infilò paro paro nel congelatore.

Quando Vanina arrivò alla Mobile, negli uffici del piano non c'era quasi piú nessuno. Nella stanza dei carusi era rimasto solo Nunnari, pronto per il turno di notte. Da come lo trovò, era evidente che non si aspettasse il suo arrivo. Tablet in mano, gambe allungate sulla sedia davanti, la maglia mimetica che s'era alzata sulla pancia mostrando i rotoli di ciccia.

– Guardiamarina Nunnari, e che modo è? – lo richiamò, alzando la voce per occultare una risata.

Il sovrintendente scattò sull'attenti, rosso come se tutto il sangue gli si fosse concentrato sulle guance.

– Capo, mi scusi! Sono mortificato –. Con la mano sinistra cercò inutilmente di abbassare la maglia mentre con la destra afferrava il tablet che stava rovinando per terra.

Vanina gli si avvicinò, divertita. Lo aiutò.

– Vedi se lo devi scassare.

Nunnari si ricompose, finalmente riuscí a infilare la maglia nei pantaloni.

– Novità? – gli chiese.

– Niente, dottoressa. I tabulati del ragazzo arrivano domani mattina perché la compagnia telefonica ha avuto un problema coi sistemi. Il telefono, ovviamente, risulta sempre spento. I colleghi della Sco stanno tracciando i movimenti di un poco di gente che secondo loro può essere collegata al caruso e li stanno macari intercettando. Dicono di avere trovato qualche cosa.

– Sí, lo so.

– Capace che trovano l'assassino prima di noi –. Il dispunto che quell'idea gli provocava era palpabile.

– E se lo trovano noi li aiutiamo ad arrestarlo, – precisò Vanina. Non voleva che il suo atteggiamento scettico nei confronti della pista di Giustolisi e il suo fastidio per il fatto di dover dividere con qualcun altro un caso che le stava cosí a cuore venissero mal interpretati. – Sei solo tu di turno?

– No, c'è pure Ristuccia. Non avendo che fare se ne andò al piano di sopra a sentirsi le intercettazioni dei colleghi.

– I filmati della telecamera? Lo Faro se li guardò?

– Non ancora. Il signor Tantieri li portò ma non si riescono a vedere. Ci vuole un programma particolare. Lo Faro disse che domani mattina se lo procura.

– Tabulati niente, i filmati non si possono vedere. Un pomeriggio perso, a quanto vedo.

– Non proprio, dottoressa.

– Perché?

– Taliasse che trovai. Va bene che non serve a molto, ma meglio di niente è –. Girò il monitor del suo computer e armeggiò sulla tastiera. Comparve un profilo Facebook. Il nome era un altro ma la foto era quella di Thomas. Lo sfondo era un'immagine di Superman.

– Super Tom si chiamava, sui social.

Vanina s'avvicinò al monitor.

– E che pubblicava?

Nunnari fece scorrere il diario di Thomas.

– Niente di particolare. Fotografie della città, qualche selfie con la sua ragazza. Era tifoso del Catania –. Da come lo disse si capiva che condivideva la passione rosso-azzurra.

– A me non pare una gran cosa, Nunnari. 'Sto profilo non dice niente, – fece Vanina.

Il sovrintendente sorrise. – Capo, mi scusi se mi permetto, ma si viri che di social ne capisce poco.
– Perché, c'è qualche cosa che avrei dovuto vedere?
Nunnari indicò la data dell'ultimo post. Una foto del *Liotro* di piazza Duomo ritoccata con Superman in groppa all'elefante. Fissato era, con 'sto Superman.
– Guardi qua: due mesi fa. Poi niente piú. Invece prima pubblicava piú o meno un post ogni due, tre giorni.
– Perciò secondo te due mesi fa dev'essere successo qualcosa.
Nunnari si strinse nelle spalle. – Era un'idea, magari non significa niente...
– No, no, l'idea è buona –. Sempre che il «qualcosa» non fosse l'inizio della collaborazione con la Sco, che piú o meno risaliva a quel periodo. Può darsi che Giustolisi gli avesse detto di sparire dai social.
– Vabbe', bravo soldato. Ora mettiti comodo, possibilmente coi piedi a terra, e continua a vederti il film.
– Come fa a sapere che stavo guardando un film? – chiese Nunnari, colto in castagna.
– Ho i superpoteri.
Il sovrintendente non seppe che rispondere.
– Amuní, Nunnari, tirai a indovinare, – gli sorrise, – e a quanto ho capito ci azzeccai.
– Sí, ci azzeccò.
– Vedi che non ti devi vergognare. Ti capisco, pure io sono una cinefila selettiva, lo sai. E i film preferiti sono sempre la compagnia migliore –. Certo, tra la sua cinefilia «selettiva» e quella di Nunnari c'era un abisso. Lei fissata col vecchio cinema italiano, lui maniaco delle pellicole americane di guerra al punto da vestirsi come un marine.
– Allora, che taliavi?
– *La figlia del generale.*

Fragapane la chiamò quando lei era già per strada e stava andando a recuperare la Mini, abbandonata da quella mattina in via di Sangiuliano. Dal sopralluogo nella stanza di Thomas non era emerso nulla di rilevante. Il caruso possedeva un computer portatile di quelli piccoli, che avevano prelevato.
– Per il resto, dottoressa, solo effetti personali. C'erano 'na pocu di fumetti, e 'na collezione di supereroi di gomma, ri chiddi nichi.
– Zainetti, borse?
– Niente.
– Strano.
– Macari a mmia parsi strano. Non è che glielo rubbarono assieme al telefonino?
– Può darsi.
– La voli sapiri 'na cosa, dottoressa?
– Mi dica.
– A un certo punto, nun sacciu picchí, mi commossi. Il collega mi pigliò macari in giro.
– Che aveva visto?
– Nenti di particolare. Mi taliai attorno e vidi come viveva 'stu caruso. 'Na stanza nica nica, fridda, divisa cu 'n autru caruso. Comodità picca e nenti. Allura pinsai che ci voli 'na volontà di ferro per non tornare 'nnarrè dalla famigghia, a guadagnare facile. E pensare che forse proprio ppi 'sta volontà di ferro, ammirevole, Thomas ci appizzò la vita, mi smosse una tristizza, dottoressa...
Vanina non commentò. Ma la gola le si era annodata.

Quando arrivò a Santo Stefano il bar vicino casa sua, che portava lo stesso nome del paese, era ancora aperto. La fila fino a fuori indicava che Alfio, il proprietario, era nelle retrovie a friggere pizze siciliane in quantità industriali. Dietro il bancone c'era il resto della famiglia, impegnato a incartare vassoi con pezzi di rosticceria e dolci. Per evitare di infilarsi nella folla, che non ne aveva la forza, girò l'angolo e raggiunse l'entrata posteriore del bar. La porta era aperta.

Vanina scostò la tendina di plastica e sporse la testa dentro. Un profumo di frittura buona e di vaniglia le aprí lo stomaco, chiuso da quella mattina.

– Alfio? – chiamò.

L'uomo comparve subito, le mani in aria che pareva un chirurgo in sala operatoria.

– Dottoressa, trasisse. Di che ha bisogno?

– Una siciliana pronta ce l'ha?

Alfio sorrise.

– Per lei ce l'ho sempre. Aspittasse che gliela vado a prendere. Vuole macari un arancino appena fatto?

Vanina si impose di non correggerlo stavolta. L'uomo era cosí gentile da servirla sul retro, ci mancava pure che lei si mettesse a fare la palermitana e a puntualizzare: arancina, non arancino.

– Sí, grazie, molto volentieri.

Alfio sparí e tornò con due vassoietti incartati.

– Qua c'è la rosticceria, e qua ci misi due crispelline di riso calde calde col miele che s'arricria a mangiarsele.

A giudicare dal pacchetto doveva essere una porzione per quattro.

– Per il conto?

– Poi domani si pensa. Intanto si nn'issi a mangiare, che 'sa quanto lavorò oggi.

Probabilmente la notizia dell'omicidio si era diffusa. E la sua faccia, come al solito, doveva aver fatto il giro di tutti i telegiornali, con tanto di didascalie. Risalendo piano piano verso casa, immaginò quello che avrebbe trovato scritto su di lei. L'identikit della superpoliziotta, figlia di un altro poliziotto-eroe ucciso dalla mafia in quegli anni maledetti in cui Palermo pareva una polveriera disseminata di lapidi. Se era fortunata, magari stavolta a nessuno sarebbe venuto in mente di parlare pure del «coraggioso salvataggio» del pm Malfitano e di buona parte della sua scorta.

Aprí il cancelletto di ferro e salí la rampa di scale che conduceva al giardino, dove sorgeva la sua dépendance. La casa padronale in cui viveva Bettina era silenziosa, la vicina doveva essere uscita con le sue amiche. Il gruppo delle vedove, lo chiamava Vanina. Entrò in casa, depositò la cena sul tavolo. Senza nemmeno liberarsi di giubbotto e fondina, persa nei pensieri mesti, andò dritta verso la cornice con la foto di suo padre.

Lo salutò.

## 7.

L'accenno di estate dei giorni precedenti era stato temporaneamente archiviato dalla perturbazione che aveva investito il Nord Italia e della quale al Sud stava arrivando il solito refolo. Temperatura di nuovo fresca e aria umida che si poteva tagliare col coltello.

L'appartamento di Vanina subiva gli sbalzi termici con la rapidità consona a una vecchia costruzione di pietra lavica, ristrutturata al meglio ma coibentata non benissimo. Meno male che Bettina, cui il senso pratico non faceva difetto, al momento dei lavori aveva voluto che anche nella dépendance venisse installato un impianto di termosifoni a parete, tale e quale a quello che aveva in casa sua. Che dovevano fare le pompe di calore? Per non rischiare che si formasse la muffa sui muri, i termosifoni ci volevano. Peccato che in quei giorni di sole Vanina avesse pensato bene di ridurre l'orario di accensione alla sola fascia serale.

Alzarsi dal letto le riuscí piú traumatico del solito. Tirò fuori prima una gamba, poi l'altra, strisciò piú che poteva sotto il piumone finché non fu costretta a mettersi in piedi. Afferrò un vecchio maglione e lo indossò sopra il pigiama. Si trascinò a occhi socchiusi fino alla cucina e andò a spegnere la sveglia d'epoca che teneva lí, a distanza, apposta per scongiurare il rischio di riaddormentarsi. Sempre con gli occhi socchiusi infilò una per volta due capsule di caffè nella macchinetta, riempí mezza tazza e aggiunse latte freddo fino all'orlo. Aprí una scatola di latta, prese due biscotti preparati da Bettina e li inzuppò nel caffellatte. La mente iniziò a schiarirsi. Guardò lo schermo del telefono e vide un messaggio di Adriano Calí. «Quando ti svegli chiamami». Ore 6.43? E che era successo?

Lo chiamò subito.
– Adri.
– Oh, Vani.
– Cadesti dal letto o devo pensare che il cadavere del ragazzo ti tenne sveglio tutta la notte?
– Né l'uno né l'altro. Semplicemente sono tre notti che soffro d'insonnia.
– Benvenuto nel club.
– Solo che l'insonnia mia è l'opposto della tua: a te non ti può sonno la sera e t'addurmisci alle due di notte, io invece crollo alle dieci e alle tre e mezza mi sveglio e talío il soffitto per ore.
– Che ti capitò? Perché non dormi?

Avrebbe potuto rispondersi da sola, in realtà. Il compagno decennale di Adriano, Luca Zammataro, era inviato di guerra per una testata giornalistica nazionale. Da una settimana si trovava in Ciad.

E infatti.
– Luca non si fa vivo dall'altro ieri.
– Adri, Luca non è a Parigi, è in un posto che piú sperduto non potrebbe essere. Già è assai che ti chiama un giorno sí e un giorno no.
– Lo so, Vani, ma che ci posso fare? Mi viene l'angoscia. Solo chi ci è passato lo può capire.

E lei lo capiva, eccome se lo capiva. Vivere nell'angoscia che alla persona che ami possa accadere qualcosa da un momento all'altro era una tortura che non augurava nemmeno al suo peggior nemico. E la cosa piú grave era

che non c'era verso di sfuggire a quel dolore. Allontanarsi, tagliare i ponti, non serviva a niente. Si finiva sempre per tornare al punto di partenza.
– Vabbe', t'aiuto io a non pensarci. Mettiti in moto e raggiungimi alla Mobile tra un'ora, cosí mi conti l'autopsia.
– Perché, se te la conto ora non va bene?
– Lo dicevo per vederci.
– E pure io lo dico per vederci.
Vanina realizzò.
– Scusa, ma dove sei?
– Assittato nel giardino di Bettina.

Tovaglietta di lino, tazzone di ceramica di Caltagirone, scatola di latta identica a quella di Vanina piú altre vettovaglie sparse davanti, Adriano se ne stava seduto al tavolino esterno.
– Ma da quanto tempo sei là? – gli gridò Vanina dall'uscio di casa.
– Da tre quarti d'ora. Mi dispiaceva svegliarti. Incontrai Bettina che stava andando a messa e mi fece entrare. Lo sai com'è lei, siccome le pareva brutto lasciarmi qui da solo, mi apparecchiò la tavola e mi preparò la colazione. E poi se ne scappò a messa.
– Entra, scimunito.
Adriano si portò appresso tutto il ben di Dio.
– Dice che il ciambellone lo fece stamattina.
Vanina avvertí Spanò che era col medico legale e sarebbe arrivata un po' in ritardo. Conzò il tavolo della cucina, preparò altro caffè e altro latte, e si sedettero l'uno di fronte all'altra. Ricominciarono la colazione come se quella che avevano fatto fino a quel momento non valesse piú.
– Ma notizie di quella sciagurata di Giuli ne hai? – chiese Adriano.

Vanina alzò gli occhi. – No, e manco ne voglio avere, – rispose con ironica contrarietà.

Adriano rise. – Mischina, tutta gliela stai facendo pagare.

– Cosí la prossima volta ci pensa due volte, a sparire senza dare notizie.

– Vabbe', dài, oramai possiamo perdonarla. Ha fatto una minchiata, ma se n'è pentita.

Vanina non commentò. L'affettuosa bonarietà di Adriano verso la loro comune amica la metteva a disagio. Lui non sapeva, né mai avrebbe saputo, quanto da vicino l'aveva toccato la precedente «minchiata» combinata dall'avvocata Maria Giulia De Rosa mesi prima quando, cedendo alla sua insana passione per Luca, complice un bicchiere in piú e una trasferta romana, era riuscita a portarselo a letto. E come se non bastasse era pure rimasta incinta. Vanina si vergognava ad ammetterlo, ma l'epilogo, purtroppo drammatico, di quella gravidanza – che a Luca per fortuna non era mai stata annunciata – aveva risolto una caterva di problemi futuri. Ma il senso di colpa di Vanina nei confronti di Adriano per aver tenuto fede al segreto di Giuli e non avergli detto la verità non si sarebbe mai estinto.

Strategicamente cambiò argomento.

– Perciò: dell'autopsia che mi conti?

– Sicura che non vuoi finire la fetta di ciambellone prima? – Ascoltare col cibo in bocca quello che lui aveva da riferire non era il massimo.

– Ragione hai –. Vanina ingoiò l'ultimo boccone, si scolò il secondo caffellatte della mattinata e si piazzò sul divano grigio. Accese una sigaretta e si mise in ascolto.

– Allora, Thomas Ruscica è stato colpito due volte. La prima, probabilmente quella mortale, a destra, col margine laterale del rastrello. La lesione a stampo sul cuoio capelluto corrisponde all'infossamento del tavolato tempo-

ro-parieto-occipitale che si vedeva già dalla Tac che gli ho fatto prima dell'autopsia.
– Perché, ormai prima dell'autopsia ai cadaveri si fa pure la Tac? Non lo sapevo.
– Avoglia. Pensa che addirittura a qualcuno all'estero venne per testa di proporre la sostituzione dell'autopsia reale con l'autopsia virtuale eseguita con la Tac. Non credo che qualcuno approverà mai una cosa simile.
– Dicevi che Thomas è stato colpito due volte?
– Sí. Una a destra, ed è la lesione che ti ho descritto. A sinistra invece ci sono tre lesioni penetranti, di cui una a stampo con la forma precisa del dente del rastrello. Le altre due invece sono state rovinate verosimilmente dalla rimozione del rastrello. Il complesso fratturativo è ampio, i margini parzialmente diastasati da cui partono varie linee di frattura. Lo spandimento emorragico encefalico è diffusissimo bilateralmente sia al livello subdurale che parenchimale.

Vanina lo guardò impassibile.
– Finisti? – chiese.
– No, dallo screening tossicologico non è emerso nulla, né tracce di droghe né di barbiturici o altro. Niente alcol.
– Si vede che avevi una specializzanda da istruire, t'imparasti a memoria la relazione.
– Ho solo cercato di essere esauriente, ingrata.

Vanina si sforzò di sorridergli, anche se la descrizione di quello scempio perpetrato sulla testa del povero Thomas l'aveva incupita.

Adriano parve leggerle nel pensiero.
– Piglia quel bastardo che l'ha ridotto cosí.

Tito Macchia non era rientrato. Stava un po' meglio, ma aveva contagiato la Bonazzoli.

– Vanina, mi dispiace, non ce la faccio proprio, – si scusò Marta, la voce che pareva venire dall'oltretomba.
– Non ti dispiacere. Piuttosto cerca di non fare minchiate e curati, che tu sei capace di andare avanti a tisane e vitamine pur di non prenderti una sana aspirina.
– Come Tito, che si sta imbottendo di antinfiammatori? – si piccò l'ispettore.
– E infatti già sta meglio.
– Io mi curo come ritengo piú opportuno.
Vanina ci rinunziò. – Marta, fai come vuoi.

La mattinata in ufficio non era cominciata benissimo. Innanzitutto, appena arrivata aveva dovuto sorbirsi il minuzioso resoconto di Giustolisi, che perseverava imperterrito sulla sua linea. A niente era servito ribadirgli il risultato dell'autopsia, che confermava una dinamica del delitto quantomeno bizzarra per un killer della criminalità organizzata. Ma siccome gerarchia voleva che in assenza di Macchia il ruolo di capo della Mobile toccasse al dirigente piú anziano, che poi era sempre quello cui veniva affidata la Sco, meglio fare buon viso e proseguire per la propria strada. Peccato però che fino ad allora le indagini non avevano portato a granché di concreto. Rispetto alla sera prima non era stato fatto mezzo passo avanti.

Nervosa, Vanina si dondolò sulla poltrona fumando una sigaretta e martoriando il pacchetto vuoto, in attesa che arrivassero almeno i tabulati telefonici e che Lo Faro risolvesse il problema dei filmati non riproducibili. Aprí il cassetto della cioccolata e vide che stava finendo. Oltretutto in quel momento non era di quello che aveva voglia. Mannaggia a Adriano e alle sue allusioni ai costumi da bagno, che di lí a poco sarebbe toccato loro infilarsi, buttate lí con un tempismo eccezionale proprio mentre stavano uscendo di casa reduci da una colazione pantagruelica. Risultato: invece di passare da Alfio e farsi incartare il solito cornetto alla crema e il solito cappuccino da consumare alla sua scrivania, Vanina aveva tirato dritto e aveva imboccato la strada per Catania. E ora era lí, pensosa e inquieta, a chiedersi quanto avrebbe resistito prima di uscire e fiondarsi nel primo bar che le capitava a tiro. Le dieci e mezzo? Forse le undici?

Mentre cercava di mettere in fila le notizie su Thomas che erano riusciti a recuperare, bussarono alla porta.

– Disturbo? – chiese il commissario Patanè, un piede già dentro l'ufficio che un tempo era stato il suo.

– Che fa, babbía? Lei non disturba mai.

Il commissario le regalò un sorriso che piú smagliante non gli poteva riuscire. Entrò, appese l'impermeabile al porta abiti e s'andò a sedere su una delle due poltroncine davanti a lei. Vestito grigio chiaro, camicia a righine bianche e blu, cravatta sul blu. Non un capello fuori posto.

– Novità ne abbiamo? – s'informò subito.

– Niente di sostanziale.

– Carmelo unni è?

– Secondo lei?

– Si sta facendo il solito giro familiare di raccolta informazioni? – indovinò, divertito.

– Ovvio. Anche se stavolta gli pare difficile che all'interno della sua numerosa famiglia ci sia qualcuno che conosceva Thomas o che bazzica il suo ambiente.

– In effetti, vero è che gli Spanò sono quanto la briscola e per giunta tutti dotati di tendenza al curtigghio, ma è macari vero che 'ddu caruso veniva da un mondo troppo diverso dal loro.

– Dice che sarebbe andato a cercare l'unico parente che, per questioni lavorative, conosce bene il quartiere di San Cristoforo.

– Per questioni lavorative? E che fa 'sto parente? – domandò il commissario, sospettoso.
– L'operatore sociosanitario all'ospedale Vittorio Emanuele.
– Allura capace ca qualche notizia la recupera.
– Capace, – concordò Vanina, alzandosi e afferrando la giacca di pelle da dietro la spalliera. Si aggiustò fondina e pistola, che mai dovevano essere fuori posto.
Patanè si alzò appresso a lei, incerto. Unni si ni stava iennu 'sta santa carusa?
– Amuní, commissario.

S'erano appena seduti al bar di piazza Bellini quando Spanò li raggiunse.
– Nenti, dottoressa. Un buco nell'acqua. Mio cugino si trasferí a lavorare al Policlinico e notizie del quartiere non ne ha piú da almeno quattro anni. E quelle poche di allora, manco se le ricorda.
Ordinò un caffè.
Vanina invece si buttò sul pesante: cappuccino e raviola di ricotta; certo, buona come quella di Alfio non poteva essere mai, ma meglio di niente. Patanè la seguí.
– Oramai che ci siamo. Jurnata rutta, sfasciamola tutta, – sentenziò il commissario, per giustificarsi. – E poi vi debbo confessare che da ieri sera mi perseguita una fame lupigna.
– Che successe? Angelina non le cucinò niente di buono? – si stupí Vanina.
Patanè allargò le braccia.
– Ca cchi ni sacciu, dottoressa. Per cena mi preparò pastina con l'olio, macari scotta e picca di quantità. Stamatina nella dispensa non c'era manco un viscutteddu. 'A

zuccheriera era vacanti. Mi calai 'u cafè amaro ca pareva vilenu. Non le dico l'acidità di stomaco. Appi a circari di cursa un pizzuddu di pane per tamponare.

Coerentemente con quanto detto, appena arrivò la raviola ci si avventò come se non ne avesse mai vista una e se la spazzolò in due minuti. Appagato, si rilassò sulla sedia in contemplazione della piazza, che a onor del vero era un autentico capolavoro. Il teatro imponente di pietra bruna, la prospettiva.

A un tratto prese a grattarsi il mento.

– Dottoressa, – fece, appoggiandosi al tavolino per avvicinarsi, – ma a lei 'stu fatto che ci contò quella carusa, comu si chiama... chidda ca, siccome si fa i fatti suoi, sinni va a taliare nel telefono altrui...

– Michela Tidone.

– Ecco. Dicevo, a lei 'sto fatto che giusto giusto na' 'stu periodo Thomas si mandava messaggini cu 'n'autra fimmina, e l'altro ieri aveva macari lassatu 'a zita, non le pare 'na coincidenza strana?

Vanina sorrise. – Commissario, come al solito mi batté sul tempo. Stavo pensando la stessa cosa.

– Me l'immaginavo.

Che lei e Patanè si capissero al volo, nonostante le due generazioni di distanza, oramai era cosa assodata. Finivano sempre, irrimediabilmente, per avventurarsi in ragionamenti tortuosi nei quali solo loro riuscivano a raccapezzarsi. Come quello in cui stavano per infilarsi, appena rientrati alla Mobile, quando l'agente Lo Faro si presentò agitatissimo nella stanza della Guarrasi.

– Dottoressa, riuscii ad aprire i filmati della telecamera del lido –. L'agente avanzò con un computer portatile in mano.

– Oh, finalmente! E che trovasti?
L'agente ruotò una mano in aria, come a dire grandi cose. Girò attorno alla scrivania della capa pronto a piazzarle il computer davanti. – Posso?
– No, – disse Vanina.
Il ragazzo fece un passo indietro.
Vanina abbandonò il sarcasmo.
– Amuní, Lo Faro, certo che puoi.
L'agente le passò il computer e restò in piedi accanto a lei. Spanò e Patanè, occhiali inforcati, si misero dall'altra parte.
– Lo faccio partire da dove partii io quando cominciai a guardarlo –. Cliccò sull'avvio. – Vede? Le inquadrature sono due: qua c'è il cancello del lido, qua si intravede lo scooter del ragazzo...
– Vabbe', buonanotte! Qua c'è la strada, piú avanti c'è il mare... E che facciamo, la descrizione del paesaggio? – Quanto la facevano siddiare quando si preparavano le rivelazioni a effetto.
– Scusi, dottoressa –. Lo Faro andò avanti veloce e fermò l'immagine su una figura maschile. – Ecco qua, ore otto meno dieci. Quest'uomo entra nello stabilimento. Ci sta dentro cinque minuti scarsi e torna indietro correndo.
– Difficile dire chi sia, non si vede in faccia.
– No, però l'altra inquadratura riprende la macchina con cui se ne va.
– E si legge la targa?
A Lo Faro brillarono gli occhi. – Agata... Ristuccia tanto fece che ci riuscí.
– Sappiamo a chi appartiene?
– Sí, dottoressa, la cercammo subito. Per fare prima Agata chiese anche ai colleghi della Sco, che il filmato ancora non l'avevano visto.
– Quindi? – Vanina iniziava a percepire il solito tanfo.

– Sizza Serafina.
– E chi è?
– Una delle nuore di...
Non lo lasciò finire.
– Di Natale Zinna.
– Esatto.
– Fammi indovinare: madre di Agatino Zinna.
Lo Faro annuí.
– Perciò ora abbiamo l'ulteriore conferma che 'sto Agatino ieri non solo si trovava alla Playa, ma entrò pure nello stabilimento.
– Sí, nello stabilimento ci entrò sicuro.
Vanina buttò la testa indietro sulla spalliera. Niente. Meglio rassegnarsi e collaborare con Giustolisi. Se Agatino Zinna aveva ucciso Thomas, per qualche tempo sarebbe sparito dai radar e sarebbe stato necessario tutto lo spiegamento di forze possibile per stanarlo. Tanto valeva iniziare a contribuire da subito.
– Va bene, Lo Faro. Grazie, sei stato bravo.
Il ragazzo s'ammutolí. Gli ci volle un attimo per governare l'emozione. Bravo, con quel tono, la Guarrasi non gliel'aveva mai detto. Lo doveva ad Agata, che lo stava aiutando assai.
– Pure la Ristuccia è stata brava, – suggerí.
– Certo, pure la Ristuccia –. Vanina fece per alzarsi.
– Un momento, dottoressa!
– Che c'è?
– Zinna non fu l'unica persona a entrare nel lido.
Vanina ricadde sulla poltrona.
– E che stavi aspettando a dirmelo?
– Scusi, è che... – Non concluse. Certo non poteva dirle che era rimasto intontito per il complimento.
Vanina lo capí lo stesso.

– Avanti, fammi vedere.
Lo Faro tornò accanto a lei.
– Dopo che parlammo con quelli della Sco, anche se pareva che avessimo trovato quello che cercavamo, a me e a Ristuccia ci venne la curiosità e riportammo indietro il filmato di un bel po'. Cercammo il punto in cui si vedeva Thomas Ruscica che entrava. Il video segnava come orario le sette e venti. Andammo avanti veloce per tornare al fotogramma di Zinna, ma ci accorgemmo che prima di lui un'altra persona era venuta nello stabilimento –. Rifece esattamente tutto. Vedere Thomas vivo per Vanina fu come ricevere un pugno nello stomaco. Ma niente in confronto alla cannonata che la colpí in piena faccia quando Lo Faro fermò l'immagine sulla persona che stava entrando nel lido alle sette e trentuno. Un silenzio tombale calò nella stanza. Spanò si sedette lentamente, scuro in volto come di rado l'avevano visto.

Non ebbero nemmeno il tempo di riaversi che bussarono alla porta.

Giustolisi entrò, con l'ispettore capo Sanna appresso, e indirizzò uno sguardo perplesso in direzione di Patanè. Il vecchio commissario si sentí in dovere di presentarsi. Si alzò.

– Biagio Patanè.

Il vicequestore gli strinse la mano.

– Finalmente la conosco di persona. So che Guarrasi ormai l'ha inserita nella sua squadra, commissario –. Fece un mezzo sorriso sfottente.

– Dovevi dirmi qualcosa, Giustolisi? – tagliò corto Vanina. Non era il momento di mettersi a scherzare.

Il collega si sedette davanti a lei.

– Cara Guarrasi, ti debbo fare le mie scuse.

8.

Maria Rosaria Urso, ex signora Spanò, tutto s'aspettava aprendo la porta alla polizia fuorché di ritrovarsi davanti, oltre alla Guarrasi e al poliziotto anziano, anche il suo ex marito.
– Buongiorno, signora Urso.
– Buongiorno, dottoressa Guarrasi.
Vanina le presentò come suo «collaboratore» il commissario Patanè. La donna gli strinse la mano. Visibilmente imbarazzata, evitò quella di Spanò, che visibilmente ci rimase male. Del resto, che poteva pretendere? La malacumparsa risalente a qualche mese prima, quando s'era fatto azziccare in bilico tra l'albero e la ringhiera a spiare dentro la villa, non aveva giustificazioni manco a cercarle col lanternino. Se era ancora lí, a svolgere il mestiere suo, lo doveva solo alla Guarrasi e al commissario Patanè, che s'erano adoperati per risparmiargli una denuncia.
– Ciao Carmelo, – lo salutò, fredda.
– Ciao Rosi.
L'avvocato Greco, invece, non si stupí di rivederlo. Carmelo Spanò era l'uomo di cui la Guarrasi si fidava di piú ed era un bravissimo poliziotto. E in una situazione come quella le beghe personali andavano messe da parte. Strinse la mano a tutti e tre i poliziotti, e li invitò in un immenso soggiorno che occupava gran parte del piano terra. Una donna si alzò da uno dei divani e si mosse verso di loro.

– La mia ex moglie, Elena Pistorio, – la presentò Greco. Poi fece segno di accomodarsi, ma i poliziotti rimasero in piedi.
– Emanuela come sta? – chiese Vanina.
– E come vuole che stia, dottoressa, – rispose Greco, l'aria rassegnata. – Una morta pare, pure lei.
– Avrei bisogno di parlarle.
– Certo, anche se dubito che riuscirà a scuoterla. Prego –. L'avvocato s'avviò verso una scala che portava al piano di sopra. – Elena, vuoi venire pure tu?
La donna salí con loro.
Dal momento in cui era tornata a casa del padre, il giorno prima, Emanuela Greco non era piú uscita dalla sua stanza. Non aveva toccato cibo, non aveva chiuso occhio un solo minuto se non per sprofondare negli incubi piú spaventosi. Convincerla a togliersi di dosso i vestiti e a lavarsi i capelli impastati di sangue e sabbia era stata un'impresa. S'era rannicchiata sul suo letto e là era rimasta.
– La vede, dottoressa? – bisbigliò Elena, fermandosi sulla soglia. – È da ieri che non spiccica parola –. Enzo rimase dietro di loro, la faccia preoccupata.
Vanina non osava immaginare lo stato in cui li avrebbe ridotti entrambi quello che avrebbero appreso di lí a breve.
Scostò la porta. – Mi dispiace ma devo entrare da sola, – disse ai genitori che la stavano seguendo e li lasciò fuori. Aveva convinto la Recupero a non partire subito con una convocazione ufficiale. Preferiva essere lei a sentire la ragazza per prima, alla luce dei nuovi elementi.
– Emanuela, – la chiamò.
La ragazza non si mosse. Continuò a fissare il termosifone davanti a sé, sotto la finestra.
Pareti tinteggiate di rosa pallido, mobilio da rivista d'arredamento, con qualche contaminazione adolescenziale qua

e là. Uno stereo ultimo modello, un cartonato altezza uomo di Justin Bieber con biglietto del concerto appuntato sulla spalla. Attaccato a una parete, un collage di fotografie, due terzi delle quali ritraevano Thomas.
  Vanina s'avvicinò al letto, si sedette in un angolo.
  – Dobbiamo parlare.
  Emanuela si voltò. Si tirò su lentamente e si abbracciò le ginocchia.
  – Mi dica, – mormorò.
  Vanina decise di non girarci troppo intorno.
  – Ieri non mi hai detto tutto.
  La ragazza corrucciò la fronte, incerta. – In che senso?
  – Nel senso che la tua mattinata non si è svolta precisamente come me l'hai raccontata.
  – Io... non capisco.
  Vanina tirò fuori il telefono, recuperò il fotogramma estratto dal video delle telecamere e glielo mostrò.
  – Questa sei tu, no?
  – Sí, certo, sono io.
  – E lo leggi che orario segnava la telecamera di sicurezza del lido?
  Emanuela si sforzò di decifrare i numeretti sul display.
  – Le... sette e trentuno –. Alzò gli occhi e incappò nello sguardo grigio ferro della Guarrasi, che si limitò a fissarla senza parlare.
  – Ha ragione... – ammise la ragazza.
  – Non mi interessa avere ragione, Emanuela. Mi interessa sapere perché non mi hai detto che eri già andata da Thomas ieri mattina.
  – Perché mi vergognavo davanti a mio padre.
  – Di cosa ti vergognavi?
  – Avevo inventato una bugia per uscire di casa cosí presto.

– Ma poi tuo padre s'è allontanato, come mai allora non me ne hai parlato?
– Non lo so, dottoressa. Forse non mi sembrava importante. Anche perché non ero arrivata nemmeno a vedere Thomas. Ho camminato avanti e indietro come una scema sul vialetto, indecisa, poi mi sono fatta prendere dall'orgoglio e sono tornata indietro. Ho recuperato la macchinetta e sono andata a scuola.
– E nemmeno a don Rosario l'hai detto?
– No, non ci ho pensato. Quando è arrivato don Rosario ero... scioccata.
– Come mai cambiasti di nuovo idea e decidesti di marinare la scuola?
– Proprio mentre stavo per entrare dal cancello mi sono resa conto che, se non avessi messo da parte l'orgoglio e non fossi andata a parlargli, me ne sarei pentita per sempre. Cosí sono tornata là. Il resto... purtroppo lo sa.

Vanina si alzò in piedi, andò verso la finestra, guardò fuori. Palme, fichi d'india, euforbie. E poi mare, mare a non finire.

– Emanuela, sei sicura di avermi detto tutta la verità?
– Certo, dottoressa. Ma... perché me lo chiede?

Vanina non rispose. Capí che non poteva tergiversare oltre. Doveva essere esplicita. La mole di indizi che era venuta fuori a carico di quella ragazza era pesante come un masso di pietra lavica. Indizi gravi, resi concordanti da una testimonianza. Un insieme di cose che a una sbirra come lei – e forse anche a una pm scafata come la Recupero – puzzava di montatura a cento chilometri di distanza, ma che a un magistrato poteva bastare per disporre una misura cautelare, anche in carcere se le condizioni l'avessero richiesto.

Prese fiato e le comunicò tutto.

– Dottoressa, ma si rende conto della follia di quest'accusa?

Enzo Greco era fuori di sé.

Emanuela era schizzata fuori dalla sua stanza alla velocità della luce. Piangendo disperata era volata tra le braccia della madre. Vanina aveva dovuto ripetere ai genitori quanto aveva già riferito a lei.

E ora erano lí, seduti nel soggiorno, dove Patanè e Spanò erano rimasti ad aspettare insieme a Maria Rosaria.

– Avvocato, le assicuro che anche io ho serie difficoltà a credere che Emanuela possa aver ucciso Thomas, ma come le ho detto purtroppo gli indizi portano tutti a lei.

– Quali indizi? Le impronte digitali sull'arma del delitto? Il sangue addosso? Ma se è stata Emanuela stessa a raccontarle che ha afferrato il rastrello per estrarlo dalla testa del ragazzo e che lo ha abbracciato. Anche don Rosario l'ha vista mentre lo teneva stretto. Certo che s'è sporcata di sangue.

– C'è il filmato delle telecamere che la riprendono mentre entra nello stabilimento alle sette e mezzo del mattino, proprio l'ora in cui si presume che sia stato commesso l'omicidio. Ci rimane circa un quarto d'ora e poi esce, correndo.

Greco guardò la figlia in cerca di conferme. Emanuela confessò tra i singhiozzi di non essere uscita presto per fare colazione con la sua amica Emma, ma di essere andata alla Playa. Ripeté il racconto che aveva fatto a Vanina.

L'avvocato inghiottí piú volte. – Be', una spiegazione dunque c'è, – disse.

Vanina proseguí, implacabile. – Inoltre abbiamo la testimonianza di una persona che sostiene di aver visto Emanuela e Thomas litigare quella mattina nel capanno.

Il famoso nipotuzzo di Zinna, interrogato da Giustolisi in merito alla sua presenza al lido, aveva fornito una descrizione minuziosa di un presunto litigio tra Thomas e la ragazza per «questioni di corna». Quando aveva visto la malaparata, per non mettersi in mezzo se n'era andato.

– Ma non è vero, mi creda, dottoressa! Io con Thomas non ci ho nemmeno parlato, – gridò Emanuela, tra le lacrime.

– Io posso pure crederti, – replicò Vanina, – il problema è che tutto questo concorda col fatto che Thomas ti avesse lasciato e che, probabilmente, avesse un'altra storia. Oltretutto risulta che tu la notte prima dell'omicidio lo tempestasti di telefonate a cui lui non rispose. La Postale sta cercando di recuperare i messaggi ricevuti da Thomas in quelle ore, anche se senza il telefono è complicato. Sono sicura che ce n'era qualcuno tuo. Vero?

La ragazza fece segno di sí.

– Emanuela, Thomas aveva un'altra ragazza? – sparò Vanina a bruciapelo.

La ragazza sussultò.

– No... Non lo so...

Vanina tirò fuori di nuovo il telefono e le mostrò la foto del braccialetto trovato da Pappalardo. Era in primo piano, in mezzo agli altri reperti.

– È tuo questo?

– No, – rispose Emanuela, senza esitare. Poi rimase in silenzio, concentrata sulla fotografia. Sorrise, triste. La accarezzò. – Questa è tutta roba che avete trovato nel capanno? – chiese.

– Sí.

– Superman, – mormorò, a voce troppo bassa perché qualcuno la sentisse.

– Come dici?

– Niente, – alzò gli occhi. Affranti.

Se le avessero chiesto da uno a dieci quanto reputava possibile che quella ragazza fosse l'assassina di Thomas, Vanina avrebbe risposto zero.

Dalla faccia di Patanè s'intuiva che la sua valutazione in merito alla presunta colpevolezza di Emanuela Greco era analoga a quella della Guarrasi.

– Cose da pazzi, – borbottò, sistemandosi al solito posto, sul sedile posteriore dell'auto di servizio. – Ma io mi domando e dico: come si po' pinsari ca 'na carusa accussí minuta possa avere la forza di spaccare la testa a un pezzo di marcantonio come Thomas?

Vanina si accese una sigaretta.

– Purtroppo il fatto che non sia una virago in questo caso non gioca a suo favore. La relazione di Calí dice che il ragazzo ha ricevuto due colpi. Il primo è stato sferrato col margine laterale, che infatti ha sfondato la testa. Il fatto che nel secondo colpo il rastrello fosse girato dalla parte dei denti, secondo la ricostruzione, sembrerebbe dovuto all'incapacità dell'assassino di tenerlo fermo. Quindi è compatibile con una persona poco forzuta.

– Vaffanculo, – sbottò Spanò, battendo una mano sul volante. Si voltò verso Vanina. – Mi scusi, dottoressa, ma non mi può pace.

– Meluzzo, sbraitare non serve a niente, – intervenne Patanè, convinto. – L'unica cosa che si deve fare è mettersi al lavoro per trovare le prove ca scagionano la carusa. Pirchí da qualche parte 'ste prove ci sono. Sicuro come la morte.

– Il punto debole di tutto il quadro probatorio è proprio il testimone, – disse Vanina. – E francamente non penso che il magistrato sia cosí sprovveduto da prendere per oro colato la testimonianza di uno che fino al giorno prima pa-

reva il principale sospettato e ora, grazie a questa alzata d'ingegno, scende al secondo posto.
– A mmia, a 'stu puntu, mi pare abbastanza probabile che il caruso l'ammazzò la mafia. Siccome però, vai a sapiri pirchí, non le giovava rivendicarlo, prima ci sviò fingendo un'esecuzione malaccorta, poi approfittò dell'arrivo della carusa per tirarsi fuori la storia delle corna. Sicunnu le migliori tradizioni.
– Tradizioni un poco vecchie, commissario, – obiettò Spanò.
– Ma pirchí, Natale Zinna com'è? Vecchio, com'a mmia. Anzi, forse macari di piú.

Alla trattoria di Nino non c'era un tavolo libero manco a pagarlo oro. Persino quello esterno, l'unico che restava sul marciapiede anche nei mesi invernali a disposizione dei clienti che uscivano a fumare, era occupato da una coppia di stranieri che, a giudicare dal numero di piatti sparsi, si stava scofanando l'intero menu.
– Nino, ma manco uno strapuntino ci puoi sistemare? – insisté Patanè, che col ristoratore aveva un quarantennale rapporto idilliaco.
– Ora cerco di organizzare. Viremu che posso fare, commissario –. E sparí all'interno.
I tre poliziotti ne approfittarono per fumarsi una sigaretta. Spanò, che le Gauloises della Guarrasi non le poteva soffrire, tirò fuori delle Marlboro.
«Il vizio mi ripigliai a forza di frequentarla, dottoressa. Oramai accatto sigarette tutte le settimane», andava recriminando ogni volta che se ne accendeva una. Quel giorno, stranamente, non fece commenti.
Patanè, che di nascosto dalla moglie ogni tanto una fumatina se la concedeva, attinse al pacchetto di Vanina.

– Matri santa, dottoressa, e che le fece di male 'sto pacchetto?

Il lato vuoto era piegato e ripiegato.

– Stamattina ero un poco nervosa –. L'idiota che era. Non riusciva ad accettare che l'ipotesi di Giustolisi continuasse a essere l'unica in pista. A sapere che casino sarebbe venuto fuori, si sarebbe prodigata per suffragare la tesi originale del collega; tesi che adesso, alla luce della testimonianza di Zinna, paradossalmente pareva piú verosimile di prima.

Nino ricomparve sulla strada dalla porta accanto, quella che dava sulla saletta posteriore e che di solito restava sempre chiusa. Passando davanti al tavolino esterno consegnò l'ennesimo piatto ai due stranieri – una pepata di cozze che poteva andare bene per quattro – e li raggiunse. – Pronti siamo, – comunicò, soddisfatto.

Lo seguirono all'interno.

– Il tavolino è un poco nico, ma lo sistemai in un angolo, cosí non vi disturba nessuno.

La coppa con le olive alla stimpirata era già piazzata al centro, assieme al cestino del pane.

Si sedettero e attinsero mentre ordinavano. Involtino, polpetta e caponata per Vanina, pasta coi masculini per Patanè e macco di fave per Spanò.

– Meno male ca Nino ha sempre mille risorse. Considerata la calata che pigliò Angelina da ieri, capace che mi ritrovavo a mangiare pane e latte.

– Ma almeno glielo chiese il motivo di questa improvvisa frugalità? – suggerí Vanina. Conoscendola, come ormai la conosceva lei, 'sa che stava tramando.

– Certo che glielo domandai. Lo sa che mi rispose? «Capitò» –. Anzi, le parole esatte erano state: «Capitò, beddu miu». Non aveva tentato nemmeno di interpretarle, ma un sospetto gli era venuto subito. Per non darle sazio, aveva deciso di evitare il problema.

Spanò non partecipava. Mordicchiava da cinque minuti la stessa oliva con un'indifferenza che non gli si addiceva. Quando erano usciti dalla villa di Greco, Rosi gli era corsa dietro, l'aveva fermato, preso per una mano. Melo, ti prego, giurami che farai di tutto per aiutarla. Quello slancio inaspettato l'aveva scombussolato ancor piú di quanto non l'avesse già fatto la brutta storia che stava capitando. La mano nella mano, il modo in cui l'aveva chiamato. Giuramelo.

Melo gliel'aveva giurato.

Negli uffici della Mobile c'era un viavai anomalo di gente.

Lo Faro aspettava al varco Vanina armato del computer di Thomas su cui aveva studiato tutta la mattinata.

– Capo, posso? – chiese, entrando nell'ufficio della Guarrasi, che si stava liberando della giacca e aveva già la sigaretta tra le labbra, ancora spenta. Patanè e Spanò erano con lei.

– Entra –. Si sedette alla scrivania. – Ma che è 'sto passa e spassa di persone per le scale? – chiese.

– Sono i familiari di Thomas Ruscica. Il dottore Giustolisi li aveva già sentiti, ma disse che era meglio che li risentissimo pure noi alla luce delle novità. Non gliene parlò?

Vanina chiuse gli occhi. – Minchia, me l'ero scordato. Chi ci sta pensando?

– Fragapane e Ristuccia. Cominciarono da cinque minuti.

Vanina strinse la sigaretta tra le labbra, pensierosa. Alzò la cornetta del telefono fisso e compose un interno.

– Fragapane? Guarrasi sono. Il padre e la madre lasciateli a me –. Riattaccò sbattendo il telefono, seccata.

– Che fu, dottoressa? – si preoccupò Patanè.

– Niente, commissario, è che solo all'idea di parlare con quelle persone lo stomaco mi si fa a matapollo –. Stava per dire il termine giusto: le budella. *Vuriedda*, nel gergo di suo nonno Fofò che gliel'aveva insegnato.

Lo Faro la guardò irresoluto. Che significava *matapollo*? Gli altri due dovevano saperlo, tant'è vero che avevano sorriso, allora s'accodò.

– Che volevi dirmi? – lo riscosse la Guarrasi.

L'agente depositò il vecchio laptop sulla scrivania.

– Computer, – disse.

– Ma vero dici? A me pareva un tostapane.

– Un tostapane, dottoressa? Ma... perché? – Ci pensò. – Forse per la forma?

Vanina lo fissò, feroce.

– Lo Faro, che significa computer detto cosí? Quale computer, appartenente a chi?

– Ah! Scusi, capo, è di Thomas Ruscica. Lo prese Fragapane ieri sera nella stanza del caruso da don Rosario...

– Va bene, va bene, ho capito –. Si accese la sigaretta. – E che c'è in questo computer?

– Cose scritte in Word. E poi un archivio di articoli di giornale, in formato Pdf.

– Che genere di articoli?

– Fatti di cronaca. Ci sono macari un paio di casi di cui ci occupammo noi! Raccontati precisi precisi –. La cosa evidentemente gli dava particolare soddisfazione.

– Invece di priarti per le minchiate, dimmi che password devo inserire, – fece Vanina, che nel frattempo aveva alzato lo schermo.

– È «clarkent», tutto unito, tutto piccolo.

– E dove la pigliò?

L'agente sgranò gli occhi, stupito. – Clark Kent, dottoressa. Il vero nome di Superman!

– Ah, vero. Sempre Superman, – fissato era. – E come l'hai scoperta?
– Mi ci sfurniciai per un poco, dopodiché a Ristuccia venne l'idea di chiamare a don Rosario che magari la sapeva, e ci azzeccò.
– Come mai don Rosario sapeva la password del computer di Thomas? – domandò Spanò.
– Perché siccome il suo è vecchio e si rompe ogni tre minuti, certe volte usava il computer del ragazzo.
Spanò reagí con una smorfia. Vanina la intercettò.
– Che c'è, ispettore?
– Ca sicunnu mia cercare nel computer è tempo perso.
Patanè abbassò la testa in un vistoso segno affermativo. – Sono parzialmente d'accordo con Carmelo –. Si spiegò: – Se don Rosario ci poteva mettere mano, può voler dire solo due cose: o Thomas non aveva segreti con lui, e perciò il parrino era a conoscenza macari di questioni che non si potevano raccontare, oppure non ci teneva niente che iddu non potesse leggere. Siccome dubito che uno come don Rosario non ci avrebbe contato tutto chiddu ca sapeva... – non concluse. Bastava la faccia della Guarrasi, che proseguí al posto suo: – Significa che cose interessanti in questo computer non ce ne saranno. Però magari c'è qualcosa che ci aiuta a capire meglio la dimensione personale del ragazzo.
Patanè replicò la calata di testa di poco prima. – E chistu senza dubbio è sempre utile. Anzi, è fondamentale. Ecco pirchí un attimo fa dissi che ero solo *parzialmente* d'accordo.
Trascinò la sedia, si piazzò vicino a lei e inforcò gli occhiali, pronto alla visione. Spanò si spostò in piedi dall'altro lato.

Vanina digitò la password. Apparve un desktop ordinatissimo. Foto di sfondo: un selfie di Thomas ed Emanuela davanti ai faraglioni di Aci Trezza.

La fissò in un silenzio meditativo.

– Senti, Lo Faro, sappiamo per caso a quando risale l'ultima volta che qualcuno ha usato il computer?

– Sí. 3 aprile 2017. Due giorni fa. Per l'esattezza, la sera prima dell'omicidio.

– Ecco, – fece Spanò. Come per dire, «me l'immaginavo».

Patanè lo fissò da sopra gli occhiali, interrogativo.

– Chi vo' ddiri, *ecco*?

L'ispettore alzò le mani a piatto, come per schermirsi.
– Non lo so, a voi vi pare normale che uno lassa 'a zita e si teni la foto sul desktop?

Era la stessa cosa che aveva pensato Vanina appena l'aveva vista. Patanè, che dal mondo dei selfie e delle foto personali schiaffate come sfondo di qualunque aggeggio elettronico era lontano mille miglia, ci arrivò un attimo dopo.

Vanina aprí una cartella nominata «file Word». Ne lesse uno, rimase perplessa.

– Ma questi sono, gli articoli? – Per com'erano scritti e per gli argomenti che trattavano, cosí pareva.

Lo Faro si chinò sul monitor.

– No, dottoressa. Quelli che dico io non sono in Word.

Mosse il cursore su una cartella nominata «file Pdf». La aprí.

– Eccoli.

Vanina li scorse velocemente. Il primo era datato 21 agosto 2016, l'ultimo 3 aprile 2017. Tutti articoli di quotidiani locali, inerenti a casi di cronaca accaduti a Catania e provincia. Per firma solo una sigla: C. K.

Riaprí l'altra cartella, lesse l'inizio del primo documento Word, poi tornò al primo Pdf e fece la stessa cosa. Gli altri tre la seguirono in silenzio.
– Talè, talè, talè! – disse Patanè, incredulo.

9.

Il colloquio con i Ruscica, se possibile, l'aveva amareggiata piú ancora dell'incontro alla Playa. Una sequela di recriminazioni contro il parrinu che aveva portato il povero figlio loro sulla cattiva strada della legalità, spingendolo a frequentare persone che con l'ambiente suo non c'entravano niente e che chissà come lo discriminavano – riferimento poco velato a Emanuela Greco. Per chiudere in bellezza, il padre s'era lanciato in un panegirico degli «amici del quartiere» che a Thomas volevano bene e che gli avrebbero perdonato tutte cose, pure le sue prese di posizione contro di loro. Vanina aveva concluso l'incontro il prima possibile, tanto ormai aveva capito che da quei due non avrebbe cavato nulla. E la intristiva vedere dei genitori che avevano appena perso un figlio comportarsi in quel modo.

Mentre scendeva le scale della Mobile controllò il telefono, che scoppiava di notifiche. Messaggi, messaggi vocali, chiamate cui non aveva risposto. Richiamò sua madre, con cui non parlava da due giorni; il caso l'aveva assorbita al punto da ricondurla suo malgrado alle vecchie abitudini. Negli ultimi tempi Vanina aveva fatto di tutto per garantirle telefonate piú frequenti e meno telegrafiche. Un cambiamento graduale, iniziato mesi prima, dal momento in cui circostanze inaspettate le avevano aperto gli occhi su sua madre, ammorbidendo il suo sguardo su di lei, che per anni era stato severo. A questo nuovo stato di cose la signora s'era felicemente abituata subito.

Marianna Partanna in Calderaro, ex vedova Guarrasi, rispose al primo squillo.

– Gioia, finalmente!

– Scusa se non ti ho chiamata, mamma, ma ho un'indagine per le mani e...

Non la lasciò finire.

– Lo so. Abbiamo letto i giornali. Il ragazzo morto ammazzato alla Playa. Poveraccio.

– Eh, già.

– Ma vero è che tu lo conoscevi?

Vanina si fermò a metà scala, si accese una sigaretta. – E tu come fai a saperlo? Pure questo c'era scritto sul giornale?

– Ma no, me lo disse Federico –. Il secondo marito, affezionato a Vanina come fosse figlia sua e solo negli ultimi tempi opportunamente corrisposto.

– E a Federico chi glielo contò?

– Ieri l'altro, a un congresso qua a Palermo, incontrò un collega pediatra amico tuo. Un palermitano che lavora a Catania. Monterreale, mi pare che si chiami. Parlarono un poco di te e del caso che t'era capitato, e lui gli disse che 'sto picciotto tu lo conoscevi bene. Dice che viveva in una specie di comunità di recupero gestita da un prete che l'aveva salvato dalla droga, e che 'sto prete è grande amico tuo. Ma vero è?

– Sí, è vero.

– E come fu che diventasti amica di un prete? – Se solo pensava a quanto aveva dovuto penare per trascinare la figlia in chiesa a ogni festa comandata. La domenica, poi, manco a parlarne. Dal giorno in cui avevano ammazzato Giovanni, suo padre, tra Vanina e la fede s'era rotto ogni legame. Cercare di ricucirlo era stato talmente oneroso

che alla fine Marianna ci aveva rinunciato. Tanto, se atea voleva essere sua figlia, atea sarebbe stata. Non ci sarebbe stato verso di farle cambiare idea.
– Ci sono preti e preti, – tagliò corto Vanina.
Marianna non insisté oltre.
– Ma perciò non vieni a Palermo nei prossimi giorni?
Anche al fatto che Vanina avesse ripreso a bazzicare la città natia sua madre s'era abituata subito.
– Non sono io a decidere, mamma, dipende da tante cose. Lo sai, no?
– Eccome se lo so, – fece Marianna, contrariata. Che sua figlia si fosse rimessa a cacciare mafiosi non le calava per niente, solo pensarci le avvelenava tutti i pranzi, le cene, le ore che riusciva a scippare ogni volta che lei tornava a Palermo. – Comunque, se potessi venire almeno una volta extra lavoro, tua sorella ne sarebbe felice. Mancano due mesi al matrimonio, e mi sembra molto agitata.
Vanina evitò di ribadire la sua opinione. A Costanza l'aveva esplicitata piú di una volta, e non avrebbe avuto problemi a farlo di nuovo. Come le era venuto per testa di sposarsi a ventitre anni solo lei lo sapeva.
Promise che avrebbe fatto di tutto.
Senza volerlo, se la chiamò.

Stava per uscire dalla Mobile quando una nuova notifica WhatsApp illuminò il display.
Era Paolo: «MI MANCHI, VIENI QUI».
Vanina si pietrificò. Un messaggio tutto scritto in maiuscolo non era un messaggio sentimentale. Era il codice, quello che si erano inventati per comunicare senza correre il rischio di deleterie fughe di notizie. Significava che era necessaria la sua presenza a Palermo. Paolo non aveva aggiunto giorno né orario, perciò non poteva trattarsi di

un'azione precisa. Soprattutto, non aveva usato la parola d'ordine riservata a una sola occasione: quella, purtroppo non ancora imminente, in cui Salvatore Fratta detto Bazzuca sarebbe stato stanato e, finalmente, sbattuto in galera insieme ai suoi degni compari.

«DOMANI VENGO AD ABBRACCIARTI», rispose.

Il messaggio successivo era in corsivo: «*Non vedo l'ora*».

Vanina camminò lungo via Vittorio Emanuele con gli occhi sul display. Prima di arrivare al posto in cui aveva parcheggiato la Mini andò a sbattere contro un Suv bianco che le pareva di conoscere bene. Il finestrino del guidatore si abbassò confermando la sua sensazione.

– Ciao Vani.

Maria Giulia De Rosa, detta Giuli, principessa del foro catanese, reduce da un bimestre sabbatico a New York. E da due mesi di gelo da parte di Vanina.

– Oh. La signora si degnò di tornare.

– Lo sapevi che sarei rientrata oggi, te l'avevo scritto.

– Ma io non ho letto.

Non era vero, l'aveva letto come aveva letto tutti gli altri messaggi degli ultimi due mesi.

– E perché rientrasti? – proseguí Vanina. – Prosciugasti il conto corrente?

Giuli non raccolse la provocazione.

– Potresti salire in macchina, cosí parliamo?

– E di che?

– Come di che? – sospirò Giuli. – Dell'equivoco babbo che ci ha allontanate. Mi sei mancata assai.

Vanina la guardò sorniona. Pure lei le era mancata, quella sciagurata, ma il sazio di dirglielo non gliel'avrebbe dato manco morta. Se la ricordava ancora troppo bene la telefonata nel cuore della notte con cui il suo amico newyorkese Don Sullivan le aveva comunicato, non senza preoccupazione, che Giuli non era mai arrivata nell'appartamento che lui le aveva affittato e risultava irreperibile. Vanina era con Paolo all'Addaura. Non avevano piú chiuso occhio. Avevano allertato mezzo mondo, lei aveva chiamato i colleghi del Servizio per la cooperazione internazionale di polizia, cercando di capirci di piú. Solo dopo molte ore aveva scoperto che Maria Giulia De Rosa era atterrata regolarmente all'aeroporto JFK alle 16.50 ora locale del giorno prima. E dopo altrettante ore aveva scoperto che la suddetta De Rosa, la sera stessa del suo arrivo, s'era regolarmente registrata in un residence a cinque stelle sulla Quinta Strada. Dulcis in fundo, senza una sola parola di spiegazione, aveva saldato a Don Sullivan la penale per il no show. Dopo tre giorni passati ad aspettare che fosse lei a farsi viva per prima, Vanina aveva alzato il telefono, composto il numero a nove cifre del residence e l'aveva buttata giú dal letto alle sei del mattino esigendo lumi. Presa in contropiede, Giuli aveva farfugliato di «non essere riuscita a immaginarsi» nell'appartamento di Don e di aver cercato «qualcosa di alternativo». E di «aver temuto di darle un dispiacere» dicendoglielo. S'era guadagnata una cornetta in faccia e due mesi di silenzio assoluto.

– Un equivoco babbo, perciò? – disse Vanina.

– Ok, Vani, sono stata una scimunita. Una minchiona scimunita, anzi. Ora però puoi salire in macchina, che sto bloccando un portone?

Vanina camuffò il sorriso che le era venuto spontaneo con una smorfia di sopportazione. Fece il giro e salí sul Suv.

– Amuní, forza, parliamo –. Le allungò una cuzzata sulla nuca. – Minchiona scimunita della Quinta Strada –. Stavolta le sorrise per davvero.

Finirono a cena ad Aci Trezza, nel solito ristorante che l'avvocata in piena estate frequentava un giorno sí e l'altro pure. Spaghetti con le vongole, vino bianco e tonno «vivo» arrustuto sulla brace. Adriano le raggiunse. Giuli lo abbracciò come se non lo vedesse da dieci anni.

– Madre santa, e che ti pigliò? L'aria mi stai levando, – scherzò il medico.

– Niente, ti volevo risarcire.

– A me? E di che cosa? A Vanina devi pensare a risarcire, bedda mia. E impegnati, perché non sarà facile. Le devi quasi quarantott'ore di tribolazione e una malacomparsa senza precedenti con i colleghi dello Scip, che dovettero indagare sulla sparizione di una che, frisca frisca, schifata del loculo di trenta metri quadri in un vecchio edificio a Charles Street, improvvidamente prenotato senza manco taliarlo, s'era andata a installare in un mega appartamento di lusso sulla Fifth con vista su Central Park. Aggiungici l'incazzatura di sapere che l'amica sua, incapace di confessarle la verità, aveva preferito darsi alla macchia...

– Che ne sai tu che avevo la vista su Central Park?

Adriano rise. – Come se non ti conoscessi! Perché, non è vero?

– Sí, è vero, – ammise Giuli.

Vanina la guardò di sottecchi. Lei l'allusione al risarcimento per Adriano l'aveva capita. Come al solito s'era sentita in difetto nei confronti dell'amico, ignaro del vero motivo che aveva indotto Giuli a quella fuga temporanea. Un segreto che Vanina si sarebbe portata nella tomba.

– Quello che mi chiedo è come ti venne per testa, con le fisime che hai, di prenotare un bivani al Village, per giunta economico, – le disse.

– Il Village è un quartiere cool.

– È cool per i negozi, per i locali. Alcune case sono ristrutturate. Ma altre restano quelle di un quartiere di studenti, spatti un poco bohémien.
– E poi c'eri stata tu, – obiettò Giuli.
– Appunto, – commentò Adriano, – questo non ti fece riflettere manco un po'?

Vanina aveva insistito per spostare ad Aci Trezza la sua macchina, lottando contro la risolutezza con cui Giuli, in nome della rinnovata amicizia, intendeva scarrozzarla per l'intera serata. Il che avrebbe comportato un allungamento dei tempi con, al ritorno, fermata di rito al chiosco di piazza Spirito Santo per il seltz di cui l'avvocata non sapeva fare a meno. In un altro momento Vanina avrebbe accettato di buon grado tutto il programma, ma quella sera aveva urgenza di tornare a Santo Stefano e prepararsi alla sgroppata dell'indomani. Oltretutto, cosa incredibile, le sembrava di avere sonno. Non poteva sprecare un'occasione così rara.

Aveva mandato un messaggio a Spanò, avvertendo che il giorno dopo non sarebbe comparsa prima del pomeriggio. A Patanè aveva scritto che confidava nella sua supervisione. Non aveva bisogno di aggiungere altro, lui avrebbe capito. Alle otto di mattina si sarebbe piazzato nell'ufficio dei carusi – in quello della Guarrasi in sua assenza non si sarebbe mai permesso – e avrebbe vigilato. Il solito favore per cui si ringraziavano a vicenda: lui per avergli dato un ruolo, per quanto ufficioso, e lei perché sapeva che qualunque cosa fosse accaduta in sua assenza la testa del commissario avrebbe sostituito la sua senza problemi. Con gli stessi risultati.

La Mini era parcheggiata nel piazzale di fronte all'Isola Lachea, dove d'estate venivano allestiti i pontili per le imbarcazioni da diporto. In uno di questi, Giuli teneva il gommone bimotorizzato con cui da giugno a ottobre sol-

cava i mari catanesi. Vanina stava per entrare in macchina, quando si sentí chiamare.
– Vanina.
Manfredi Monterreale, il pediatra palermitano di cui qualche mese prima avrebbe quasi potuto innamorarsi, se solo ne fosse stata capace, le si avvicinò sorridendo. Capello biondo un po' scarmigliato con qualche filo grigio qua e là, occhi azzurri retaggio di origini normanne chissà quanto lontane nel tempo. Una faccia che da sola aveva il potere di metterle allegria.
– Ma vera sei? – le toccò la spalla per sincerarsi.
– E tu? Scemo sei?
– Ah, pure scemo? Non solo devo accettare inerme che vossia si degni di darmi sue notizie una volta ogni morte di papa, per giunta devo farmi insultare? Troppo mi pare, Guarrasi. Ricordati che io sono custode di segreti tuoi che sarebbe bene non confessare.
Come ad esempio la fuga serale dal controllo della scorta, in quel periodo infame in cui si era temuto per la sua incolumità e l'intera squadra s'era fatta in quattro per proteggerla. Tanto si fidava di lui da averlo reso complice di quella bravata idiota.
– Ragione hai, Monterreale. Non ci sentiamo da troppo tempo. Sono stata impegnata assai.
– A Catania o a Palermo?
Vanina s'irrigidí pensando che Manfredi si stesse riferendo al suo lavoro palermitano, di cui meno si parlava e meglio era. Lui invece capí tutt'altro. Pensò che Paolo Malfitano fosse tornato definitivamente nella vita della poliziotta, e che per questo lui ne fosse stato tagliato fuori. Del resto, che il magistrato fosse geloso del rapporto che Vanina aveva con Monterreale era cosa evidente.
– Qua e là, – rispose Vanina, vaga.

– Oh, non immaginerai chi incontrai ieri l'altro a un congresso.

– Federico Calderaro, – sparò Vanina, senza lasciargli il tempo di godersi l'indovinello.

– Minchia, ma cosí non c'è piacere. E che hai, i droni spia? – protestò Monterreale.

Vanina rise. – I droni spia in confronto a mia madre giocattolini sono.

Rise anche Manfredi.

– Allora sai anche che parlammo di te e del tuo nuovo caso. Il professore era preoccupato che tu lavorassi troppo e non dormissi abbastanza.

– Preoccupazione paterna –. Vanina si spaventò per averlo detto. Paterna significava «di padre».

– Lecita, se posso permettermi.

– Non puoi.

– E pazienza. Almeno posso chiederti come va la nuova indagine?

– Potrebbe andare meglio, altro al momento non sono in grado di dirti.

– Senti, per caso ci sono problemi con Emanuela Greco? Vanina lo guardò perplessa.

– Tu conosci Emanuela Greco?

– Sono stato il suo pediatra per quattro anni, ma anche se ormai è maggiorenne quando sta male i suoi chiamano me. Oggi pomeriggio, per l'appunto, mi chiamarono.

– Che aveva?

– Si tratta di segreto professionale. Tu ti fiderai di me e mi dirai se ha qualche problema? Oltre al fatto che ha visto il fidanzato morto ammazzato.

– E questo ti pare poco?

– No, anzi è tantissimo, ma sono sicuro che non fu quella la causa del malore.

Vanina non rispose. Aprí la macchina.

– Ho capito, non rispondi e mi stai mollando, – fece Manfredi. – E io che volevo proporti un gelato.

– Un'altra volta, Manfredi. Ora devo proprio tornare a Santo Stefano.

L'uomo le tenne lo sportello mentre lei saliva in auto.

– Almeno mi prometti che un giorno di questi, quando avrai risolto il caso, pranziamo insieme?

Vanina glielo promise.

Casa di Bettina era illuminata a giorno, dall'interno provenivano schiamazzi che manco in un locale del centro. Vanina si fermò davanti alla portafinestra spalancata. Possibile che un gruppo di signore anzianotte piú un unico esemplare di vedovo di sesso maschile riuscissero a combinare tanto baccano? In quel momento comparve Bettina, vestita che pareva un uovo di Pasqua. Abito lilla fiorato con fiocco al collo, che non s'adattava granché al suo fisico aranciniforme.

– *Vannina*, finalmente s'arricampò! – le venne incontro, cosí allegra che la *n* del nome di Vanina invece che raddoppiata, secondo il suo solito, venne fuori quasi tripla. – Trasisse.

– No, Bettina, grazie, ho avuto una giornata lunghissima.

– Cincu minuti precisi, il tempo di mangiarisi una fetta di torta.

Vanina ebbe un dubbio.

– Ma per caso è il suo compleanno e io me lo scordai?

– No, non si preoccupi che niente si scordò. È il compleanno di Gregorio. Non sapeva dove festeggiarlo e gli offrii di farlo qua. Tra le amiche mie, che poi sono macari le sue, e gli amici che invitò lui, piú so' soru col marito, siamo come minimo trentacincu pirsune.

Ecco spiegato il baccano.
- Trentacinque? E tutto lei cucinò?
- No, pi carità! - rispose. - Ognuno portò qualche cosa. E i dolci li pigliammo da Alfio.
- Bettina, comunque le ribadisco che 'sto Gregorio a me non me la conta giusta. Gira vota e furría, sempre qua è! - scherzò Vanina, mentre andava verso la sua porta.
La vicina rise, minimizzando con un gesto della mano.
- Di quello che restò le preparo le porzioni singole, accussí se le congela.
- Santa la dovrebbero fare, Bettina, - le rispose, prima di chiudere la porta.
Il sonno era completamente svanito.
Si liberò dalla fondina e si buttò sul divano grigio. L'unica era scegliere un film dalla sua collezione e cercare di rilassarsi senza pensare né alla giornata appena passata, né a quella che l'aspettava l'indomani. Allungò la mano sul tavolino laterale dove teneva la lista dei film che possedeva, raggruppati per titolo, per attore, per regista. Oppure quelli siciliani, in una lista a parte. L'occhio le cadde sull'ultima pagina, un elenco nuovo che aveva stilato da poco: tutti i Dvd degli sceneggiati del commissario Maigret interpretati da Gino Cervi. Ne scelse uno e inserí la prima parte: *L'affare Picpus*. Prese una Coca-Cola, rigorosamente senza caffeina altrimenti addio, e si ripiazzò sul divano grigio. Quante serate aveva passato su quel divano? Quante volte ci aveva dormito, mangiato. Quanti film aveva visto. Quanti ricordi gli aveva affidato. Era un pezzo della casa condivisa con Paolo anni prima che l'aveva seguita in tutti gli spostamenti fatti per dimenticarsi di lui. Che coerenza, però.
Si mise sdraiata, si coprí col plaid che teneva sempre lí pronto. Alla scena del ritrovamento del vecchio col cap-

potto chiuso nella cucina della chiromante morta, il sonno che pareva essere svanito tornò a farsi sentire. Ma ci vollero ancora una ventina di minuti buoni prima che gli occhi iniziassero a chiudersi.

10.

Alle otto e mezzo Vanina si mise in macchina. Partire prima non avrebbe avuto senso, dato che l'ultimo dei messaggi in maiuscolo che Paolo le aveva mandato indicava mezzogiorno come momento ideale per *abbracciarsi*. Conoscendolo, era probabile che quell'indicazione c'entrasse poco con le reali esigenze di lavoro. Chiederle di essere a Palermo di prima mattina, considerato che viaggiare all'alba non era cosa per lei, l'avrebbe inevitabilmente spinta a muoversi la sera prima. E lui avrebbe fatto di tutto per impedirle di viaggiare di notte.

Google Maps le segnalò una coda piuttosto lunga in tangenziale, proprio in corrispondenza del tratto che avrebbe dovuto percorrere. Per non infilarsi in un imbuto infernale di Tir e auto strombazzanti bloccate dietro qualche restringimento per lavori, opportunamente pianificati nelle ore diurne, decise di dirigersi verso il centro città. Tre quarti d'ora e tre sigarette dopo, reduce da una gimcana da un lato all'altro di Catania alla ricerca del percorso piú veloce, riuscí finalmente a imboccare la A19 Catania-Palermo. Centonovanta chilometri di trazzera spacciata per autostrada, disseminata di cantieri perenni, ponti crollati e mai piú ricostruiti, gallerie buie che parevano grotte, con l'asfalto cosí sgangherato che per evitare incidenti si percorrevano «momentaneamente» su una sola corsia e alla velocità massima di 50 chilometri orari. Il «momentaneamente» durava da due anni. Tempo di percorrenza totale, tra le due ore e mezzo e le tre ore.

L'area di servizio Sacchitello nord, in zona Enna, era una sosta ineludibile. Per lei e per la Mini. Fece rifornimento e parcheggiò davanti al bar. Il ciambellone di Bettina era ormai un vago ricordo, e una dose di caffeina era necessaria. Prese un cappuccino e il solito muffin alla Nutella di cui non poteva fare a meno ogni volta che passava da un autogrill. Si appoggiò su un tavolino di plastica di quelli alti col Maxibon disegnato sopra e attaccò la seconda colazione. Una voce alle sue spalle la costrinse a voltarsi.

– Ma non ci posso credere! Quando niente e quando assai.

Manfredi Monterreale la guardava contento, tazzina in una mano e bustina di zucchero nell'altra.

– E tu che ci fai qua?

– Come che ci faccio, mi fermai a bere un caffè, non lo vedi? Tu invece che ci fai? – sbirciò il cartoccio. – Ah, ti addubbi di Nutella, a quanto vedo –. Si sporse a curiosare anche in un secondo sacchetto appoggiato accanto. – Minchia che arsenale di cioccolata, Guarrasi!

Istintivamente Vanina occultò il sacchetto. – Non mi avevi detto che dovevi andare a Palermo.

– Perché, tu me l'avevi detto?

Per un attimo fu tentata di sparare una fesseria, tipo che stava andando a Caltanissetta o ad Agrigento o chissà dove, ma ci ripensò.

– Ragione hai, – ammise. – E che vai a fare? Lavoro o dai tuoi?

– Ho un appuntamento –. Manfredi indugiò, poi lo disse: – Con tuo pad... – si corresse: – Col prof Calderaro.

Vanina rimase perplessa. – Scusami, ma Federico è cardiochirurgo, tu sei pediatra, che dovete fare assieme?

– Oh, ma quanto sei sbirra. Io ti chiedo come mai ogni cinque minuti corri alla Mobile di Palermo, dato che travagghi a Catania?

Vanina non rispose, si scolò l'ultimo sorso di cappuccino e buttò il cartoccio vuoto nel cestino.

– Addivintasti antipatico, Monterreale, – disse, avviandosi all'esterno.

– Ah, io antipatico.

Uscirono dall'autogrill.

– Buon viaggio, dottore, – lo salutò Vanina, aprendo lo sportello.

– Buon viaggio, vicequestore. E ricordati che me l'hai promesso: un giorno di questi ci vediamo.

– Va bene.

Stava per entrare in macchina ma si bloccò.

– Manfredi! – chiamò, guardando a destra e a sinistra. L'aveva sempre visto in moto, non aveva idea di che auto possedesse. Lo individuò che s'arrampicava su una Jeep enorme, un pick-up, per l'esattezza. Lo raggiunse.

– Che fu? – le rispose, in bilico con un piede dentro e l'altro fuori.

– Che malore ebbe Emanuela Greco, ieri?

Manfredi fece un sorrisetto. – Mi pareva strano che non me l'avessi chiesto di nuovo.

– Amuní, Manfredi, rispondimi.

– Camurría che sei –. Si sedette al volante, girato verso di lei, un piede penzoloni. – È svenuta. Dice che non mangiava da due giorni, e che piangeva da ieri mattina, quando aveva parlato con la polizia. Non mi vollero dire altro e io non chiesi.

– Ho capito. Vabbe', grazie, amico –. Gli allungò la mano sinistra.

Manfredi gliela strinse con la destra.

– Posso capire pure io?
Vanina esitò un attimo. – Purtroppo è la principale sospettata per l'omicidio di Thomas Ruscica.
Monterreale sgranò gli occhi. – Che cosa? Ma che minchiata è? Non mi dire che lo pensi pure tu.
– No. Non lo penso e farò di tutto per dimostrare che non è cosí. Ora tu ti scordi quello che ti dissi e te ne vai da Federico, che le persone ritardatarie gli dànno fastidio.

La prima cosa che fece appena rientrò in macchina fu chiamare sua madre, dato che oramai la sorpresa era fallita. Le disse che non sapeva quando sarebbe passata a salutarli. Al novantanove virgola nove per cento, appena appresa la notizia, Marianna l'avrebbe comunicata a Federico. Cosí almeno Vanina avrebbe evitato che il patrigno cascasse dal pero se quella lingua lunga di Manfredi gli avesse raccontato del loro incontro in autostrada.
Riattaccò e fece un'altra chiamata.
– Guarra', dimmi, – rispose il Grande Capo.
– Tito, vedi che non sarò alla Mobile prima del tardo pomeriggio.
– Lo so. E non perché mi hai avvertito tu, – ribatté, secco.
– Scusami, col fatto che sei a casa non ci ho pensato.
– Vabbuo', non ti preoccupare. Tanto, per tua fortuna, sono tornato in ufficio.
– Ah, bene. E Marta?
– Marta ha ancora la febbre.
– Ma se la sta prendendo qualche cosa?
– Lasciamo perdere, va', – rispose Tito, rassegnato. – Comunque, vuoi sapere che questione ho dovuto risolvere stamattina, nell'ufficio che chiamate dei carusi?
– Che è successo? – s'allarmò Vanina.

– Un quarantotto, stava per succedere. Meno male che sono intervenuto in tempo e ho disinnescato la bomba.
– Me lo dici che è successo?
– Sapendo che tu eri via, in quanto mio vice, Giustolisi ha sentito il dovere di scendere al primo piano e coordinare la tua squadra. È entrato nell'ufficio dei carusi e ha trovato Nunnari vestito da marine che commentava i tabulati telefonici di Ruscica con l'amico tuo Patanè. Quando sono arrivato, Nunnari era sull'attenti, bordeaux, il commissario, imbarazzatissimo, aveva già il soprabito addosso, e Spanò e Giustolisi discutevano animatamente. Se ritardavo dieci minuti, Patanè sarebbe stato buttato fuori in malo modo, e Nunnari e Spanò si sarebbero beccati una nota.
– Testa di cazzo, – inveí Vanina.
– Chi, lui che s'approfittò della tua assenza per fare il fenomeno o tu che senza avvertirmi lasciasti Patanè a guardia dei tuoi?
– Mi dispiace, Tito, – s'ammansí. – Non volevo metterti in difficoltà. Chiamo subito Patanè e gli dico di non farsi vedere finché non torno io.
– Non c'è bisogno di chiamare nessuno. Patanè è di là dai carusi e ci resta. A Giustolisi ho detto che il permesso gliel'avevo dato io e l'ho zittito. Ormai mi sono abituato ad avere il commissario tra i piedi. E poi ci conviene tenerci caro il suo fiuto sbirresco che non ne sbaglia una. Però la prossima volta avvertimi.
– Certo. Grazie, Tito.
– Senti, piuttosto, Spanò mi ha raccontato l'evoluzione del caso.
– E tu che ne dici?
Macchia non rispose.
– Vedi di tornare presto, Guarra'.

A Palermo la perturbazione proveniente dal Nord non era arrivata. O, se era arrivata, aveva già levato le tende. Cielo azzurro terso, aria tiepida, sole a picco che incendiava la pietra rossa dei palazzi e faceva venire voglia di tirare dritto e andarsene a pranzo a Mondello.

Vanina svoltò per via Oreto a mezzogiorno e mezzo. Come da prassi, a cinque minuti dall'arrivo chiamò Paolo. Nel parcheggio di piazza della Vittoria, anche in quel caso come da prassi, trovò ad aspettarla Angelo Manzo, l'uomo piú in gamba della sua vecchia squadra, da poco promosso viceispettore e parte del gruppo superblindato che da qualche mese era sulle tracce di Salvatore Fratta. Il gruppo era guidato dal vicequestore Corrado Ortès, dirigente della Catturandi e successore di Vanina. Pm di riferimento, il procuratore aggiunto Paolo Malfitano.

Manzo le aprí la portiera. – Capo, come andò il viaggio?

Vanina scese. – Eterno, come al solito –. Si accese una sigaretta mentre andavano verso l'ingresso della Mobile.

– Stanca mi pare, dottoressa.

– Riposata non sono. Ho un caso per le mani che si sta rivelando piú complicato del previsto.

– Se in questi anni non cambiò, di solito i casi difficili sono quelli che le piacciono di piú. Vero, capo?

Vanina gli fece segno di abbassare la voce. – La finisci di chiamarmi capo? Capace che Ortès s'offende.

– Ma che ci trase. Lei il mio capo lo rimarrà a vita. E poi che ne sappiamo? Magari mi trasferisco a Catania –. Vanina lo fissò, ma Angelo guardava avanti. – O magari è lei a tornare a Palermo, – concluse il poliziotto.

– Ah, ecco, mi pareva strano che ancora non l'avessi detto.

Manzo si strinse nelle spalle. Che poteva farci se sperava sempre di rivederla lí?

Salirono al secondo piano, dov'erano le stanze dedicate all'operazione Bazzuca. Il vecchio ufficio di Vanina si trovava lí accanto. Ogni volta che passava da quel corridoio, e negli ultimi mesi era capitato sempre piú spesso, non riusciva a fare a meno di pensare a come sarebbe stata la sua vita se non fosse mai andata via da lí. Se Paolo non avesse subito un attentato, o se quell'attentato, sventato proprio da lei, non l'avesse mandata nel panico, se non si fosse convinta che scappare da lui, da tutto il resto, fosse l'unica via d'uscita possibile. Risolutiva. La sensazione che aveva, ogni volta di piú, era quella di aver fatto il giro dell'oca per finire di nuovo, con altra veste, con altre dinamiche e piú complicazioni, nella casella da cui era partita.

Corrado Ortès era nella stanza che ormai pareva una centrale spaziale, per quanti strumenti, computer e schermi conteneva. – Ciao Ortès, – lo salutò.

– Oh, Guarrasi, qua sei!

Si stimavano. Anzi, per Vanina il collega aveva un merito speciale. Se l'indagine su Salvatore Fratta detto Bazzuca – considerato morto da tutti – che lei aveva portato avanti da sola, di nascosto e remando controcorrente, non s'era arenata da qualche parte, era solo grazie a lui, che l'aveva ripresa in mano e aveva proseguito il suo lavoro insieme a Paolo. E ora che Bazzuca era ufficialmente vivo, latitante dalla bellezza di nove anni, e nel frattempo assurto alla posizione apicale di capo mandamento, era proprio Ortès a insistere con Paolo perché Vanina continuasse a partecipare all'operazione in cui inizialmente s'era infilata di propria volontà, quando la cattura di Bazzuca pareva ormai imminente. E Paolo l'aveva sostenuto, consapevole che niente fosse impellente per Vanina quanto catturare di persona anche l'ultimo dei killer di suo padre.

Era cosí che Vanina aveva vinto la nausea, superato la resistenza e accettato quel folle vai e vieni.
– Che novità ci sono? – gli chiese.
– Vieni con me, – fece Ortès.
Andarono nella stanzetta che il dirigente s'era riservato. Un buco in confronto a quella con i balconi sulla piazza e i cimeli dei latitanti catturati esposti come trofei che occupava di solito e che era stata di Vanina prima che sua.
Manzo li seguí.
Ortès si sedette a una scrivania colma di carte, con alle spalle una parete piena di fotografie disposte secondo un ordine preciso, collegate da frecce e freccette.
– Abbiamo agganciato Adelina Mastrobuono, – esordí, mentre Vanina gli si sedeva di fronte. Angelo rimase in piedi, accanto a lei.
– Agganciato in che senso?
– Abbiamo seguito i suoi spostamenti, attraverso il Gps del telefono quando lo tiene acceso, e seguendola ogni volta che è stato possibile. Ovviamente, questo non c'è bisogno che te lo dica, il momento in cui il Gps è scomparso dai monitor ha sempre coinciso con quello in cui i nostri uomini hanno perso le sue tracce. La cosa interessante è che, prima di sparire nel nulla, una volta alla settimana la nostra Adelina passa sempre dalla solita farmacia.
– Quindi il meccanismo potrebbe essere questo: la Mastrobuono va in farmacia, compra quello che serve a Fratta, che oltre a essere diabetico se non ricordo male soffre pure di stomaco...
– Questa mi mancava. Ma come fai a sapere tutte 'ste cose sulla salute di Fratta? Pure il fatto che è diabetico, tu me lo dicesti.
– Anni di rovistamenti nella spazzatura che presumevo appartenesse al morto vivente.

– Sempre da sola?
– Inesorabilmente –. Una mala vita aveva fatto, appresso a quella merda che s'era dato per morto.
Ortès non nascondeva di ammirarla per quello che era riuscita a fare. Ecco perché dopo aver trovato il primo covo vuoto, dopo aver scoperto che l'avvertimento era partito da qualcuno all'interno della polizia, e dopo la successiva costituzione di quel gruppo blindato, aveva ritenuto indispensabile che il bagaglio di conoscenze personali della Guarrasi non andasse perduto.
Vanina riprese. – Perciò, dicevo, Adelina va in farmacia, si procura le medicine per Fratta e nel momento in cui sparisce va a consegnargliele. Come ci va? Con chi? – lo domandò a sé stessa, mentre si infilava una sigaretta spenta tra le labbra.
– Il punto è proprio questo: come fa a sparire? – Ortès accese il computer, girò il monitor verso Vanina. – Questa è la palazzina dove vive la Mastrobuono assieme alla madre. Di Cuzzano, il patrigno, manco a dirlo, nessuna notizia. Come puoi notare dai filmati, non ci sono uscite posteriori e nessuno esce dal portone principale. Quando la picciotta ricompare ed esce di nuovo, molte ore dopo, è già di nuovo tracciabile. Come la vedi?
Vanina masticò la sigaretta con le labbra. – E come la vedo. I casi sono due: o c'è una seconda uscita camuffata in qualche modo, oppure Fratta si nasconde proprio lí.
– E qui volevo arrivare, – fece Ortès, galvanizzato. – Ammettiamo che Fratta si nasconda lí, in qualche purtuso, magari una cantina...
Vanina lo fermò. – Perché un purtuso, scusami? Capace che quello si nasconde in un appartamento con tutti i crismi, a nemmeno cento metri dalla casa in cui abitava la

sua famiglia vent'anni fa. E per giunta con la soddisfazione di pigliarci per il culo.

– Vabbe', allora in un appartamento. Adelina gli porta le medicine, magari gli prepara pure da mangiare e gli sbriga le faccende senza allontanarsi fisicamente da casa. Ipotizziamo che tutto si concentri in quella palazzina. Scovare Fratta, a questo punto, non dovrebbe essere difficile.

Vanina fece un'espressione dubbiosa.

– Cosa non ti quadra? – chiese Ortès.

– Due cose. La prima: perché la Mastrobuono dovrebbe disattivare il telefono se, in fondo, si trova praticamente a casa sua? La seconda: difficile, mi pare, che un latitante si vada a infilare in un appartamento privo di vie d'uscita secondarie. Te ne aggiungo una terza: ammesso e non concesso che riuscissimo a trovare qualche prova della presenza di Fratta in quella palazzina, cercare di prenderlo lí sarebbe una missione fallita in partenza. Siamo nel centro del quartiere di cui lui è il boss, se facessimo un solo passo verrebbe a saperlo in un nanosecondo e se la darebbe a gambe.

Ortès ci rifletté. – E se invece fosse proprio questa la mossa giusta? Lasciargli credere che stiamo per irrompere nella palazzina in modo da stanarlo? A quel punto potremmo fingere un blitz nell'appartamento mentre una parte del gruppo si mette alle calcagna del boss e lo acchiappa.

– L'idea non è male, ha solo un difetto.

– Quale?

– Che se qualcosa va storto e Bazzuca non abbocca, ci bruciamo tutti gli uomini che possiamo mandare in incognito. Perché stai certo che sarebbero gli altri a fare l'identikit a noi, e a quel punto le cose si complicherebbero.

– Ma infatti noi dobbiamo agire solo se siamo sicuri che niente possa andare storto.

Vanina si avvicinò allo schermo per osservare meglio le immagini della palazzina.

– Una delle domande che avevo bisogno di porti è questa: sai per caso se Fratta possedesse un cannocchiale di quelli grossi, con il treppiede?

– Non ne ho idea.

– Perché questo… – Ortès indicò col dito una delle finestre posteriori della palazzina. Vanina lo interruppe.

– Questo è un cannocchiale, senza dubbio.

S'avvicinarono entrambi allo schermo, in cerca di qualcosa.

Paolo Malfitano li trovò cosí.

11.

A Mondello pareva estate, con la differenza che la spiaggia era ancora vuota. Sotto l'antico stabilimento il mare era azzurro, chiaro come la sabbia bianca e cristallino come solo fuori stagione riusciva a essere. Ogni volta che passava davanti al celebre edificio, emblema di quel lungomare, Vanina finiva sempre per constatare che Palermo le mancava piú di quanto fosse disposta ad ammettere.

Paolo non aveva sentito ragioni. Se lei, come gli aveva raccontato quella mattina, aveva provato il desiderio di tirare dritto fino a Mondello, a Mondello sarebbero andati. Il ristorante accanto alla spiaggia era vuoto e stava per chiudere, ma per loro fece un'eccezione. Il gestore, pensando di fare cosa gradita al dottore Malfitano che non vedeva da troppo tempo, voleva allestire il tavolo migliore, quello piú vicino al mare. Praticamente fronte spiaggia. Idea bellissima, ma inattuabile, pena un infarto per il povero Nello e un pranzo avvelenato dall'ansia per Vanina. L'unico che avrebbe accettato volentieri era Paolo, ma s'arrese subito all'evidenza: non era cosa. Troppo esposto. Del resto, c'era abituato. Già era assai che si stesse concedendo un pranzo fuori, non poteva pretendere di piú. Il posto lo scelse Nello, e Paolo se lo fece andare bene. Interno, lontano dall'ingresso e dalla spiaggia, raggiungibile solo passando davanti ad altri due tavoli occupati dalla scorta. L'importante era godersi la giornata fregandosene per una volta delle catene che lo tenevano legato da anni.

– Per forza al ristorante dovevamo mangiare? – obiettò Vanina, sedendosi a tavola.

Paolo fece una smorfia, infastidito. – Perché, secondo te se qualcuno decide di farmi fuori aspetta che io venga fino a qui? Un bell'agguato sotto casa, che già una volta gli stava riuscendo se non fossi arrivata tu a sconzargli i piani, e buonanotte a tutti. Oppure all'Addaura. O magari nei dieci metri che percorro tra la procura e la macchina –. S'avvicinò, indicò gli uomini della scorta con un cenno del capo. – Tanto lo sappiamo benissimo che se la volontà è quella, non c'è protezione che tenga. Quei poveri cristi sono sempre i primi a piangere le conseguenze.

– Che proponi? Licenziamo Nello e gli altri ragazzi e andiamo in giro in cabriolet? Tanto, se vogliono... – fece Vanina, sarcastica.

– Fosse per me, – fu la risposta, laconica.

Vanina s'irrigidí. – Paolo, se stai cercando di farmi riprendere la strada per Catania di corsa dillo chiaro, che risparmio tempo.

Paolo alzò le mani. – Scusami. Dimenticavo che con te certi argomenti sono tabú –. Sorrise. – Però questa parlata in prima persona plurale mi piacque assai.

Senza rendersene conto, Vanina aveva usato il noi. Non le era mai capitato prima di allora. Quasi si spaventò.

– Paolo, non sono «tabú», sono argomenti... – Cercò il termine giusto, non le venne. Angoscianti? Dolorosi? Opprimenti? Nessuno era abbastanza efficace. La frase rimase monca, ma Paolo aveva capito lo stesso.

– Dopo vai dai tuoi? – divagò, prendendole la mano.

– Sí. Ho promesso a mia madre e a Cocò che sarei passata a trovarle.

– A proposito, ieri mi è arrivato l'invito per il matrimonio di tua sorella.

A Vanina andò di traverso l'acqua che stava bevendo. Tossí per alcuni secondi, Paolo scattò vicino a lei, le batté sulle spalle.

– Minchia, Vani, un altro po' e soffocavi! È il matrimonio di Costanza in generale a provocarti queste reazioni o il fatto che abbia invitato me? – Andò a risedersi.

– Nessuna delle due. M'affogai semplicemente.

Paolo evitò di rigirare il coltello nella piaga. Se la ricordava bene, l'ultima festa dei Calderaro a cui aveva partecipato, pochi mesi prima. Il compleanno di Federico. Vanina se l'era data a gambe alla foto di famiglia e l'aveva trascinato con sé. Quella notte qualcosa era cambiato. Come se i frammenti della loro storia avessero iniziato a ricomporsi sul serio, gli eventi a concatenarsi in modo da portarli fino a lí, dov'erano in quel momento. Pareva poco, ma era un traguardo. E non solo per la loro relazione, anche per i rapporti di Vanina con la famiglia Calderaro.

Le passò il menu. – Ordiniamo, che se no non mangiamo.

Scelsero quello che il ristoratore consigliò. Data l'ora era la miglior garanzia. Non sbagliarono. Spaghetti «con la neonata» e calamari fritti.

Vanina evitò il vino.

Si alzarono che s'erano fatte le quattro e mezzo.

– Dimmi tu come ci devo tornare a Catania, dopo 'st'abbuffata.

– E tu non ci tornare. Vienitene all'Addaura con me, – propose Paolo.

Mentre salivano sulla Bmw X5 blindata il telefono di Vanina squillò. Era Patanè.

– Commissario.

– Dottoressa, la disturbo?
– Che fa, babbía? Mi dica tutto.
– Niente, volevo contarle quello che riscontrammo Carmelo e io, mettendo assieme le notizie raccolte su Thomas Ruscica. Innanzitutto i tabulati telefonici: 'ddu carusu, pace all'anima sua, riceveva e faceva 'na quantità di telefonate ca nun fineva mai. 'A cosa strana è che le ultime ca ricevette, a parte chidde ca ci fici la zita, partirono da numeri telefonici della famigghia sua. Una so' patri, 'n'autra so' soru. A matina prestu, attorno alle sette. Chidda con la sorella durò cincu minuti buoni. La sira precedente, invece, risulta una chiamata da parte di quell'Agatino Zinna. Cosa breve. E prima ancora altre chiamate relative ad almeno chinnici nummari diversi. Ora, secunnu quello che confidarono i carusi a don Rosario, che venne oggi a contarcelo, Thomas nell'ultimo periodo s'ava misu 'n testa d'aggiustari tutte le cose storte ca ci capitava di virriri. E non si parra di oggetti, non so se mi sono spiegato. Considerato l'ambiente di unni vineva, cose tinte 'sto caruso ne vireva assai.
– Quindi s'era messo a rompere le palle a troppa gente. Questo s'era capito dagli articoli di giornale che aveva scritto.
– Don Rosario non aveva idea che Thomas scrivesse articoli di giornale. Dice che la passione per la scrittura il caruso l'aveva, e che da poco gli aveva dato macari da leggere un romanzo suo. Ancora non aveva avuto il tempo.
– E non se n'era mai accorto, usando il computer di Thomas, che c'erano quegli articoli?
– Dottoressa, lei si sta scordando chi è don Rosario! Pirsuna cchiú discreta e corretta di lui non ce n'è. Oltretutto Thomas era un caruso di cui oramai lui si fidava. Non si sarebbe mai permesso di aprire documenti suoi.

– E questo è vero.
– In ogni caso, Nunnari sta cercando informazioni sui contatti telefonici del caruso, mentre Carmelo... – esitò.
– Carmelo?
– Nenti, dottoressa, non si preoccupi.
– Commissario, guardi che la prossima volta non la nomino piú mio sostituto, – lo stuzzicò.
– Accussí ricatto diventa, dottoressa! – scherzò Patanè.
– Forza, sputi il rospo.
Il commissario sospirò. – Carmelo non si può tenere.
– In che senso?
– Ca in che senso, dottoressa. 'Sta storia della carusa accusata di omicidio la prese malissimo. Oggi pareva tarantolato. Faceva supra e sutta col secondo piano, a circari notizie da chiddi dell'Anticrimine che, le cose giuste, il lavoro loro lo fanno. Si pigghiò macari la questione con il dirigente, Giustolisi, ca vinni a fare valere la sua posizione di vicecapo e pritinneva che io me ne andassi. Che poi, diciamocelo sinceramente, non è che avesse tutti i torti! Poi arrivò il dottore Macchia e...
– Lo so, lo so. Tito mi ha raccontato, – lo interruppe Vanina.
– Chi malacumparsa, dottoressa. Feci la figura del vicchiareddu che invece di passare tempo a controllare i lavori nelle strade s'addiverti a fare lo sbirro.
– Ma quale malacumparsa, se Macchia l'ha difesa avrà avuto i suoi motivi. E lei non fa lo sbirro, lei è sbirro, non se lo scordi mai.
– Grazie, capo.
– Di niente, capo. Tornando a noi, mi dica una cosa: sa per caso se la pm ha interrogato Emanuela?
– Sí, stamatina. Sentii Carmelo che ne parlava al telefono con Rosi.

– Con chi? – si stupí Vanina.
Patanè sospirò di nuovo. – Ha sentito bene, dottoressa. Rosi, sua moglie. Anzi, ex moglie –. Fece una pausa. – Avi 'na jurnata ca si sentono, si mannanu messaggi. L'ultimo fu due ore fa. Carmelo nisciu di cursa dicendo che Emanuela aveva qualche cosa da dirci. Ancora non tornò. Macari il telefonino ce l'ha spento.

Vanina si preoccupò. Spanò era capace di qualunque cosa per riconquistare l'ex moglie. Il rischio era che cercando di farsi bello davanti a lei commettesse qualche fesseria.

– Commissario, non so come ringraziarla.
– Dovere, e piacere. Ora però me ne torno a casa, se no Angelina per cena mi fa trovare semolino.
– Ma che, ancora continua?
– Lassamu peddiri, dottoressa, va'! Finalmente capii che era successo. Anzi, glielo feci confessare. Santa fimmina, ogni vota se ne inventa una.

Vanina ci aveva visto giusto.

– E stavolta che s'inventò?
– Cosa lunga è. Glielo conto domani, ora mi lassassi iri che debbo fare un poco di strada. Stamatina la Panda mi lassò di nuovo a peri e dovetti ripigliare l'Alfa ca è il doppio. La parcheggiai a munnu perso.

Si salutarono.

– Ossequi al dottore Malfitano, mi raccomando, – aggiunse Patanè alla fine. – E macari alla signora Marianna, al professore e all'amica mia Costanza.

Vanina riattaccò ridendo e comunicò i saluti a Paolo, che con Patanè aveva un feeling tutto speciale.

– Una statua d'oro gli dovrebbero fare, a quell'uomo. Ti ricordi la volta che, per colpa della tua insonnia, s'accollò un viaggio in macchina a Palermo con arrivo alle undici di sera pur di non lasciarti sola?

Se lo ricordava, eccome. Un amico vero, di quelli che se li trovi guai a fartelo scappare, anche se hanno quarant'anni piú di te.
– Allora? – riprese Paolo. – Che fai dopo casa dei tuoi? Te ne vai o vieni con me all'Addaura?
– Non scherziamo con le cose serie. Già ammaronai i miei uomini per tutto il giorno.
Paolo storse il naso. – Che facesti? Li ammar... Ma che lingua è?
– Amuní, finiscila. Vero è, mi uscí una catanesata. Significa che li abbandonai a loro stessi.
– Ah, cosí si dice *là*? *Da noi* invece ammaronare significa ammattonare. Ma te lo ricordi, vero?
Vanina lo guardò di sbieco.
– Paolo...
– Va bene, la finisco –. Tornò serio. – Forza, raccontami l'indagine.

Paolo era d'accordo con lei su tutto. L'accusa di Emanuela Greco puzzava di depistaggio come una fogna a cielo aperto.
– Ricordati che se gli Zinna hanno deciso di muoversi per scaricare la colpa sulla ragazza, paventando un movente privato come la gelosia, significa che non si tratta solo di un omicidio per punire la collaborazione del ragazzo con la polizia. In quel caso, anzi, avrebbero fatto in modo che il messaggio passasse chiaro: vedete cosa succede a fare la spia? Invece stanno addirittura montando testimonianze presumibilmente false – il presumibilmente ricordatelo sempre, Vani – per incastrare un'altra persona.
– Sí, che ci sia dietro qualcosa l'ho pensato pure io. Il punto è capire cosa. E possibilmente arrivarci prima che Emanuela Greco finisca sotto processo.

Paolo si accarezzava la gamba offesa, riflettendo.
– O hanno una persona importante da proteggere, un affare per cui non conviene alzare un polverone. Oppure si tratta di un omicidio avventato, che non era previsto, commesso da qualcuno che pensò con la propria testa –. Era partito in quarta.
– In ogni caso, per scoprirlo devo tornare a Catania, – replicò Vanina e gli accarezzò anche lei la gamba. Paolo le intrappolò la mano sotto la sua. Si baciarono come se dovessero rivedersi l'indomani. Vanina scese dalla Bmw.

La signora Marianna aveva già allestito la terrazza. Per non farsi mancare niente, l'aveva riarredata completamente. Divani, poltrone, tavolino basso e tavolo da pranzo, tutti in teak con cuscini bianchi. E due ombrelloni giganti posizionati ad arte. La vista sui tetti con lo sfondo del Teatro Massimo l'aveva ricevuta in dotazione insieme all'attico che Federico Calderaro vent'anni prima aveva acquistato per installarci la nuova famiglia. Moglie e due figlie, di cui una adolescente e non sua, ma amata come se lo fosse.
– E i vecchi mobili? – chiese Vanina. – A me parevano ancora perfetti.
– Me li porto nella casa a Scopello, che quelli di là sono rovinati assai.
Federico aveva fatto le umane e divine cose per essere a casa quando sarebbe passata lei. Per l'occasione s'era pure fermato nella gelateria che le piaceva e le aveva comprato i suoi gusti preferiti. Nocciola, cioccolato e caffè. A Vanina era parso brutto dirgli che aveva finito di pranzare da poco e spazio per una coppa di gelato come quella che le proponeva lui faticava a trovarlo. Decise di sacrificarsi, pensando di lasciarne metà e invece cucchiaino dopo cucchiaino la mangiò tutta.

– Ma Cocò dov'è? – chiese, accendendosi una sigaretta. Tutta 'sta fretta di vederla e poi non si faceva trovare a casa?

La madre allargò le braccia. – Non ne ho idea. Uscí stamattina e ancora non tornò. Ogni giorno ha qualche cosa da fare. Ora la chiamo.

– Lascia, la chiamo io.

Provò due volte, ma il telefono era staccato. Le mandò un messaggio.

– Senti, me la levi una curiosità? – disse Federico. – Com'è che conosci bene Manfredi Monterreale?

– L'ho incontrato durante un'indagine. E abbiamo fatto amicizia. Perché?

– Cosí, per sapere. Oggi l'ho visto e m'è venuto in mente.

– E che ci faceva Manfredi con te? Non è un pediatra? – chiese ostentando indifferenza. In realtà desiderosa di capirci di piú.

– Lo conosco da quando era studente. Brillante assai. Per un periodo frequentò pure il mio reparto, ma la chirurgia non era cosa per lui. Alla fine scelse pediatria. Ora lo sto aiutando come posso ad avere quello che per meriti gli spetterebbe di diritto e che invece non riesce a ottenere.

– È una persona perbene, – disse Vanina.

– Un serio problema, nel mondo in cui aspira a entrare –. Federico fece un sorriso amaro. – Io ne so qualcosa.

Dopo un'ora, Vanina era già sulla porta quando Costanza comparve dall'ascensore, carica di pacchi che pareva avesse svaligiato la città.

– Cocò, ma che t'accattasti?

La ragazza sbolognò i pacchi a suo padre e le rispose abbracciandola, con una intensità che la stupí. Vanina cercò di ricambiare meglio che poteva, anche se le effusioni non erano il suo forte.

– Vani! Scusami. È che... – Si bloccò, non concluse.
– Te ne stai andando, vero?
– Gioia, ho tre ore di strada da fare.
– T'accompagno alla macchina.

Scesero con l'ascensore, uscirono in via Cavour e si diressero verso via Ruggero Settimo. Il tutto in assoluto e assorto silenzio da parte di Cocò, che pareva persa in un mondo tutto suo.

– Cocò, che ti mangiasti la lingua?

La ragazza si risvegliò. – Eh?

– No, dico, tra poco arriviamo a piazza Ungheria, io mi ripiglio la macchina e tu te ne torni a casa senza aver spiccicato mezza parola. Che m'accompagnasti a fare?

– Ragione hai, è che... – Di nuovo si interruppe. – Quando torni?

– Non lo so, ho un caso da risolvere.

– Vero, tu risolvi omicidi, arresti criminali. Sei utile alla società, tu. Non come me...

– Cocò, ma che stai dicendo?

– Perché, non è vero? Io che faccio di utile? Studio Medicina tanto per fare contento papà, spendo soldi. Mi interesso di cose che piú futili non potrebbero essere.

– Veramente, a quanto mi disse Patanè, sei un'esperta di storia dell'arte.

– Ca certo, come no. L'esperta dei quattro canti.

Vanina la guardò preoccupata: che le stava pigliando?

Costanza sorrise, allegra come se fino ad allora avesse scherzato.

– Oh, non fare quella faccia! Ce l'hai il bigliettino?

Erano sotto i portici, davanti all'entrata pedonale del parcheggio.

Vanina non insisté oltre.

Vide che nel gabbiotto all'ingresso delle auto c'era qualcuno e s'avvicinò, sperando di evitare la cassa automatica con cui ogni volta litigava. Senza muoversi dallo sgabello su cui era seduto, l'uomo agitò l'indice come per dire di no e la rimandò indietro. Dopo tre tentativi di pagamento andati male e altrettante imprecazioni, l'uomo si mosse a compassione e le raggiunse.
– C'è qualche problema?
– Lei che dice? – disse Vanina recuperando per la quarta volta le monete che quell'apparecchio infernale continuava a sputarle fuori.
L'uomo s'avvicinò.
– Provi a pagare con la carta di credito. Capace che il pagamento in contanti s'inceppò, – suggerí.
Vanina sospirò ed estrasse dalla tasca interna della giacca il portacarte, che non teneva mai in borsa.
L'uomo prese a guardarla con insistenza, indietreggiò. Lei lo ricambiò con un'occhiata poco amichevole. Quello s'intimorí.
– Vani, – le mormorò Costanza nell'orecchio, – si vede la pistola.
Aprendo la giacca era inevitabile che si intravedesse la fondina con la Beretta.
– Non si preoccupi, – lo rassicurò. – Sono una poliziotta, non sono una criminale.
L'uomo si riavvicinò. Aspettò il pagamento e se ne tornò subito nel gabbiotto. Vanina avrebbe scommesso che non vedesse l'ora di mandarla via.
– Mischinazzo, si terrorizzò. Sicuro pensò che volevamo rapinare la cassa automatica, – commentò Cocò mentre andavano verso la macchina.
Vanina non replicò. Da anni ormai sua sorella non le chiedeva piú perché girasse sempre armata. E questo no-

nostante lei non le avesse mai dato una vera spiegazione. Una volta aveva persino sgamato in una borsetta da sera il revolverino che lei usava quand'era fuori servizio. Non aveva detto niente, ma era impallidita. Se gliel'avesse chiesto in quel momento, probabilmente stavolta Vanina le avrebbe raccontato tutto. Il giuramento che aveva fatto a sé stessa, davanti al corpo del padre crivellato, che mai piú nella sua vita si sarebbe fatta trovare indifesa.

Ma Costanza non chiese nulla.

Sotto casa, prima di scendere dall'auto, s'allungò verso Vanina e le mollò tre baci sulla guancia, di quelli sonori che si dànno ai bambini. La guardò a lungo.

Vanina ripartí per Catania ancora piú confusa.

Come al solito, piuttosto che riprendere la strada dal centro città per viale della Regione Siciliana, preferí arrivare al mare e percorrere l'intera costa fino a Villabate. Un ingorgo al Foro Italico la bloccò in una coda davanti alla Cala. Ci pensò su due minuti, poi si decise: svicolò tra le auto, accostò al marciapiede di destra, lasciò la Mini in un posto vietatissimo e scese. Attraversò la strada ed entrò nel porto turistico. Camminò verso il pontile piú lontano dalla strada e si accese una sigaretta. Il sole stava tramontando e il vento teso che s'era alzato la costrinse a chiudersi la giacca fino al collo. Le barche ormeggiate avevano preso ad annacarsi, con relativo scampanio delle drizze sugli alberi.

Per tutto il tempo della sigaretta Vanina rimase appoggiata a un muretto a contemplare la sua città, persa in riflessioni che s'accavallavano l'una sull'altra. Emanuela Greco che aveva chiesto di vedere Spanò. Il covo di Bazzuca. Di colpo, tutti i punti critici di quella giornata, trascorsa tanto in fretta da impedirle di rifletterci il tempo dovuto, riemersero insieme serrandole la gola. L'atteggiamento di Paolo, i discorsi sulla scorta, l'invito che la sua famiglia gli aveva mandato. L'espressione che aveva fatto lui quando l'aveva salutato per tornarsene a Catania, la stessa di sua madre e di Federico. Delusi, sconfortati. Era come se quei due mesi di pseudo-stabilità nel rapporto con Paolo avessero alimentato in loro delle speranze che lei ogni volta disattendeva. Cosa si aspettavano? Che di punto in bianco mollasse Catania, la sua squadra, il mondo che s'era creata lí e in cui viveva cosí bene, per chiedere il trasferimento a Palermo e riavvolgere il nastro? Certo, probabilmente gliel'avrebbero accordato. E anche in tempi brevi. Ma lei a una cosa del genere non era pronta, né sapeva se mai lo sarebbe stata. E Cocò? Che voleva dire Cocò con quella specie di autocritica buttata lí? Si rese conto che si stava infilando proprio in quei pensieri che passava il tempo a scansare. Meglio darsi una mossa e concentrarsi su qualcosa di concreto. Guardò la barca ormeggiata davanti a lei. Un uomo e una donna, vestiti con delle cerate gialle, stavano lavorando sul ponte. D'un tratto seppe cosa fare per distrarsi.

Tornò indietro, salí in macchina e si reimmise nel traffico del Foro Italico. Appena fu di nuovo nel flusso delle auto, afferrò il telefono e fece partire una chiamata.

Manfredi le rispose al primo squillo.

– Guarrasi, a te pensavo.

12.

L'ispettore capo Carmelo Spanò arrivò alla parrocchia che don Rosario stava officiando la messa delle diciotto. Si sedette all'ultimo banco e aspettò. La quantità di gente che partecipava a quelle funzioni aumentava ogni giorno di piú, cosí come la popolarità del prete, che oramai sfiorava percentuali di gradimento da star televisiva. Senza contare l'effetto «uccelli di rovo» che, beddu com'era, il parrino aveva senza dubbio scatenato nell'universo femminile, e che contribuiva in parte al suo successo. Don Rosario, serafico, pareva non accorgersi di niente. Accoglieva tutti con lo stesso sorriso rassicurante di cui i suoi carusi beneficiavano dal momento in cui mettevano piede nella comunità. Non sempre era facile. La morte di Thomas aveva appannato quel sorriso e aveva segnato il volto dell'uomo, che stoicamente cercava di andare avanti.

– Ispettore, eccomi, – lo raggiunse, le braccia aperte.
Spanò si lasciò abbracciare.
– Padre, mi deve scusare ma c'era una questione urgente di cui dovevo parlarle.
Si spostarono nella sala comune, dove i ragazzi svolgevano le loro attività. L'ingresso dell'ispettore li mise in agitazione. Si raggrupparono da una parte. Chanel era lí che leggeva in un angolo. Appena lo vide s'avvicinò col libro in mano.
– Buonasera, ispettore.

– Ciao, Chanel.

Don Rosario si sedette a un tavolino e Spanò s'accomodò accanto a lui. La ragazza rimase in piedi.

– Avanti, siediti. Tanto probabilmente alle domande dell'ispettore sai rispondere meglio di me, – disse il prete, cercando con gli occhi il beneplacito di Spanò, che arrivò.

Chanel non se lo fece ripetere. Appoggiò il libro sul tavolo e s'accomodò.

Spanò riconobbe la copertina, per quanto malandata. Si stupí.

– Ma che leggi, il Codice di procedura penale?

La ragazza s'imbarazzò.

– Mi interessa, – si giustificò.

Don Rosario la guardò sornione.

– Magari, che sappiamo, una volta o l'altra si decide a iscriversi all'università. Almeno 'ste letture le mette a frutto. Con tutti i libri di legge che le ho visto in mano in questi due anni, a quest'ora laureata sarebbe.

Chanel non commentò.

– Ispettore, di che cosa mi doveva parlare? – chiese don Rosario.

Spanò tirò fuori il telefonino e cercò una foto. La sottopose al prete e alla ragazza.

– Nel capanno dove ammazzarono Thomas, quelli della Scientifica trovarono 'sto pupazzetto.

I due ebbero un moto di commozione.

– Superman, – disse don Rosario. – Era di Thomas –. Sorrise. – Anzi, *era* Thomas.

– Anche Emanuela oggi pomeriggio mi disse qualche cosa di simile. Anzi, specificò che quel pupazzetto in particolare, nico nico, di gomma, per Thomas era una specie di portafortuna che teneva con sé ogni volta che doveva fare qualcosa di importante. Al punto ca 'na vota lo perse, proprio sulla spiaggia, e si furriò tutti i negozi di giocattoli di Catania per ritrovarlo uguale. Pretese che Emanuela glielo regalasse perché altrimenti se se l'accattava da solo non funzionava piú. Da quel momento allo stabilimento non se lo portò piú, diceva che quando travagghiava lí non aveva bisogno di nessuna fortuna. Che era un travagghio sicuro.

Don Rosario storse il naso. – 'Ste superstizioni che aveva, santo caruso!

– Confermo, – disse Chanel. – Era fissato con quel pupazzetto –. Poi rifletté. – Ma allora perché l'altra mattina se l'era portato?

– È la stessa obiezione che fece Emanuela, – disse Spanò. – Ed è quello che mi chiedo macari io. Non è che per caso vi ricordate se Thomas nei giorni scorsi aveva qualcosa di importante da fare?

I due si guardarono. – «Qualcosa di importante» per Thomas poteva avere tanti significati. Emanuela non ha un'idea? – chiese Chanel.

Spanò incurvò i baffoni in un sorriso amaro.

– No, gioia. Vedi, Emanuela, a quanto capii, di Thomas sapeva solo quello che lui le contava, e t'assicuro che non era tutto. Dei suoi articoli di giornale, per esempio, non sapeva niente.

– Se è per questo, degli articoli non sapevamo niente nemmeno noi, – disse don Rosario. – Però una cosa gliela posso dire, ispettore. Qua dentro, e non soltanto qua dentro, ci sono un paio di persone che devono a Thomas il fatto di essere uscite dal giro in cui erano. E non parlo solo della droga.

Spanò drizzò le antenne. – Cioè?

– Negli ultimi tempi, soprattutto dopo che era morto Enzo La Barbera, lui s'era messo sul campo assieme a me e alla dottoressa Vera Fisichella.

– La compagna del professore?
– Proprio lei. Se lo ricorda che avevano quel progetto, con Enzo, di aprire una comunità nella sua casa di campagna?
– Certo, come no.
– Decise di portarlo a termine da sola e ci riuscí. La prima parte della casa è stata già ristrutturata e tanto fece che ottenne i permessi per aprirla. Per il momento ha solo cinque ospiti, tutte donne, di cui due ragazze salvate da un giro di prostituzione. E a salvarle fu proprio Thomas.

Spanò si passò la mano sulla fronte. Quel caruso aveva contro mezzo quartiere di San Cristoforo.

– E durante queste missioni, il pupiddo di Superman se lo portava?
– Sí, – rispose Chanel, – me lo ricordo precisamente.
– Perciò il nome che usava sui social, Super Tom, o il C. K. con cui si firmava e il Clark Kent della password si riferivano alla missione che s'era dato? Uno che denunciava i criminali e salvava i deboli, come Superman.
– Non lo so. Ma immagino di sí.

L'ispettore si allisciò i baffi, pensieroso.

– Sentite, a quando risale l'ultimo recupero che fece Thomas? E di chi si trattava?
– Mah, piú o meno a una decina di giorni fa, – rispose don Rosario. – Una carusa con un picciriddo piccolissimo, che si faceva di crack. Viveva in famiglia e il padre la picchiava regolarmente. Thomas la aiutò a scappare di casa e la portammo da Vera.
– E perciò il padre di 'sta carusa potrebbe avercela avuta con lui?
– Al punto da ammazzarlo? Non penso. Anche perché con quel «signore» ci ebbi a che fare io, in prima persona.
– Mi dica comunque come si chiama.
– Certo: Tinirello, di nome Francesco. La figlia Sara.

L'ispettore prese nota.
– Lei sa a quale giro appartenevano invece le prostitute?
– Vagamente. Io mi trovo a cummattiri sempre con pesci piccoli, scagnozzi che gestiscono le piazze, o in questo caso il giro. Chi ci sia dietro, non è facile saperlo.
– Ma Thomas aveva tutta l'intenzione di scoprirlo, – concluse Spanò.
– Evidentemente, dato quello che mi contò il dottore Giustolisi.
Chanel aveva gli occhi lucidi. – Superman nostro, che coraggio che avevi –. Si ricompose subito.
– Puoi dirlo forte, – confermò Spanò, mentre si metteva in tasca il foglietto su cui aveva appuntato i nomi. – Don Rosario, le dispiacerebbe se facessi qualche altra domanda ai ragazzi, magari solo a quelli presenti ora?
– Prego, ispettore. Ho la sensazione che non vedano l'ora di essere interpellati. Se non fosse venuto qui lei, credo che a breve ve li sareste ritrovati alla Mobile. Vero, Chanel?
– Sicuro. Non fanno altro che spremersi la memoria a vicenda cercando di ricordare qualunque cosa.
Spanò andò verso il tavolo dov'erano seduti, in religioso silenzio, quattro ragazzi e due ragazze. Una delle due era Michela Tidone, quella che aveva visto lo scambio di messaggi tra Thomas e la ragazza misteriosa di nome Cetti, di cui avrebbero continuato a ignorare l'identità almeno fino a quando la Postale non avesse recuperato i messaggi nel telefono di Thomas.
– Allora, come state? – esordí.
Davide, uno dei carusi che conosceva meglio, si fece portavoce.
– Come vuole che stiamo, ispettore. Incazzati neri.
– Ohhh, – tuonò don Rosario dal fondo della stanza. – E che stai parlando con un amico tuo? Rispetto.

Il ragazzo si scusò.
- Arrabbiati, - corresse.
- Vi piacerebbe darci una mano, vero? - disse Spanò.
- Certo che ci piacerebbe. Solo che non sappiamo da dove cominciare. Piú raccogliamo notizie, informazioni, e piú confusione facciamo.
- Che notizie avete recuperato?
- Guardi, tutto quello che riusciamo a scoprire su Thomas ce lo scriviamo qua -. Davide tirò fuori un quadernone di quelli a righe che si usano a scuola e glielo consegnò.
- E che ci dovrei capire io? - disse Spanò, divertito. Dieci calligrafie diverse, una piú illeggibile dell'altra.
- In poche parole, - spiegò Davide, - da quello che abbiamo ricostruito, Thomas nei giorni precedenti non s'era visto quasi per niente. Entrava, usciva, tornava a cena e si chiudeva nella stanza sua. Secondo noi era impegnato in qualche cosa di importante... però diversa dal solito.
- Che vuol dire, diversa dal solito? Cos'era il solito?
- Il solito. Quello che faceva appresso a don Rosario. Aiutare i ragazzi come noi. A me lui mi salvò, assieme al professore La Barbera, che fu ammazzato pure lui. E non le pare strano, ispettore?
No, a Spanò non pareva strano per niente. Non perché immaginasse legami tra i due omicidi, che non potevano esserci, ma perché sapeva per esperienza quanti rischi - grandi e piccoli - comportasse la fedeltà assoluta a una buona causa.
- Avete scoperto altro sulla ragazza con cui Thomas potrebbe aver tradito Emanuela? - Già solo a dirlo stonava con il resto. Super Tom, campione di buone azioni, che tradiva la fidanzata.
- No, niente. Abbiamo chiesto ovunque, in tutti i posti che frequentava, - rispose Michela.

– Ah, ispettore, – riprese Davide, – ci siamo ricordati che un amico con cui Thomas usciva, al di fuori della comunità, c'era. Un suo ex compagno di scuola. Un ragazzo a posto, eh. Perbene. Carlo Torrisi, si chiama. Si vedevano ogni tanto, si andavano a bere una birra. Chiedemmo anche a lui se sapeva di qualche ragazza, ma lui si mise a ridere. Disse che Thomas per Emanuela si sarebbe buttato nel Simeto. Altre ragazze non ne taliava manco da lontano. Solo una persona ci disse che giorni fa l'aveva visto assieme a una donna, ma non fa tanto testo.

– Perché non fa testo?

– Perché è mezzo scimunito, – rispose un ragazzo che era stato zitto fino a quel momento. – Si deve figurare che una volta disse di aver visto entrare Belén nel bar dove lavora. Al centro di San Cristoforo.

– A chi aveva visto entrare? – chiese Spanò.

– A Belén.

– E chi è?

Il commissario Patanè si stava scialando. Per rifarsi dei due giorni precedenti, Angelina aveva esagerato. Spaghetti al nero di seppia, *pauro* all'acqua di mare e carciofi fritti che a Gino piacevano assai.

C'era voluto poco a convincerla che la sua strategia della fame non fosse vincente, era bastato farle notare che cosí le possibilità che lui rientrasse a casa per pranzo mentre collaborava alla nuova indagine della Guarrasi da scarse che potevano essere si sarebbero praticamente azzerate. E siccome Angelina stupida non era, aveva capito subito la malaparata e s'era comportata di conseguenza. Senza contare che mantenere la cucina inutilizzata e la dispensa vuota aveva significato pure per lei non sapere come sfamarsi. Era finita a panini col prosciutto, cosa che per una che passava il tempo a taliarsi trasmissioni di cucina e a copiare le ricette era stata peggio di una punizione.

Erano al dolce, un raviolino di ricotta col miele, quando il telefono di Gino squillò. Il commissario ingoiò il boccone e rispose alla cieca.

– Pronto –. Sorrise. – Carmeluzzo, finalmente, ma che fine facisti?

Vanina arrivò a Catania alle nove passate e se ne andò dritta alla Mobile.

Negli uffici della sezione Reati contro la persona non c'era anima viva. L'unica porta aperta era quella dei veterani, ma la stanza era vuota. Entrò nella sala intercettazioni. Dentro c'era l'agente Spada, insieme a uno della Sco.

– Spada, sei tu di turno?
– Sí, dottoressa. Assieme all'ispettore Spanò.
– E dov'è?
– Nella stanza sua, credo.

Vanina tornò indietro, ricontrollò l'ufficio che l'ispettore divideva con Fragapane.

– Ispettore? – chiamò. Proseguí verso le ultime stanze.
– Ispettore? – ripeté.

Ripercorse il corridoio, calcando i tacchi delle stringate maschili bordeaux che indossava da quella mattina e che non vedeva l'ora di levarsi.

Spanò emerse dal bagno asciugandosi il viso con una salvietta.

– Dottoressa, e lei che ci fa qua a quest'ora?
– Perché, che ora è?

Spanò guardò l'orologio.

– Le nove e trentasette.

– E a lei risulta che le nove e trentasette siano un orario non consono alla mia presenza qui?
– No, assolutamente, solo che pensavo fosse...
– Pensava fossi?
– A... Palermo, – abbassò la voce.
Nascondere qualcosa a Spanò era difficile, ma se c'era una persona a cui Vanina avrebbe raccontato senza problemi le sue trasferte palermitane, era proprio lui.
– E infatti, a Palermo ero, – confermò, mentre entrava nella sua stanza. Si sentiva che era stata chiusa tutto il giorno.
Senza che glielo chiedesse, Spanò andò ad aprire la portafinestra che dava sul balcone.
– Dottoressa, ma cenò? – domandò, preoccupato, vedendo la quantità di cioccolata che stava tirando fuori dal sacchetto e che stava sbacantando nel cassettino.
– Non ancora, – rispose Vanina accendendosi una sigaretta.
– Le porto qualche cosa?
– Grazie, ispettore, preferisco tornarmene a casa. Bettina mi annunciò di aver sbagliato le dosi e di aver cucinato un timballo che basta per sei.
– Manco a dirlo, – fece Spanò. L'escamotage della vicina di spacciare per casuale quello che preparava per la Guarrasi ormai era cosa nota a tutta la squadra. Com'era noto che la dirigente era incapace di avvicinarsi ai fornelli senza combinare un disastro.
– Perciò si sbrighi a farmi il resoconto del pomeriggio, che mi pare male farla aspettare.
Spanò si sedette di fronte a lei, si mise comodo e le raccontò quello che aveva scoperto tra Emanuela Greco e i carusi di don Rosario.

Vanina ci rifletté sopra.
- Lei che ne pensa, dottoressa? - chiese Spanò. Lui un'idea se l'era fatta.
- Che Thomas per Emanuela si sarebbe buttato nel Simeto veramente.

13.

La notte risvegliò nella testa di Vanina tutti i mali pensieri della giornata, quelli che durante il viaggio di ritorno era riuscita a tenere a bada a forza di telefonate. La prima, con Manfredi, era durata quaranta minuti: dal Foro Italico alle Madonie. Poi Adriano, che le aveva risposto prima ancora che il telefono squillasse nella speranza che fosse Luca. E che, sempre nella speranza che Luca, dal posto sperduto in cui si trovava, riuscisse a chiamarlo, l'aveva liquidata in cinque minuti. Per non rischiare che gli finisse a pastina con l'olio anche quella sera, aveva evitato di chiamare Patanè. Non ci voleva molto a indovinare il perché dello sciopero dei fornelli di Angelina, giusto giusto in coincidenza con l'apertura di una nuova indagine. Per ultima aveva chiamato Giuli, che manco il tempo di tornare aveva già ripreso alla grande le sue abitudini mondane e aveva organizzato un mega aperitivo-cena-dopocena con una ventina di persone, in un locale strafigo che aveva avuto l'ardire di aprire mentre lei era fuori. Per schivare un invito a partecipare «a qualunque orario», Vanina aveva finto di essere ancora a Palermo.

Bettina era stata il solito tesoro. Non solo aveva calato nel timballo piú anelletti del necessario apposta per lei, ma l'aveva anche aspettata per mangiarlo insieme e aveva tirato fuori una tovaglia ricamata da lei e i piatti del servizio buono, che se uno non lo deve usare tanto vale che non se lo accatta. E siccome era certa che del ciambellone dell'altro giorno non fosse rimasto che il contenitore vuoto, l'aveva rimpiazzato con una torta di mele perfetta per la colazione.

Nell'attesa che la stanchezza della giornata producesse quel minimo di torpore necessario a trascinarla nel letto e a evitare che ci si rigirasse senza pace per tre ore, Vanina si piazzò sul divano e riprese lo sceneggiato della sera precedente. Finí la prima parte, iniziando da dove l'aveva lasciato, e attaccò la seconda. La scena di Gino Cervi/Maigret che infinocchiava Andreina Pagnani/signora Maigret con una finta vacanza a Morsang-sur-Seine, dove lui in realtà doveva recarsi per indagare sull'omicidio della chiromante, la fece pensare a Patanè. Le venne da ridere. Chissà Angelina in quante situazioni simili si era trovata. Con l'aggravante che Gino, per molti versi somigliante al collega simenoniano nel modus operandi, non lo era stato altrettanto se si trattava di fedeltà coniugale.

Vanina rifece pari pari tutte le mosse che la volta scorsa l'avevano aiutata a addormentarsi, compresa quella di sdraiarsi sul divano e tirare il plaid fino al collo. Arrivata alla terza parte dell'*Affare Picpus*, quasi alla scoperta dell'assassino, le fu chiaro che era una di quelle notti maledette in cui invece di dormire si sarebbe svegliata sempre di piú. L'unica era infilarsi nel letto e mettersi lí, con santa pazienza, aspettando la botta di sonno che prima o poi sarebbe arrivata. Le provò tutte: lesse qualche pagina di un romanzo che aveva fregato dalla libreria di Paolo. La storia si ispirava alle vicende della banda della Magliana, e l'aveva scritta un magistrato romano che con quel libro era diventato uno scrittore famosissimo. Ne avevano tratto pure un film e una serie tv. La lettura non fu una buona idea, anzi dovette obbligarsi a smettere perché si stava appassionando troppo. Allora prese ad annacarsi da sola, a destra e a sinistra, come se qualcuno la stesse cullando. Se funzionava quand'era picciridda, si disse, perché non poteva funzionare ora? La trovata pareva quella giusta, e avrebbe dato risultati se solo lo stomaco, alle tre, non avesse cominciato a reclamare cibo. Addormentarsi a pancia vuota non era cosa. Si alzò, andò in cucina e inaugurò la torta di mele con un bicchiere di latte. Finalmente riuscí a calmarsi. Tornò a letto e, annacandosi annacandosi, s'addormentò.

Alle otto e trentotto della mattina, con tre ore e un quarto di sonno all'attivo, Vanina varcò il portone della Mobile. Persol sugli occhi, per coprire i segni del risveglio difficoltoso, due magliette sovrapposte di diverso peso, indossate una sopra l'altra per contrastare il freddo da carenza di riposo che la doccia calda da sola non era riuscita a levarle di dosso. Una delle due era sistemata in modo da coprire il punctum dolens della sua forma fisica. Sopra la fondina un blazer blu sartoriale di lana che Giuli, principale responsabile dell'acquisto, chiamava «stile boyfriend» e che, sempre secondo l'avvocata, andava indossato con maniche svoltate e asole rigorosamente aperte. Ignorò le scale e tirò dritto verso l'ascensore. Pure se si trattava di un piano solo, non era cosa di affrontarlo con le poche energie che aveva.

Entrò nel suo ufficio pronta ad attaccare la colazione, che constava di un iris alla crema, oltre al solito cappuccino. Alfio gliel'aveva consegnata al volo mezz'ora prima attraverso il finestrino; santo subito lo dovevano fare, quel cristiano. Sommando quello della notte, quello della prima colazione e ora quello del cappuccino, s'era sparata in poche ore circa un litro di latte. Una dipendenza era, bella e buona. L'ennesima. Se, mai sia, Marta avesse avuto ragione e il latte fosse davvero stato veleno, l'aspettativa di vita per Vanina si sarebbe ridotta a pochi anni. Per fortuna, aveva detto Adriano con tanto di spiegazione scientifica, nessuna evidenza provava quella teoria. La stessa risposta, con diverso tono, le aveva dato Manfredi: Guarrasi, che una che fuma come fumi tu si informi sulle controindicazioni del caffellatte sfiora il grottesco.

Era ancora a metà dell'iris quando Tito Macchia si materializzò sulla porta. Vanina iniziava a sospettare che lo facesse apposta per scroccarle un pezzo di colazione.

– Guarra', come andiamo? Il viaggio fu proficuo? – Il capo si liberò del soprabito taglia cinquantotto e si sedette sul divanetto accanto al balcone ancora chiuso. S'era ripreso alla grande. Vanina gli offrí l'avanzo di iris, ma lui incredibilmente rifiutò.

– La tua fidanzata che dice? – gli chiese.

Passando davanti all'ufficio dei giovani non aveva visto Marta, segno che non era ancora rientrata.

Tito si strinse nelle spalle.

– Non dice, e manco fa. Stiamo praticamente aspettando che la febbre passi da sola. E tossisce in continuazione. Ieri ho insistito e ho chiamato il medico, l'ha trovata deperita –. Tito fece un'espressione rassegnata.

– Vedi che novità. Speriamo che, deboluccia com'è, non le venga qualche complicanza che richieda farmaci piú seri, tipo un antibiotico, – commentò Vanina. Sedici anni di convivenza con Federico e le numerose serate passate con Adriano qualche nozione di medicina gliel'avevano inculcata.

– Maronna santa, te l'immagini? Un Tso ci vorrebbe per farglielo pigliare!

Risero.

Poi Tito tornò serio. – Ragguagliami sull'omicidio del ragazzo, – chiese, e Vanina gli riassunse le ultime della sera prima.

– Perciò, finora, gli unici indizi concreti continuano a essere quelli a carico della ragazza, – concluse, spietato.
– Concreti a patto che ci sia un movente valido, – puntualizzò Vanina.
– Quello della gelosia non ti pare abbastanza?
– Lo sarebbe se fossimo certi che avesse un fondamento.
– Guarra', non ti seguo.
– Proviamo a capovolgere le cose. Noi diamo per scontato che Thomas abbia lasciato Emanuela per un'altra. O comunque che si fosse stancato di lei. E se invece l'avesse lasciata perché le voleva bene?
– Continuo a non seguirti.
– Tito, 'sto picciotto, da quando s'era smarcato dalla droga e dall'ambiente in cui era cresciuto, s'era prefisso una specie di missione: salvare quanti piú ragazzi poteva dal giogo della criminalità. Aveva cominciato aiutando don Rosario, poi, a poco a poco, era andato per la sua strada. Si era messo a fare il giornalista d'inchiesta, a scrivere articoli di cronaca, infilandosi ogni giorno in una rogna nuova. Aveva scippato due prostitute al giro degli Zinna, aveva salvato una ragazza madre da un padre violento. S'era offerto pure di collaborare con la polizia, e non con una sezione qualunque, ma con la sezione Criminalità organizzata, quindi con la Dda, i nemici numero uno della gente in mezzo alla quale era cresciuto. Ci vuole coraggio per fare 'ste cose, Tito. E, soprattutto, ci vuole consapevolezza. Che da certe situazioni non si torna piú indietro… sono una condanna a vita.

Tito la guardava sorpreso. Non l'aveva mai vista cosí coinvolta. Rifletté in silenzio, strofinandosi la barba scura.

Vanina proseguí. – Ieri sera Spanò mi riferí la frase di un picciotto: Thomas per Emanuela si sarebbe buttato nel Simeto.

– Comincio a intuire, – disse Macchia.

– E qual era il sacrificio piú grande che poteva fare per lei in questo momento?

Tito concordò. – Potrebbe averla allontanata per non metterla in pericolo.

Vanina tirò fuori una sigaretta, ma per rispetto verso il capo convalescente non l'accese.

– Anche il fatto che la ragazza non sapesse quasi nulla di quello che faceva Thomas realmente, del suo impegno nella causa di don Rosario, è significativo.

– Però sapeva del portafortuna, – obiettò Tito.

– Thomas aveva 'sta fissazione per Superman, e non la nascondeva. Ma a Emanuela contava la mezza messa, le diceva che aveva questioni da sbrigare con don Rosario, senza raccontarle mai cosa. Quello che la ragazza ha detto a Spanò ieri sera pare babbiata, invece potrebbe essere rilevante. Se Thomas si portava appresso il pupazzetto di Superman solo quando aveva qualche cosa di importante da fare, come hanno confermato anche i suoi compagni, quella in cui lo ammazzarono non doveva essere una mattina qualunque.

Tito inspirò a fondo, valutando il quadro della situazione. Gli partirono una serie di colpi di tosse che ci mancava poco facessero vibrare i vetri.

– Pure tu non sei combinato troppo bene, – commentò Vanina.

– Ma per me non c'è bisogno di Tso, – scherzò il Grande Capo alzandosi. Si schiarí la voce. – Comunque, Guarra', anche stavolta mi hai convinto.

Vanina entrò nella stanza dei carusi senza preavviso. Nunnari, Lo Faro e Ristuccia erano chini sulla piccola scrivania che la ragazza, ultimo acquisto della squadra, aveva incastrato in un angolo accanto a quella di Bonazzoli.

– Picciotti.
I tre, completamente assorti, sobbalzarono all'unisono.
– Capo! – esclamarono i due uomini. – Dottoressa, – disse Ristuccia.
– Che è 'sto capannello, che state facendo?
– Confrontavamo i tabulati telefonici della vittima con quelli di Emanuela Greco, – rispose Nunnari.
– Ah, già li abbiamo?
– Sí, arrivarono mezz'ora fa.
– E abbiamo anche i tracciamenti del telefono della ragazza?
– Sí, dottoressa –. Il sovrintendente si spostò alla sua scrivania e indicò il monitor. – Guardi. Concordano con quello che sapevamo: l'altra mattina il telefono della carusa agganciò la cella che corrisponde alla fine di viale Kennedy due volte, una alle sette e trentuno e una alle nove e quarantatre. La sera prima risulta che si trovasse nella stessa posizione di Thomas fino alle ventuno, quando rientrò a casa.
– E che mi dite dei tabulati?
– Questo stavamo guardando. Limitandoci agli ultimi due giorni, ci sono le telefonate a Thomas di quella notte, le stesse che avevamo già trovato nei tabulati del caruso, e una del pomeriggio precedente.
– Quella mattina invece niente?
– Non lo chiamò mai.
Nulla di diverso da quanto ci si aspettava.
– Avete rintracciato i contatti di Thomas dell'ultimo periodo?
– Sí.
– Di chi si tratta?
– Un sacco di pirsune, dottoressa. Fragapane sta cercando notizie di ognuna nel sistema informativo.

– Vabbe', appena avete un quadro piú completo me lo riferite, e li convochiamo.
– Tutti? – si stupí Nunnari.
– Tutti, – rispose Vanina, secca. Si mosse per tornare nel suo ufficio, la sigaretta finalmente tra le labbra pronta a essere accesa, ma si fermò.
– Spanò è a casa a recuperare la nottata? – chiese.
– Penso di sí, – rispose Nunnari.
– No, invece, – lo contraddisse Lo Faro. – A me disse che doveva andare in un bar di San Cristoforo dov'era stato visto Thomas qualche giorno fa.
– Un bar? – fece Vanina, perplessa.
Aveva ragione Patanè, Spanò non si poteva tenere.

Come se l'avesse chiamato, fresco come una rosa e acchittato come un gentiluomo di campagna inglese, comparve Patanè in corridoio.
– Commissario, a lei stavo pensando.
– Vero? Ma che nunn'avi cose cchiú 'ntirissanti a cui pinsari? – scherzò.
Se ne andarono nell'ufficio di Vanina, che subito s'informò.
– Come andò la cena di ieri?
Il commissario appese il soprabito beige all'attaccapanni.
– Magnificuna, dottoressa. M'appi a pigghiari doppia dose di amaro per digerire, ma Angilina si superò –. Si sedette davanti alla scrivania, sistemandosi i polsini della camicia a righine bianche e blu sotto la giacca marrone bruciato.
– Bene ho fatto allora a non chiamarla, ieri sera. Sa com'è, meglio non provocare Angelina, capace che le finiva di nuovo a pappine.
– Non si preoccupi, oramai il pericolo è scongiurato. Ma lei come lo sa quello che Angelina... – gli bastò in-

tercettare la faccia sorniona di Vanina per capire. Rise.
– Certo, chi meglio di lei può immaginare le ripicche di me' mugghieri? Una ogni minuto ne cumminò in questi mesi, santa fimmina!

In effetti, con la Guarrasi, Angelina era riuscita a tirare fuori il «meglio» di sé. Tra appostamenti, sabotaggi, pedinamenti e agguati, non si contava la quantità di malefigure che la signora aveva raccattato dal giorno in cui Gino suo aveva fatto amicizia con lei. Una sbirra femmina, giovane e pericolosamente piena di stima nei confronti di suo marito, tanto da coinvolgerlo nelle proprie indagini. Dal punto di vista di Angelina, peggio non le poteva capitare.

– Ma pirchí mi voleva telefonare? Successe qualche cosa?

– Niente che non le abbia già contato Spanò.

Gli allungò un ovetto di cioccolata. Con la Pasqua alle porte, l'autogrill era pieno e Vanina non aveva resistito.

Patanè lo assaporò con voluttà. – Sarà cchiú dannusa di chidda fondente, ma a mmia la cioccolata al latte piace assai –. Poi si ricompose. – Perciò, mi dicisse lei che ne pensa.

– Di cosa?

– Di chiddu ca ni cuntò Carmelo ieri sira.

– E che ne devo pensare, commissario. Resto ancora di piú della mia idea.

– Macari iu. Però sulla fotografia del pupiddu che mi mandò Carmelo, a essere sincero, mi ci amminchiai in modo particolare.

– Il pupiddo di Superman?

– Non proprio su quello, che oramai la sua funzione l'abbiamo capita. Nella foto, se ci fa caso, si viri macari un altro reperto. Un braccialetto. Ora, se non mi sbaglio, quando lei glielo mostrò Emanuela disse che non era suo.

Allura mi domandai: se il braccialetto non appartiene alla zita di Thomas, questo può significare 'na cosa sula...
– Che nel capanno c'è stata una donna.
– Ohhh, esatto. E qua scatta la seconda domanda, che stavolta rivolgo a lei pirchí io di 'ste cose ci capisco picca e nenti: assai ci vuole pi sapiri 'u Dna che trovarono supra 'ddu braccialetto?
– Non lo so, commissario. I campioni sono stati portati a Palermo il giorno stesso dell'omicidio, se i colleghi della Scientifica di lí non hanno troppo lavoro, magari in un paio di giorni si sbrigano. In ogni caso, però, consideri che il solo risultato non ci dirà molto. Sapremo per certo se lo portava una donna o un uomo, potremo confrontare il Dna con quello di Emanuela per provare che non sia suo, ma per il resto, senza altri elementi, lascia il tempo che trova.

Patanè si grattò il mento. – Ma a Palermo ci mandarono macari l'arma del delitto?

– Immagino di sí... – Le venne il dubbio. Meglio esserne sicuri.

Prese il telefono e chiamò Pappalardo per domandarglielo in vivavoce.

– Certo, dottoressa, – rispose. – Ho richiesto la ricerca del Dna anche sul manico di legno. Purtroppo, essendo un materiale poroso, impronte digitali non se ne riescono a rilevare, perciò per sapere se è stato impugnato da qualcun altro, oltre alla ragazza, l'unico modo è ricercare il Dna.

– Vero è, sul legno impronte non se ne lasciano, – concordò Patanè, almeno questo tipo di *mavaría* scientifica esisteva anche ai tempi suoi. – Ma allura l'impronta della carusa come la trovarono? – disse a bassa voce.

Vanina ripeté la domanda a Pappalardo.

– La trovammo sulla parte metallica, quella a cui s'aggancia il manico.

A quella risposta i due poliziotti si scambiarono un'occhiata.

– Me la manda una foto della posizione precisa? – chiese Vanina.

– Posso mandarle una foto del rastrello e indicarle con una freccetta il punto esatto.

– Perfetto.

Lo salutò.

Mentre aspettavano l'immagine, Vanina si accese una sigaretta e ne offrí una a Patanè, che accettò. Un attimo dopo bussò Agata Ristuccia.

– Dottoressa, posso?

– Entra, Ristuccia.

L'agente le passò dei fogli pinzettati secondo l'uso di Fragapane.

– Qua c'è l'elenco delle persone che Thomas sentí nei due giorni precedenti all'omicidio, e qua le informazioni che abbiamo trovato su di loro. Abbiamo escluso dalle ricerche i ragazzi appartenenti alla comunità di padre Limoli, che sono questi in giallo –. Anche l'ordine maniacale con cui erano evidenziati o sottolineati a matita, rossa e blu, era sicuramente opera del vicesovrintendente.

La foto del rastrello mandata da Pappalardo distrasse un attimo Vanina. Si mise a studiarla, meditabonda, e la mostrò a Patanè. Non la commentarono.

Poi Ristuccia proseguí. – I nomi sottolineati sono quelli su cui Fragapane cercò notizie.

Vanina li scorse: erano piú o meno una decina.

– Li avete convocati?

– Ci sta pensando Lo Faro. Io, se lei è d'accordo, nel frattempo andrei a parlare con il collega della Sco, se in mezzo c'è qualche nome noto a loro almeno sappiamo come comportarci.

Vanina la guardò compiaciuta. Ci aveva visto lungo, con quella ragazza.
– Brava Ristuccia. Mi anticipasti. Vai e mandami Fragapane.
L'agente sorrise imbarazzata.
– Grazie, dottoressa –. Stava per andarsene quando la Guarrasi la richiamò. Fece dietrofront.
– Tu lo sai come mi chiamano i miei uomini e le mie donne piú fidati?
– Ss... sí, lo so. La chiamano capo.
– Ecco, da oggi mi chiami capo pure tu.
Il sorriso della ragazza si allargò.

Fragapane arrivò subito. – Aveva bisogno di me... – cominciò, rivolgendosi alla Guarrasi, salvo poi accorgersi di Patanè. – Oh, buongiorno, commissario, non l'avevo vista arrivare.
– Buongiorno, Salvatore.
Lui e Spanò erano gli unici due uomini della vecchia squadra del commissario ancora in servizio alla Mobile. Fragapane ormai per poco, dato che era prossimo alla pensione.
– Venga qua, si sieda –. Vanina gli fece segno di accomodarsi davanti a lei. – E mi racconti che trovò su queste persone, che dagli appunti non si capisce molto.
Il vicesovrintendente prese i fogli in mano.
– Perciò: Torrisi Carlo è 'n caruso di vint'anni, incensurato, figghio di incensurati. Risulta iscritto alla facoltà di Geologia. Poi: Sisinna Loffredo è il direttore della «Gazzetta Siciliana». Burgiò Crocifissa, ventitre anni, incensurata, maritata con Giustino Pasquale che è macari iddu presente nell'elenco delle telefonate. Anzi, fu uno di quelli che lo chiamarono la mattina dell'omicidio. Una chiamata a vuoto –. Scorse gli altri. – Risicato Teresa, anni

cinquantuno, incensurata, insegnante. Finuzzo Michele, proprietario della pizzeria *La Farina*, in via Lomenzo. Incensurato. Inzirello Noemi, diciotto anni, un precedente per rissa e detenzione e spaccio di stupefacenti.

– Chiamata in entrata o in uscita?
– Uscita. Quattro giorni fa alle dieci e mezzo di sera. E poi ancora: Ficuzzo Lucia, ventun anni. Due anni fa fu arrestata durante una retata dei carabinieri in un giro di prostituzione; la denunziarono perché insultò un appuntato. L'ultimo, Gullo Valerio, trentatre anni, incensurato, di professione assistente sociale.

Vanina prese un respiro.
– Facciamoli venire tutti e vediamo che ci raccontano.
– Li vuole sentire personalmente?
– Se sono in ufficio sí, altrimenti ci pensate lei e Ristuccia.
– Come vuole –. E si congedò.
– Chidda azziccata con la droga e la prostituta sicuramente erano due caruse che Thomas stava circannu di purtare da don Rosario, – disse Patanè, appena il vicesovrintendente se ne fu andato.
– O da Vera Fisichella, – precisò Vanina. – Se la ricorda? La compagna del professore ammazzato.
– Certo che me la ricordo. La pissicologa. 'Na brava pirsuna, come il professore. Spanò mi contò che alla fine la realizzò da sola la casa famiglia, e per ora ci ospita donne in difficoltà o da recuperare.
– E Thomas, manco a dirlo, aveva una fitta corrispondenza di telefonate con lei –. Vanina indicò un numero nella lista. Non era stato sottolineato. Rimase a fissarlo un attimo. Poi, di colpo, si alzò, pronta ad afferrare la giacca.
– Amuní, commissario.

Come al solito Patanè scattò in piedi.

In quel momento il telefono della Guarrasi squillò. Lo recuperò dalla tasca della giacca, guardò il display e rispose.
– Dottoressa Recupero.
– Dottoressa Guarrasi, buongiorno. Avrei bisogno urgente di vederla.
Vanina si mise in allarme. – Stamattina stessa?
– Subito, se possibile. Ho appena raccolto una dichiarazione spontanea che purtroppo non le piacerà.

14.

Il commissario Patanè era rimasto in macchina con Lo Faro, che stava cercando di parcheggiare. Alle dieci del mattino, in zona tribunale, l'impresa era ardua. La Guarrasi era stata categorica: la chiocciola sul tetto solo in caso di necessità. Al decimo giro, ognuno piú lungo di un isolato rispetto al precedente, Lo Faro aveva ritenuto che lo stato di necessità fosse stato raggiunto, l'aveva tirata fuori e s'era piazzato in un posto che piú vietato non poteva essere.

Vanina s'era fatta la scalinata del Palazzo di Giustizia a una velocità che di norma sarebbe stata incompatibile con la sua resistenza fisica da rigorosa sedentaria, e alla stessa velocità aveva attraversato due corridoi, salito due rampe di scale e raggiunto l'ufficio della Recupero. Davanti alla porta aveva ceduto e s'era schiantata su una panca di solito occupata dalle persone che attendevano di essere interrogate.

Un ispettore della Digos che passava di lí la vide e si fermò.

– Dottoressa Guarrasi, si sente bene?

– Sí, tutto bene, – sibilò Vanina, iperventilando che pareva un mantice.

Non lo convinse.

– Sicuro?

– Sicuro, ispettore, sicuro.

In quell'istante si aprí la porta della Recupero.
- Dottoressa Guarrasi, s'accomodi.
Vanina la seguí nella sua stanza.
La pm si sedette e la invitò a fare lo stesso.
- Stamattina ho ascoltato uno dei ragazzi della comunità di don Rosario, Lilluzzo Giuseppe, - andò subito al sodo.
- È lui la persona cui mi ha accennato al telefono? - chiese Vanina.
- Sí, - confermò la pm, - si è presentato spontaneamente.
- E cos'aveva da dire, Lilluzzo Giuseppe?
Eliana incrociò le mani sul foglio che aveva davanti.
- Sostiene di non averci raccontato tutto quello che sapeva su Thomas Ruscica e sulle sue relazioni sentimentali. A quanto pare, circa un mese fa Thomas gli confidò che si era innamorato di un'altra e che voleva lasciare Emanuela, ma non sapeva come fare, perché se solo ventilava alla ragazza l'ipotesi di allontanarsi momentaneamente, lei usciva fuori di testa. Una settimana fa, Thomas gli disse che aveva deciso e che non poteva piú aspettare, avrebbe lasciato Emanuela per mettersi con la sua nuova fiamma.
- Com'è che tutte 'ste cose se le ricordò adesso?
- Disse che sul principio non aveva capito che potevano essere collegate con l'omicidio.
- E ora come ci pensò?
- Lesse un articolo pubblicato sui social di una possibile pista passionale.
- Sui social?
- Sí, ha sentito bene: sui social, - sospirò la Recupero, con la rassegnazione di chi le ha tentate tutte e poi ha gettato la spugna.
- Non mi dica che il nome di Emanuela Greco è già finito in pasto alle iene da tastiera!

– No. Si trattava di una notizia generica, diffusa da un quotidiano online di cui non mi ha saputo fornire il nome e che non è piú riuscito a ritrovare.

Vanina valutò l'insieme delle novità, le mise in fila.

– Mi chiedo perché abbia deciso di venire a riferire la cosa a lei, invece di parlarne con me o con Spanò, che fino a ieri sera era ancora da don Rosario.

– Evidentemente ha preferito cosí, – si limitò a rispondere la Recupero, dicendo con gli occhi quello che non volle esprimere a parole.

Vanina replicò con un'altra occhiata.

– Immagino che di questa presunta ragazza non si sappia nulla, men che meno il nome.

– Immagina male, vicequestore. Lilluzzo ci ha fornito nome e cognome della ragazza in questione.

Vanina rimase a corto di parole.

– E chi sarebbe? – chiese.

La pm lesse sul foglio che aveva davanti.

– Concetta Piccirillo. E no, non è parte della grande famiglia della parrocchia, né ha a che fare con la comunità di padre Limoli. Sembra essere una conoscenza recente.

– Come intende procedere, dottoressa?

– Innanzitutto dovrò sentire questa Piccirillo per sapere se conferma quanto riferito da Lilluzzo. Poi, naturalmente, dovremo riascoltare Emanuela Greco… – Si fermò.

– Avanti, dottoressa, lo ammetta: lei inizia a credere davvero che l'assassina sia lei, – disse Vanina, piú secca di quanto avrebbe voluto.

– Vicequestore, cosa le fa supporre di avere la capacità di esplorare la mia mente?

– Esplorare la sua mente, dottoressa Recupero? Non mi permetterei mai. Mi limito a dedurre. La posizione di Emanuela Greco sta diventando ogni giorno piú compromessa, e gli indizi a suo carico cominciano a essere molti. Troppi, direi.

– Anche io ritengo siano troppi, e anche io ho difficoltà a credere che quella ragazza sia un'assassina. Ma lei capisce che se questa Piccirillo dovesse confermare, una riflessione approfondita sugli elementi che abbiamo a disposizione sarà d'obbligo.

– Di elementi ne mancano assai, dottoressa. A Palermo stanno esaminando il manico del rastrello, stanno cercando tracce di Dna lí e sul braccialetto che trovammo nel capanno. Elementi da acquisire ancora ne abbiamo a tignitè. Ma poi... – Cercò una foto sul telefono e gliela mostrò. – Guardi qua: questa è la posizione in cui sono state trovate le impronte della ragazza. Sul metallo, vicinissimo ai denti. Ora, le pare plausibile che una posizione simile consenta di sferrare un colpo mortale come quello che ha ucciso Thomas? Per caricare con tutta quella forza, specie nel caso di uno scricciolo come Emanuela, bisogna impugnare il rastrello dal manico. Un'impronta lí, invece, è perfettamente coerente col movimento di estrazione del rastrello che la ragazza stessa dichiara di aver compiuto.

Meno male che prima di arrivare in procura aveva chiamato Adriano e gli aveva chiesto conferma.

– Questo è senz'altro un ragionamento condivisibile. Resta comunque il fatto che io non posso non considerare con attenzione gli elementi che verranno fuori.

– Lo capisco, dottoressa. Due cose sole le chiedo, però: una è di essere presente quando interrogherà la presunta nuova ragazza di Thomas.

La Recupero sospirò. – Accordata. Ora mi dica la seconda, che immagino sia la piú rognosa.

– Vorrei parlare prima io con Emanuela Greco.

La pm rispose di nuovo con gli occhi prima di articolare una risposta vocale.
– Va bene, dottoressa Guarrasi. Ma la avverto: avrà poco tempo. E dovrà farlo da sola, senza coinvolgere altri della squadra.
– Di tempo me ne basta anche pochissimo.
Si alzò per andarsene, ma la Recupero la fermò.
– Dottoressa, voglio essere esplicita con lei: potrebbe anche darsi che questo Lilluzzo non sia venuto da lei né, me lo lasci dire, soprattutto dal suo ispettore Spanò perché temeva che non gli avreste creduto –. Aveva infine dato voce alle occhiate precedenti.
– E perché mai non avremmo dovuto credergli?
– Infatti, non c'è nessun motivo. Ma magari a Lilluzzo o ad altri non è chiaro. E qualcuno potrebbe avere interesse ad alimentare questo dubbio.
Vanina ponderò quelle parole. Un messaggio preciso, che non le piaceva. Nella sua carriera di poliziotta non aveva mai guardato in faccia nessuno. Quando era convinta della colpevolezza di un indiziato, poteva essere pure il papa, per lei non avrebbe fatto alcuna differenza. Questo Eliana Recupero lo sapeva benissimo. Se la avvertiva, significava che c'era qualcosa di piú, e dalle mezze parole della pm deduceva che in qualche modo c'entrasse Spanò.

Entrò nell'auto di servizio con la faccia scura, la sigaretta accesa stretta tra le labbra. La chiocciola in mano.
– Era proprio necessario 'sto teatro?
Lo Faro s'agitò. – Capo, non trovavo parcheggio manco a pagarlo oro. Almeno cosí nessuno ci avrebbe disturbati. Le giuro che prima di farlo ci pensai bene.
Vanina non commentò, abbassò il finestrino e soffiò il fumo fuori.

– Amuní, partiamo, – ordinò, e l'agente eseguí.
– Dottoressa, che successe? – chiese Patanè dal sedile posteriore. Conosceva la Guarrasi abbastanza bene da intuire che la chiocciola non c'entrava niente.

Per tutta risposta Vanina gli rivolse un'occhiata che il commissario afferrò subito.

– Novità dall'ufficio, Lo Faro?
– No, dottoressa, nessuna.

Vanina prese il telefono dalla tasca e chiamò.

– Guarrasi sono, con chi parlo?
– Sanna, dottoressa –. L'ispettore della Sco.
– Sanna, e che ci fa lei lí?
– Ristuccia s'allontanò per andare in bagno e risposi io. Stavamo controllando assieme i nomi sui tabulati telefonici di Thomas Ruscica.
– Ah, e c'è cosa?
– Forse un paio di persone con parentele, diciamo cosí, a noi note. Piú una telefonata di Agatino Zinna, che corrisponde a quella che ci raccontò lui quando lo interrogammo.
– Sí, sí, conosco la storia. Che siccome erano vecchi compagni delle elementari e non lo vedeva da molto tempo aveva pensato bene di andare a trovarlo al lido. Giusto giusto quella mattina.
– Convincente, ah!
– Eh, come no.
– Come posso aiutarla, dottoressa? – chiese Sanna. – Aveva bisogno di qualche cosa?
– Ah, sí. Chi c'è dei miei, in giro, a parte Ristuccia?
– Solo Fragapane, nell'altra stanza, sta facendo le telefonate per convocare quelli dei tabulati. Nunnari invece se ne andò alla Postale.
– E Spanò?
– Non s'è visto.

– Grazie, Sanna, a dopo.
Riattaccò e chiamò Spanò. Squillò a vuoto.
Riprovò. Risultato uguale.
– Eccheccazzo! – si lasciò scappare, con rabbia. D'istinto tirò fuori un'altra sigaretta.
La testa di Patanè comparve alla sua sinistra, tra i due sedili. Il commissario la guardò preoccupato.
– Che fu? Mai m'ha sentito dire maleparole? – si schermí Vanina.
Patanè non smise di fissarla. – Non è per la malaparola.
– E allora che c'è?
Calò gli occhi sulla mano destra, che teneva la sigaretta ancora da accendere.
– 'N'autra si n'ha fumari?
Vanina si guardò le dita. – Ah.
– Ah, – le fece il verso Patanè.
– Ragione ha, commissario, – disse la Guarrasi, rinfilando la sigaretta nel pacchetto. Si scambiarono un'occhiata in un silenzio eloquente.
Che Lo Faro interruppe, garrulo.
– Capo, ma perciò che le disse la Recupero?

Alla villa dei Greco Vanina si portò appresso Patanè. Tecnicamente il commissario non faceva parte della squadra, e in ogni caso non era a lui che la Recupero si riferiva quando le aveva chiesto di non coinvolgere i suoi uomini nel colloquio preventivo con Emanuela. Il problema, manco a dirlo, era Spanò. Se era arrivata a farne cenno persino la pm, voleva dire che l'ispettore si stava esponendo troppo.
– 'Sa chi sta cumminannu 'sto santo caruso, – fece Patanè, seduto accanto alla Guarrasi che guidava l'auto di servizio. Nonostante i quasi cinquantasette anni, per lui Spanò era e sarebbe rimasto sempre un caruso.

– Di preciso non lo so, ma posso tirare a indovinare. Avrà attivato i suoi canali per cercare quante piú informazioni possibile per scagionare Emanuela Greco e, di conseguenza, trovare il vero assassino di Thomas. A giudicare dai discorsi della Recupero non dev'essere andato troppo per il sottile.

– Dice che qualcuno cuntò alla procuratrice chiddu ca sta facennu Carmelo?

Vanina abbassò la testa.

– E non nel senso che intendiamo noi, – lo guardò un attimo, – mi spiegai?

Patanè si grattò il mento, meditando.

– Ho capito, – disse. – E non mi piace. Non mi piace per niente.

– Manco a me, commissario.

Percorsero tutto il lungomare, poi la Scogliera fino ad Aci Castello e proseguirono lungo la statale 114. Poco prima di Aci Trezza salirono sulla collina e raggiunsero la villa dei Greco.

– Bellu fussi arrusbigghiarisi tutti i iorna cu 'sta visuale –. Patanè scese dalla macchina indicando i faraglioni di Aci Trezza sotto di loro. – Anche se purtroppo 'sta collina non è il massimo della stabilità, – commentò.

– In che senso? – chiese Vanina, mentre chiudeva la portiera.

– A picca a picca si ni sta calannu verso il mare. E chistu 'u sapi pirchí successi? Pirchí supra 'na collina argillosa ca puteva tenere al massimo deci case, i catanisi ne costruirono cento, macari in punti dove non era consentito. Sbanca da un lato, sbanca i l'autru latu, la collina si dissestò completamente –. Arrivarono al cancello della villa. – A peggiorare le cose, c'è pure il problema delle falde acquifere sotterranee, che addivintanu fiumi pirchí ci confluiscono le acque reflue di tutto l'abitato, – s'avvicinò all'orecchio della Guarrasi, come per non farsi sentire, – e non solo quelle propriamente reflue. Che poi scinni scinni, indovinasse unni si ni vanu a finiri?

Vanina non ebbe dubbi. – A mare –. Citofonò.

L'avvocato Greco in persona rispose e aprí.

Entrarono nel giardino, e d'istinto entrambi si bloccarono. La Vespa di Spanò era parcheggiata lí.

Il quadro familiare nel soggiorno era tale e quale a quello del primo giorno. Enzo Greco, Elena Pistorio, la ex moglie nonché madre di Emanuela, e Maria Rosaria. L'unica differenza era che su uno dei divani, guarda caso giusto quello dov'era seduta Rosi, era accomodato Carmelo Spanò. Che appena vide la Guarrasi e Patanè balzò in piedi, l'espressione a metà tra l'imbarazzato e il colpevole.

Anche le due donne si alzarono.

Vanina osservò la Pistorio come la prima volta non aveva avuto tempo né animo di fare. Cinquant'anni, magrissima e alta, capello biondo raccolto, occhi verde azzurro allungati e truccati in modo da valorizzarli ulteriormente. Camicia di seta, pantaloni palazzo, outfit due spanne piú elegante di quanto la circostanza richiedesse. Un misto tra Barbara Bouchet e Sandra Milo di qualche anno prima, con l'accento siciliano. A vederle una accanto all'altra, lei e Rosi parevano la notte con il giorno. La ex signora Spanò, già piú giovane di suo, dimostrava anche meno dei quarantaquattro anni che aveva. Trucco scarso se non nullo – che con la pelle di pesca che aveva poteva permettersi senza problemi – capelli biondi ma corti, jeans e camicetta bianca, sneakers ai piedi. La Meg Ryan / Kathleen Kelly del film *C'è posta per te*.

– A che dobbiamo questa visita, dottoressa? Ci sono per caso novità?

– Una.
I tre si voltarono verso Spanò, interrogativi.
Tre occhiate che si sommarono a quelle dei due capi, la nuova e il vecchio. L'ispettore dovette deglutire piú volte prima di osare chiedere.
– Ma cosa di stamattina?
Vanina non ritenne opportuno dare né a Spanò né agli altri il sazio di una risposta.
– Emanuela è nella sua stanza? – domandò.
– Sí, come al solito, – disse l'avvocato, costernato. Fece per accompagnarla.
– Stia, stia pure. Conosco la strada.
– No, senta, mia figlia è troppo scossa, è stata male e non si è ancora ripresa dallo shock dell'interrogatorio in procura. Poi con una pm della Dda.
– Avvocato, ascolti lei: è meglio cosí. Emanuela deve sentirsi tranquilla di poter dire quello che vuole. Non sarebbe lo stesso con lei davanti, e invece è necessario che non ometta niente. Per noi che stiamo cercando di aiutarla e, soprattutto, per lei. Meglio che io vada da sola, – e ripeté: – da sola, – rivolgendosi a Spanò che era partito per seguirla.
Salí per le scale e arrivò davanti alla stanza di Emanuela, bussò ed entrò.
La ragazza era seduta alla sua scrivania, gli occhi assenti puntati sullo schermo di un computer.
– Che fai?
Emanuela si voltò.
– Dottoressa. Tentavo di guardare una serie tv, ma è la terza volta che faccio ripartire la puntata.
Le si sedette accanto, seria.
– Emanuela, dobbiamo parlare.

Spanò seguí i capi fuori dalla villa.
– Dottoressa, ma me lo vuole dire che novità ci furono?
Emanuela era scesa giú in lacrime insieme a Vanina. I genitori erano scattati subito. Amore, tesoro, che è successo? Dottoressa, lo dicevo che non dovevo lasciarla andare. Ci aveva pensato la ragazza a spiegargli che invece era stato meglio cosí, che grazie alla dottoressa ora sapeva cosa l'aspettava.
Vanina guardò male l'ispettore. – Lei piuttosto, Spanò, mi vuole dire come mai era qui?
L'altro non seppe cosa rispondere.
– Ora lei fa una bellissima cosa: recupera la Vespa e ci viene dietro fino in ufficio. E da ora in poi mi comunica tutti i suoi movimenti.
L'occhiata severa di Patanè gli fece capire che non era il caso di replicare.
Spanò rientrò un attimo a salutare, s'intabarrò in un giubbotto antivento e li seguí.
Entrò alla Mobile poco dopo di loro, il tempo di parcheggiare la Vespa, e filò dritto nella stanza della Guarrasi.
Vanina e Patanè lo aspettavano al varco.
– Dottoressa, – disse, entrando.
– Chiuda la porta.
Spanò eseguí. S'andò a sedere davanti alla capa, incerto. Mai era capitato che la Guarrasi lo trattàsse cosí. Anzi, era capitato una volta sola: quella in cui per un'assurda fissazione aveva quasi rischiato di compromettere i suoi ultimi anni di servizio. Anche quella volta, la villa dei Greco era stata il teatro del problema.
– Dottoressa, la prego, mi dica cos'è successo.
Vanina lo accontentò. Gli raccontò il colloquio con la pm, senza omettere nulla.

Spanò capí immediatamente.
- Minchia che scimunito che sono stato. Se mi fossi mosso con piú cautela forse 'st'autru caruso non sarebbe venuto fuori.
Patanè gli allungò un cioccolatino che vagava sulla scrivania di Vanina.
- No, grazie, commissario. Lo sa che i dolci non sono cosa mia.
- Non è per il sapore, è per lo zucchero. Si' pallido ca pari 'n linzolu. Ti devi ripigliare.
Spanò lo ingoiò come una medicina. Stava per riprendere colore quando Tito Macchia entrò nella stanza. La faccia feroce.
- Ohhh, eccolo qua, il nostro Spanò.
L'effetto del cioccolatino si esaurí subito.
- Mi cercava, dottore?
Macchia girò dietro la scrivania di Vanina e si appoggiò con entrambe le mani, sovrastando l'ispettore dal suo metro e novanta di altezza. Pareva il ciclope con Ulisse, tanto per restare nel territorio.
- Lei ha la piú pallida idea del casino che ha combinato?

15.

La poltrona di Vanina era stata colonizzata da Macchia, che come al solito ci si dondolava sopra, creando le premesse per un secondo cedimento con relativa caduta rovinosa – il primo, risalente a qualche mese addietro, se lo ricordavano tutti e l'osso sacro del Grande Capo ancora ne piangeva le conseguenze.

– Dottore, le assicuro che mi sono mosso con la massima cautela.

– A San Cristoforo, Spanò? Dove ogni basola della strada è controllata da qualcuno che fa riferimento a qualcun altro che poi riporta tutto al pezzo da novanta convinto di essere il proprietario della basola? Mi meraviglio di lei, veramente. Non la credevo cosí ingenuo.

– Non ho fatto niente di particolare, le assicuro. Ho solo chiesto informazioni a una persona su cui metterei la mano sul fuoco, perché fregature non me ne darebbe mai. E questa persona a sua volta ha poi fatto qualche domanda in giro per me, fingendo curiosità per l'argomento.

– E questa persona che informazioni le diede?

– Nulla di importante. Solo confermò la stessa cosa che avevano detto i carusi ieri sera, la storia del barista che sostiene di aver visto Thomas di recente nel suo bar con una ragazza. Gliela descrisse, per giunta. Ma pure lui, come i ragazzi, mi avvisò che questo tizio cunta fesserie una va e una viene.

– Qualunque cosa abbia fatto, il risultato è che qualcuno deve averla vista. Devono aver saputo che tra lei ed Emanuela Greco c'è un legame quasi familiare e hanno deciso di sfruttare la cosa a proprio vantaggio tentando di screditare la sua azione agli occhi dei colleghi della Sco.
– Devono chi, dottore? Chi fu?
– Una persona che gli uomini di Giustolisi hanno sentito proprio stamattina. E non una qualunque: il padre di Thomas Ruscica. Dopo aver risposto alle domande dei colleghi, che come voi stanno battendo altre piste prima di avvalorare quella della Greco, ha protestato per i due pesi e due misure che vengono utilizzati qui dentro e ha accusato lei di cercare di insabbiare la posizione della figliastra di sua moglie. Come vede, Spanò, queste persone sanno molto piú di quello che noi pensiamo.
– Ma la prego, dottore, non mi dirà che Tommasello o Sanna possano avere dato ascolto alle illazioni di un mezzo mafioso come Ruscica.
– Ovvio che non ci hanno creduto, ispettore, ma il punto è un altro.
– Ho capito. Mi debbo tirare fuori da questa storia.
– Quantomeno deve evitare di esporsi. E noi, Guarra', – si rivolse a Vanina, – dobbiamo studiarci una strategia per anticipare le mosse di questi pezzi di merda.
Spanò s'illuminò. – Ma perciò lei pure crede nell'innocenza di Emanuela!
Macchia lo guardò storto.
– Mi faccia capire, Spanò: per che cosa mi scambiò, per un fesso che si fa pigliare per i fondelli da quattro delinquenti? Guardi, se avevo anche un minimo dubbio che la ragazza fosse innocente e che la stessero mettendo in mezzo, quello che è successo stamattina, tra la Mobile e la procura, è bastato a fugare qualunque dubbio. Si con-

vinse pure Giustolisi, che è tutto dire... – Si bloccò. Gli era scappata. – Guarra', ci serve una strategia.

Vanina se ne stava seduta accanto a lui, sulla sedia che Patanè le aveva ceduto per andarsi ad accomodare sul divanetto davanti al balcone.

– Innanzitutto ho chiesto alla Recupero di farmi assistere all'interrogatorio di quella Concetta che Lilluzzo indicò come la ragazza per cui Thomas voleva lasciare Emanuela. Sono sicura che confermerà pari pari la sua versione. Dal modo in cui lo farà, però, si potranno capire molte cose, prima fra tutte se si tratta di una persona qualunque prestata al gioco o se una conoscenza tra lei e Thomas ci sia stata davvero. Per questo voglio essere presente.

– Guarra', tu sei consapevole che la Recupero ti concede libertà che ad altri poliziotti nega categoricamente? Come quella di andare a parlare con la Greco stamattina, tanto per dirne una, – fece Tito, risolente, masticando il sigaro.

– Forse si fida di me? – suggerí Vanina.

– Ah, su questo non c'è dubbio. Ma a parte quella di assistere all'interrogatorio sperando in qualche contraddizione, hai altre idee?

– L'unica possibile per bloccare il meccanismo che s'è innescato, Tito: fingere che stiamo iniziando a credere alla colpevolezza di Emanuela. Tutti. Noi, la Recupero. Quelli della Sco devono smettere di indagare e dobbiamo muoverci sott'acqua. In questo modo eviteremo che vengano fuori altre «persone informate sui fatti», o che si mobiliti ulteriormente la famiglia di Thomas.

Tito ponderò la cosa.

– L'idea è buona. Ma è rischioso, Guarra'. Se facciamo un errore ci va di mezzo la ragazza.

– Lo so. Ma non possiamo fare altro. Se continuiamo a indagare come stiamo facendo, pure eliminando Spanò dal campo, rischiamo di rovinarla per davvero.
– Vabbuo', vedi che puoi fare –. Si alzò. Occhieggiò Patanè, che se ne stava in disparte, attentissimo.
– Inutile chiederle che ne pensa, commissario, tanto lei è sempre d'accordo con Guarrasi.
– Vero è, dottore. Io sono sempre d'accordo con la dottoressa. Però, se posso, vorrei aggiungere un suggerimento.
– Prego.
– C'è una persona che secondo me sarebbe assai utile nell'attuare il piano. Una persona sulla cui onestà penso che tutti noi metteremmo non una ma due mani sul fuoco. Ed è anche l'unica persona in grado di indagare al posto nostro nel quartiere e capire chi può essere stato a imbeccare il ragazzo che stamattina fu ascoltato in procura.
– Di chi si tratta?
Patanè scambiò un'occhiata con Vanina, che aveva già capito.
– Padre Rosario Limoli.

Nunnari comparve quando Vanina era già sull'uscio dell'ufficio, diretta da *Nino* a placare la fame lupigna che quella mattinata intensa le aveva generato.
– Capo, posso?
– No.
– Questione di un attimo è.
Intanto la seguiva lungo il corridoio.
– Hai mangiato? – chiese Vanina.
– Ancora no.
– Allora vieni con noi da *Nino*.

– Ma veramente mi portai un panino –. Eufemismo per definire uno sfilatino intero imbottito all'inverosimile di salame e caciocavallo.
Dalla stanza dei veterani uscí Spanò.
– Eccomi, dottoressa. Il commissario?
– Se ne tornò a casa, – gli rispose, poi si voltò. – Amuní, Nunnari, vieni a mangiarti un piatto di pasta, che nutrirsi di panini dalla mattina alla sera non è sano.
Il sovrintendente esitò. – E del panino che me ne faccio? Lo butto?
– Pirchí non glielo vai a portare a quei puvurazzi di colleghi bloccati in sala intercettazioni, cha almeno accussí si confortano, – suggerí Spanò.
Nunnari caracollò verso l'ufficio, tirò fuori un cartoccio dallo zainetto Invicta di liceale memoria e si diresse verso la sala intercettazioni. Aprí la porta piano, gentile. Sgranò gli occhi e la richiuse di colpo.
– Nunnari, che fu? – fece Vanina.
– No, niente, capo. È che... ci ripensai. Magari piú tardi mi viene appetito, meglio che me lo conservo per merenda.
Tornò di corsa nella sua stanza, posò il cartoccio e uscí subito infilandosi una felpa verde militare. Imbarazzato.
– Mimmo, – lo braccò l'ispettore, appena furono fuori dal portone. – Viri ca addivintasti bordeaux.
– M'accaldai.
– Nel corridoio dell'ufficio, t'accaldasti, che ancora è gelido ca pare pieno inverno?
Il sovrintendente non gli rispose. Allungò il passo verso il parcheggio all'interno della caserma.
Presero una Cinquecento, che era piú facile da parcheggiare. Appena Nunnari riuscí a sistemarsi sul sedile posteriore, di fabbrica predisposto per fisici assai piú agili del suo, Spanò, che era alla guida, riattaccò con la camurría.

– Secondo me la dottoressa Guarrasi lo vuole sapere, che c'era di tanto scantuso nella sala intercettazioni. Vero, capo? – la mise in mezzo.

Vanina, che un sospetto ce l'aveva, evitò di assecondare il curtigghio che, ne era certa, sarebbe scoppiato di lí a breve.

– Se si tratta di questioni relative all'indagine sí, altrimenti faccio pure a meno.

– No, dottoressa, l'indagine non c'entra niente, – assicurò Nunnari.

– Ahhh, – s'infervorò Spanò, – allora lo vedi che ho ragione, che qualche cosa vedesti? Altro che *cangiai idea*, altro che merenda. Forza, Mimmo, sputa il rospo, chi c'era nella stanza?

Nunnari si rassegnò.

– C'era Ristuccia, – esitò, – che si stava baciando... con...

Spanò non lo lasciò concludere. – Con Lo Faro! Oh, finalmente. Mi fa piacere.

– Ispettore, in realtà...

Vanina si voltò, sorniona.

– Non era Lo Faro, vero, Mimmo?

– No.

– E cu era? – fece Spanò, contrariato.

Nunnari si inibí.

– Amuní, forza, lo indovino io, – gli tolse le castagne dal fuoco Vanina. – Era Sanna, giusto?

– Sí.

Spanò sgranò gli occhi, rallentò.

– Sanna? Sanna quello della Sco?

– Ma perché, le risulta che ce ne siano altri? – fece Vanina. Scorse un posto libero, piccolo ma sufficiente, che Spanò, preso dal curtigghio, stava per lasciarsi sfuggire.

– Ispettore! Il parcheggio.

Spanò s'infilò nel posto indicato e fece manovra, senza dismettere la faccia perplessa. Che mantenne finché non furono piazzati al tavolo che preferivano loro, quello nella nicchia.
– Cose da pazzi, Ristuccia con Sanna, – continuò a commentare. Poi si perse nei pensieri e ne riemerse scuotendo la testa. – Del resto, nelle questioni sentimentali uno non si deve mai meravigliare di niente –. Dalla faccia, di colpo seria, si intuiva che non si stesse piú riferendo alla tresca appena scoperta.
Vanina riportò la discussione nei binari giusti.
– Nunnari, eri venuto per dirmi qualche cosa?
– Ah, sí. Innanzitutto che andai alla Postale, ma purtroppo i messaggi di Thomas ancora non li recuperarono. Invece tornando incontrai a Pappalardo. Era appresso al dottore Manenti, che stava parlando al telefono con quelli della Scientifica di Palermo. Mi disse di aspettare, che sicuramente c'era qualche informazione per noi.
Nino comparve con «un antipastino» che nessuno aveva ordinato, ma che lui aveva pensato di portare lo stesso. Pepato fresco condito con olio e cipolletta, caponatina, un piattino di insalata di polipo per l'ispettore «che vuole mangiare dietetico».
I due uomini ci si buttarono sopra. Vanina si servi pepato e caponata, ma non iniziò.
– Allora, Nunnari? Che le disse Pappalardo?
Il sovrintendente inghiottí. Abbassò la voce per non farsi sentire dai vicini di tavolo, che, a onor del vero, tutto stavano facendo tranne che occuparsi dei discorsi loro.
– Veramente me lo disse il dottore Manenti. Quelli di Palermo gli anticiparono qualche risultato, anche se non li hanno tutti. Una cosa però è certa: sul bastone del rastrello che ammazzò a Thomas c'erano tracce di almeno due tipi

diversi di Dna, uno femminile e uno maschile. In pizzo al manico rilevarono pure un altro Dna femminile, diverso dal primo –. Fece per riattaccare l'antipasto, poi si fermò. – Ah, mi stavo scordando: Pappalardo mi pigliò di lato e mi disse di riferirle che se chiama l'amica sua di Palermo, di sicuro qualche informazione in piú a lei gliela dà.

Vanina masticò lentamente il pepato e il pezzo di pane che aveva messo in bocca, meditando. Negli ultimi tempi finiva sempre a disturbare Paola.

– Il primo Dna è senza dubbio quello di Emanuela, – disse Spanò.

– Sí, ma gli altri due? – chiese Nunnari.

Rimasero entrambi in attesa che la Guarrasi si pronunciasse. Dovettero aspettare che terminasse la scarpetta della caponata e la mandasse giú con un bicchiere d'acqua prima di ottenere la sua attenzione.

– Allora, dottoressa? Lei che dice? – insisté Spanò.

– Ovvio che il primo Dna sarà quello di Emanuela, visto che ha afferrato il rastrello con entrambe le mani e con forza. Ed è ovvio pure che non abbiamo la piú pallida idea a chi appartengano gli altri due. In linea teorica le tracce potrebbero essere state lasciate da qualche inserviente del lido che ha usato il rastrello di recente. E una donna potrebbe essere pure una dipendente dello stabilimento. O un'amica dell'inserviente, che sappiamo?

I due calarono la testa.

– Il solito ago e il solito pagliaio, picciotti. Mi pare che ci siamo abituati, no? – concluse Vanina.

– Intanto possiamo chiedere al gestore del lido, Tantieri, chi altri utilizza quegli attrezzi a parte Thomas. E se in mezzo a questi c'è macari una donna, – propose Spanò.

Vanina lo guardò male. – Ispettore, lei non chiede niente a nessuno. Almeno per ora.

– Ragione ha, dottoressa, mi scusi –. S'era incupito di nuovo.
Nunnari non capí. – Ma perché, che è successo?

Il commissario Patanè s'alzò da tavola con una scusa. Portò una bottiglia di vino finita in cucina e cincischiò in cerca di qualcosa da fare che lo tenesse lontano dalla sala da pranzo dove Angelina aveva pensato bene di riunire tutta la famiglia, senza dargli alcun preavviso. Figlio, nuora, nipotino, persino i consuoceri. Una trappola perfetta per impedirgli di scapparsene alla Mobile col caffè ancora caldo in bocca.
– Ah, santa fimmina, chi pazienza ca ci voli, – si lasciò scappare a voce alta mentre prendeva un'altra bottiglia. Non s'accorse che suo figlio Francesco era dietro di lui e lo osservava.
– Tutto a posto, papà?
Si sentí preso in castagna.
– Eh? Sí, bene sto. Stai tranquillo.
– Che stai bene lo vedo. Pari ringiovanito –. Francesco sorrise. – T'ho chiesto se va tutto bene in un altro senso.
Patanè fece lo gnorri.
– Quale?
– Avà, papà, *quale*. Ti pare che non ti visti taliare l'orologio ogni cinque minuti?
– E viristi macari a to' matri che ogni volta che lo facevo si mitteva a perdiri tempo per allungare il pranzo?
Francesco rise. – Sí, m'accorsi pure di questo.
Il commissario appoggiò la bottiglia di vino sul tavolo della cucina, si sedette su una sedia.
– Scusami, Francesco. Mi piglierai per un nonno degenere, ca s'annoia a stari col nipotino suo. Ma t'assicuro che non è cosí.

– Ti piglio per un nonno magnifico che però aveva da fare e la nonna lo incastrò a pranzo col nipotino. E non solo con lui... – Gli venne fuori la faccia esausta che aveva spesso in presenza della suocera.

Patanè allargò le braccia. – Non so come mi devo comportare con tua madre. I sorci verdi mi fa virriri, ogni volta che la Guarrasi, gentilmente, mi lascia partecipare alle sue indagini.

– E pirchí?

– Ca pirchí, gioia mia. Pirchí è gelosa.

Francesco scoppiò a ridere. – Ma di chi? Della Guarrasi? – E rideva.

– Cririci, non hai idea di che cosa è capace.

Gli contò dello sciopero dei fornelli. Già che c'era riesumò qualche altra alzata d'ingegno, compresa la malaparte che Angelina aveva fatto alla sua amica vicequestore quella volta che lui era ricoverato in ospedale.

– Cose da pazzi, – commentò Francesco, esilarato.

– Oggi mi chiese di rientrare a casa per pranzo. Non volendo scontentarla le dissi di sí, e lei... – Patanè non concluse.

– Papà, te lo posso dire quello che penso? Secondo me il fatto che la Guarrasi è femmina, giovane e macari attraente per la mamma è un problema, ma non il principale. Quello che secondo me non le cala, piuttosto, è che per colpa sua tu ti sia rimesso a fare il poliziotto, quando da tempo non ti tocca piú.

– Lo so. Però so anche una cosa, Francesco mio, che tempo oramai me ne rimane pochino. Te lo ricordi quanto ho amato il mio lavoro, fosse stato per me in pensione non ci sarei andato mai. 'Sto sodalizio con la Guarrasi nacque un poco per caso, un poco per scherzo. E finí che mi infilò di sgamo nella squadra. È una persona importante per me e io mi sento importante per lei. Se Angelina la finisse di

fare la scimunita, Vanina Guarrasi diventerebbe un'amica importante macari pir idda, e tanti saluti alla gelosia.
Come se l'avessero chiamata, Angelina si materializzò in cucina.
– Qua siete? Viríti ca se ancora ve la mancuniate cannoli non ne trovate piú, io vi sto avvertendo.
Tornarono a tavola. Finito il cannolo, bevuto il caffè, nel momento in cui il suocero stava tirando fuori le carte Francesco se ne uscí con una richiesta.
– Papà, me la fai una cortesia? Lo accompagni tu Andrea alla scuola di calcio?
Patanè si trattenne a stento dall'abbracciarlo.

Vanina era appena rientrata alla Mobile quando la Recupero la chiamò.
– Dottoressa Guarrasi, alle cinque meno un quarto da me.
Secca, concisa, quasi lapidaria. Del resto, cosí era Eliana Recupero. Una numero uno, con un carattere da fare tremare i ciclopi.
Erano le quattro. Aveva a stento il tempo per sentire Paola.
S'accese una sigaretta e avviò la telefonata.
– Vanina, mi hai stupita, – rispose la collega.
– Perché, che ho fatto?
– Avevo scommesso che mi avresti chiamata già ieri, e invece hai aspettato addirittura il pomeriggio di oggi.
– Non volevo disturbarti troppo.
– E che disturbo è. Stiamo lavorando, gioia mia, sia tu che io.
– Quelli della Scientifica mi riferirono del Dna sul bastone. Dice che al momento non gli avete comunicato altro. È perché non avete ancora fatto gli esami oppure per questioni formali?

– Gli esami li ho fatti io personalmente, come sempre quando si tratta di roba tua. Ma siccome tempo di scrivere il rapporto stamattina non ne avevo, chiamai il sovrintendente Pappalardo e gli dissi che, ufficiosamente, potevo già darvi qualche informazione. Non so che successe, di punto in bianco lui mi passò a Cesare Manenti. Mi limitai a riferirgli quello che già avevo trasmesso in via ufficiale. Mi dispiace, ma sai com'è...

Quella testa di minchia di Manenti, appena aveva sentito che Pappalardo parlava con una dirigente importante come Paola, s'era subito messo d'autorità e gli aveva scippato il telefono.

– Non ti dispiacere, buono facisti. Però ora dimmi che trovasti.

– Il Dna sul braccialetto è femminile, e corrisponde con quello sulla punta del bastone. Il pupazzetto di gomma, invece, era pieno di saliva. L'abbiamo analizzata, abbiamo estratto il Dna e corrisponde con quello della parte centrale del bastone.

– Saliva? – si stupí Vanina.

– Saliva. Come se fosse stato leccato.

– O come se ci avessero sputato sopra, – ragionò Vanina, piú con sé stessa che con Paola, che proseguí.

– I mozziconi di sigaretta erano della vittima. La traccia di sangue non ha nessuna corrispondenza né col Dna di Ruscica, né con gli altri tre. Mentre il fazzoletto di carta corrisponde a quello femminile del bracciale.

– Un'ultima cosa, Paola, il Dna del bracciale non c'entra nulla con quello sulla parte di metallo e al centro del bastone, è esatto?

– Sí, come ti dissi corrisponde alla traccia che trovammo sulla punta. Spero di essere stata esaustiva.

– Piú che esaustiva. Sei stata provvidenziale.

– Vedi che ora la prima volta che torni a Palermo ti tocca come minimo invitarmi a cena. E non mi dire che non vieni mai perché lo sanno pure le pietre che non è vero.
Vanina glielo giurò solennemente.

16.

Concetta Piccirillo si presentò nell'ufficio della Recupero in perfetto orario e da sola. Alta, bruna, formosa, occhi maliardi. Una Gina Lollobrigida dei nostri giorni. L'esatto contrario di Emanuela Greco.
– Signorina Piccirillo, lei conferma di avere avuto una relazione con il signor Thomas Ruscica? – chiese la Recupero.
– Sí, confermo –. Abbassò gli occhi, rattristata. – Il povero Tommy mio.
– Mi può dire esattamente da quanto tempo lei e il signor Ruscica vi frequentavate?
– Qualche mese. Ci siamo incontrati per caso, in un locale, e abbiamo iniziato a vederci di nascosto. Lui mi disse che era fidanzato.
– Di che cosa si occupa, lei?
– Sono estetista. Ho un centro estetico in via Iara 23.
– Una traversa di via Plebiscito, giusto? – domandò Vanina, col tono della burocrate coscienziosa, attenta al dettaglio.
– Sí.
– Massaggi? – chiese.
– Come?
– No, dico, lei fa anche massaggi?
– Certo. Ma solo a donne, – tenne a precisare.
– Nemmeno per il signor Ruscica fece un'eccezione? – sparò Vanina, con aria complice. Finse di pentirsi della

domanda personale. – Ma no, lasci stare. Non deve rispondermi.
– Non ho motivo per non rispondere. Tommy andava pazzo per i miei massaggi.
La Recupero, che aveva ascoltato impassibile, riprese in mano il colloquio.
– Senta, signorina, a un certo punto, secondo quanto dichiarato dalla persona che ci ha fatto il suo nome, la vostra storia diventò importante, tanto che il signor Ruscica decise di lasciare la fidanzata. Conferma?
– Confermo. E da quel momento tutto diventò piú difficile –. Concetta abbassò gli occhi.
– Per quale motivo?
– La fidanzata di Tommy era possessiva. E lui non riusciva a imporsi, per amore di pace rimandava sempre. Poi qualche giorno fa si decise... E guardate come finí! – Si premette il fazzoletto sugli occhi.
La Recupero le lasciò un paio di minuti.
– Lei chiamava il signor Ruscica Tommy, e lui come la chiamava?
– Cetty.
Vanina finse di appuntarselo. – Scritto come, scusi, con la *i* o con la *y*?
La ragazza la guardò perplessa. – Con la *y*.
– Senta, signorina Piccirillo, dai tabulati telefonici del signor Ruscica non risultano chiamate da o verso telefoni intestati a nome suo.
– Di solito non ci telefonavamo. Ci sentivamo solo tramite messaggi.
– Come mai?
– Glielo dissi, Tommy temeva che la fidanzata lo sgamasse. Pure i messaggi cancellava subito. Se mi chiamava lo faceva dal telefono della parrocchia. Potete controllare.

– Quand'è stata l'ultima volta che ha sentito Thomas? – chiese la Recupero.

– La mattina in cui l'ammazzarono, intorno alle sette. Mi scrisse che Manuela non si voleva rassegnare.

– Cosí scrisse? Manuela non si vuole rassegnare? – chiese Vanina, come se stesse trascrivendo il colloquio.

– Precisamente.

– E lei ha conservato questo messaggio? – chiese la Recupero.

– No, li ho cancellati tutti. Ho avuto paura!

La pm si appoggiò alla spalliera.

– Va bene, signorina Piccirillo. Per il momento non abbiamo altre informazioni da chiederle.

La ragazza si alzò.

– La arresterete, vero? Me lo prometta.

– Certo. Appena avremo in mano le prove, procederemo senz'altro all'arresto di chi ha commesso il delitto.

Vanina si alzò per accompagnarla alla porta, la seguí per metà corridoio. Le indicò l'uscita.

– Arrivederla, signorina, e a questo punto… condoglianze, – la salutò.

Fu tanto convincente che alla ragazza scappò perfino una lacrima.

Tornò indietro, rientrò nell'ufficio della Recupero e si sedette davanti a lei. Trionfante.

Uscí dalla procura che s'erano fatte le sei. Si accese una sigaretta mentre scendeva lentamente le scale del Palazzo di Giustizia. Attraversò piazza Verga e girò per corso Italia. La sua Mini, con cui aveva preferito spostarsi per non essere poi costretta a tornare in ufficio, era parcheggiata quasi all'angolo con viale Libertà. Vanina se la fece con calma, fermandosi persino davanti a qualche vetrina.

Aver fregato quella mafiosetta le aveva provocato una botta di entusiasmo, e aveva anche messo fine all'ansia che aveva accompagnato quella visita in procura. Un allentamento della tensione che, come succedeva sempre, aveva lasciato emergere la stanchezza di quella giornata iniziata con pochissime ore di sonno all'attivo e ancora lontana dal concludersi.

Nessuno, meno che mai Thomas, chiamava Emanuela Greco «Manuela». E questo per il semplice fatto che la ragazza non amava essere chiamata cosí. Solo a una persona che non la conosceva manco da lontano poteva venire per testa. E Concetta, o Cetty con la *y*, Emanuela Greco non la conosceva per niente. Come per niente conosceva Thomas, che i messaggi sul cellulare se li scambiava con Cetti con la *i*, e al quale i *massaggi* – e questo Vanina lo sapeva per averglielo sentito dire – davano un fastidio tale che li rifuggiva come la peste. Gli facevano un «effetto negativo», diceva. Del resto lei lo capiva benissimo, non c'era niente di peggio che un massaggio rilassante per chi di rilassarsi non aveva nessuna intenzione. Tre contraddizioni nel giro di mezz'ora le aveva scippato, a quella galoppina che non si faceva scrupolo a mandare in galera un'innocente.

Mentre si autocongratulava le squillò il telefono. Adriano Calí.

– Vani, ti disturbo?

– Affatto. Anzi, mi beccasti in un buon momento.

– Beata te. Io i buoni momenti sono giorni che manco so dove stanno di casa.

– Non chiamò, vero?

– No.

– Amico mio, che posso fare per aiutarti?

– Qualunque cosa che mi distragga e mi tiri fuori da questo appartamento.

Vanina guardò l'orologio, non aveva idea di che ora avrebbe fatto né in che condizioni sarebbe tornata a Santo Stefano quella sera, ma Adriano meritava uno sforzo.
– Un film di quelli che piacciono a noi, due pizze siciliane e il mio divano potrebbero bastare?
– Quanto ti voglio bene, vicequestore!

Patanè se ne andò direttamente da don Rosario, dove la Guarrasi gli aveva dato appuntamento. Si sedette in fondo alla chiesa e aspettò che il prete svolgesse le sue funzioni, comprese quattro confessioni che, per il tempo che stavano durando, 'sa quanti peccati dovevano includere. Nell'attesa si mise a osservare le pareti e il soffitto della navata. Bella era, quella chiesa. A vederla da fuori, in mezzo allo sdirrupo che c'era intorno, uno non l'avrebbe mai immaginato. Naso all'aria, non si accorse che Chanel gli si era seduta accanto.
– Commissario, – bisbigliò la ragazza.
Patanè sobbalzò.
– Madunnuzza, Chanel! 'N coppu mi facisti pigghiari.
– Scusi.
– Ma sempre qua sei? Non lo trovasti ancora un nuovo impiego? – Il negozio in cui lavorava come commessa era fallito qualche mese prima.
– No, purtroppo. Perciò me ne sto qua, almeno mi rendo utile. Le ragazze, soprattutto i primi tempi che arrivano, sono sbandate forte. Qualcuno che dia una mano a don Rosario ci vuole. Ogni tanto, quando ha bisogno, mi chiama anche la dottoressa Fisichella. E io ci vado.
Patanè la scrutò. – E la laurea in Giurisprudenza? Come ci devi diventare commissaria, se no?
Chanel fece la faccia di chi ha sentito qualcosa di inverosimile.

– Ma infatti non ci diventerò mai. Soldi ci vogliono, per l'università, e io soldi non ne ho.

Il commissario non disse niente. La Guarrasi aveva ragione, 'sta carusa andava aiutata. Sprecare una passione come la sua era un peccato.

Don Rosario si smarcò dall'ultima parrocchiana, che pareva non volerlo mollare piú. Raggiunse Patanè e Chanel, che si bisbigliavano nell'orecchio.

– Che state complottando?

– Un sabotaggio al confessionale, – scherzò la ragazza.

– Andiamo, va', usciamo dalla chiesa, – suggerí il prete.

Il cortile era ancora pieno di ragazzini che giocavano a pallone. A Patanè venne spontaneo pensare a suo nipote Andrea e alla scuola di calcio dove l'aveva appena accompagnato. Un mondo assai diverso da quello della parrocchia-oratorio-comunità di recupero di padre Limoli. Lí non c'era campetto, non c'erano divise, né spogliatoi. L'«allenatore» era uno dei carusi che si prestava al ruolo. Eppure gli occhi di quei picciriddi, mentre rincorrevano il pallone, erano tali e quali a quelli di Andrea e dei suoi compagni. Allegri, entusiasti. Strapparli al mondo infame in cui inevitabilmente – a eccezione di alcuni casi virtuosi – sarebbero cresciuti, era il piú grande atto d'amore nei loro confronti. Lo stesso amore per cui Superman Thomas aveva rischiato e perso la vita.

I tre se ne andarono nell'aula, che a quell'ora era vuota.

– La dottoressa Guarrasi per telefono mi disse che doveva parlarmi. Ci sono novità? – fece il prete.

– Aspettiamo che arrivi lei, accussí gliele conta, – rispose Patanè.

– I carusi stanno facendo come i pazzi. Si sono fissati che devono aiutarvi a cercare l'assassino di Thomas, e non c'è verso di farli desistere. Meno male che c'è Chanel –. Guardò la ragazza, che annuí.

– Li tengo a bada io, stia tranquillo, don.
– Veramente, piú che tenerli a bada, a mmia mi pare che tu dirigi la squadra, ma può essere impressione mia, eh.
Chanel non oppose obiezioni. Anzi: – Con risultati un poco scarsuliddi, ma lo sa com'è? Mai darsi per vinti.
La voce di Vanina si sentí prima che lei stessa si materializzasse nell'aula.
– Mai. Brava picciotta –. S'avvicinò, la mano allungata verso don Rosario ma gli occhi sulla ragazza, che era scattata in piedi. – Lo sai qual è il nostro motto, Chanel, quello della Polizia di Stato?
– No, dottoressa.
– «Esserci sempre».
– Bello, mi piace assai.
– Esserci sempre? Allora Chanel è pronta a entrare in polizia. Unni ti giri e giri c'è lei. Manco il prezzemolo, – la stuzzicò don Rosario.
Vanina si sedette su una sedia di legno girata al contrario, spalle libere e braccia appoggiate sullo schienale. Tirò fuori le Gauloises.
– Don, lei non si scoccia se fumo, vero?
– Veramente mi scoccerei, ma solo perché è lei farò un'eccezione. Ai carusi bisogna dare il buon esempio.
– Vero. Thomas fumava, – disse Vanina.
Il prete abbassò la testa. – Sí, purtroppo sí.
– Guardi che non era una domanda, era una constatazione. Nel capanno trovammo dei mozziconi di sigaretta. Erano tutti suoi.
– Gli era rimasta 'st'abitudine. Dannosa, ma sempre meglio le sigarette che altro, no?
– A me lo dice? – rispose Vanina, agitando la mano con la Gauloises accesa.

Chanel si tormentava da cinque minuti uno dei quattro orecchini che aveva sull'orecchio destro. Pareva che volesse dire qualcosa.

– Che c'è, picciotta, che devi dirmi? – la aiutò.

La ragazza si decise, prese un respiro. – Dottoressa, ma vero è che la colpevole potrebbe essere Emanuela?

Vanina la fissò di sbieco.

– Dove l'hai sentito?

– Nel quartiere si è sparsa questa voce. Io non riesco a credere a una cosa simile.

– E come si sarebbe sparsa la voce, visto che nessun giornale ne parlò?

Chanel alzò le spalle.

– Dinamiche parallele, – commentò Patanè, sardonico.

– Che conosciamo bene, – aggiunse don Rosario.

– Al punto da saperle anche contrastare? – sparò Vanina.

Il prete soppesò la domanda.

– Quantomeno da provarci –. Dopo una brevissima pausa aggiunse: – A patto di sapere prima tutto quello che c'è da sapere.

Vanina e Patanè si scambiarono un'occhiata. Fecero segno di sí.

Chanel capí la situazione e si alzò. – Allora io esco –. A malincuore, le si lesse in faccia.

Vanina la osservò. Occhi limpidi, espressione determinata. Una ragazza che spendeva le sue giornate ad aiutare gli altri, cresciuta in una famiglia che, pur senza mezzi e in un contesto complicato, aveva mantenuto intatta la propria onestà, una ragazza la cui massima aspirazione era diventare un commissario di polizia.

– Amuní, siediti, Di Martino. E ascolta in silenzio.

Chanel obbedí.

Giuseppe Lilluzzo detto Peppe non era ancora rientrato. Il pomeriggio lavorava in un autolavaggio che chiudeva alle diciannove e che si trovava lontanissimo da San Cristoforo, come don Rosario pretendeva che fossero tutti i luoghi di lavoro frequentati dai suoi ragazzi. Per tornare in comunità doveva cambiare due autobus e farsi un pezzo di strada a piedi. Questo finché il prete, basandosi sui pareri della psicologa e di un medico volontario, non l'avesse ritenuto talmente affidabile da accordargli l'uso dello scooter. Peppe era un'acquisizione recente, l'ultima che don Rosario aveva potuto condividere con il professore Enzo La Barbera. Un osso duro, difficile da strappare alla vita malata che aveva condotto fino a quel momento e che prima o poi l'avrebbe mandato alla deriva. Uno che all'inizio era stato necessario sorvegliare giorno e notte, tanto violente erano state le crisi d'astinenza. I due o tre carusi piú fidati, quelli che per don Rosario erano diventati ormai degli aiutanti a tutti gli effetti, avevano fatto i turni per sorvegliarlo. E Thomas era stato uno dei piú alacri.

– Che legami potrebbe avere questo Peppe con il clan degli Zinna? – chiese Vanina.

– Eh, dottoressa! Mille e nessuno, ne potrebbe avere, – disse don Rosario. E si spiegò: – Se parliamo della famiglia di origine, non credo che ne abbiano. È gente umilissima, che pur di sbarcare il lunario probabilmente ogni tanto ha chiesto aiuto a chi non avrebbe dovuto, ma non credo che abbia collusioni dirette con la mafia. Anzi, mi chiesero loro stessi di occuparmi del figlio. A differenza dei Ruscica, per esempio, che invece al soldo della malavita ci sono sempre stati e che, come avrete capito, hanno cancellato Thomas dallo stato di famiglia appena lui è venuto qui. Se invece parliamo della posizione personale

di Giuseppe Lilluzzo nei confronti della criminalità, ecco, quella potrebbe essere piú complessa.
– Ovvero?
– Peppe non era solo tossicodipendente ma, come altri qui dentro, spacciava. Di tanto in tanto, poi, lavorava per qualche pezzo da novanta che non siamo mai riusciti a capire chi fosse. Quelli che organizzano lo spaccio sapevano di poterlo chiamare a rapporto ogni volta che volevano per mandarlo a vendere schifezze davanti alle scuole.
– Sa per caso se Giuseppe ce l'avesse con Thomas per qualche motivo? Qualcosa che Thomas poteva avergli fatto, – chiese Vanina, ragionando su un'idea che le era balenata in mente.
– Come immobilizzarlo al letto, confinarlo nella stanza e mollargli qualche sganassone di troppo quando era in crisi d'astinenza da eroina? – Il prete fece un sorriso amaro. – Santo caruso, non c'era modo di convincerlo che si poteva evitare... – Tornò serio. – A parte questi episodi, che comunque erano mossi da buone intenzioni, altri screzi non ce n'erano stati.
Patanè si stupí. – Immobilizzarlo al letto? Cioè legarlo?
– Lo so, – fece don Rosario. – Sono metodi che io ho sempre aborrito, ma Thomas era testardo peggio di un mulo. Diceva che il fine giustifica i mezzi, e che se non avesse fatto cosí avremmo rischiato che Peppe scappasse e si facesse riadescare da chi aveva interesse a tirarlo di nuovo nel giro.
– E accadde mai? – s'informò Vanina.
– A lui no. Invece era accaduto a Thomas, molto tempo fa. Riportarlo indietro fu difficilissimo. Ecco perché probabilmente lui s'era convinto che in certi momenti la coercizione fosse il male minore. Ma non è vero. Non è mai vero –. Si perse nei pensieri. – Questa potrebbe esse-

re la volta di Giuseppe, invece. Potrebbe non tornare, – ipotizzò.
– Torna, torna, – fece Vanina. – Deve tornare.
– Come fa a esserne cosí sicura?
– Se l'idea che mi sono fatta è giusta, Peppe ci deve dimostrare di essere in buona fede, di aver fatto solo il proprio dovere raccontando quello che sapeva e di essere lontano da qualunque ingerenza esterna. Se non tornasse, noi saremmo autorizzati a immaginare che ci sia qualcosa che non va, e questo sconzerebbe i piani di chi ha architettato il depistaggio.

Chanel alzò timidamente la mano.
– Scusate, come avete detto che si chiama il bar in cui Thomas e questa Cetti sono stati visti?
– Bar *Stellini*.

La ragazza incamerò l'informazione, la elaborò, quasi spaventata da quello che aveva ricordato, poi la restituí aggiungendo un particolare che svoltò la serata. – Appartiene al suocero di Agatino Zinna.

17.

Alla putia di Sebastiano, come ogni venerdí sera, c'era la fila. Non solo gente di Viagrande e dintorni, ma anche catanesi di città e turisti attratti dalla fama che il posto aveva acquisito nel tempo. Vanina si muní di carrellino e, nell'attesa che il bancone della gastronomia si liberasse, girò tra gli scaffali addobbati a tema pasquale. Da Alfio, a prendere le pizze siciliane, ci sarebbe passato Adriano, e probabilmente un bel po' di fila se la sarebbe sciroppata pure lui. Nei dieci minuti che seguirono, Vanina estrasse dalle ceste di quel tempio della gastronomia siciliana ogni genere di cibo, dalle mandorle tostate al *capuliato* di pomodoro secco per Bettina, che ci condiva gli spaghetti in un modo che lei non avrebbe mai saputo riprodurre, alla pasta artigianale che sempre Bettina avrebbe sicuramente gradito. Il latte fresco arrivato quella mattina da Ragusa, il pane di San Giovanni ancora caldo, una colomba artigianale fatta con la manna prodotta da una pasticceria di Castelbuono che lei ricordava da quand'era bambina e che ormai era diventata famosa in tutto il mondo. Si perse davanti a una parete di uova di Pasqua di vari tipi e dimensioni. L'occhio le si posò su un uovo gigante confezionato con stoffa e tulle rosa. La fece pensare a Costanza. Allungò la mano e lo infilò nel carrello. Sulla scia dell'entusiasmo ne prese altri: uno per sé, fondente e senza fronzoli, uno coloratissimo per Bettina, uno blu per Patanè...

– Dottoreeessaaa, – si sentí chiamare.
Si voltò e vide Sebastiano che la guardava divertito da dietro il bancone, nelle mani due pezzi di pane imbottito.
– Avi du uri che la chiamo! Ma non mi sentiva?
Le porse uno dei panini.
– Se finí di svaligiare lo scaffale delle uova di Pasqua, assaggiasse 'sto salamino di suino nero ca è c'a 'nnocca.
L'altro passò nelle mani di una signora che, per com'era vestita, poteva essere solo una turista, e per giunta straniera. Pantaloni di lino, sandali, maglietta smanicata che Vanina non avrebbe preso in considerazione fino a giugno inoltrato. Il carrello strabordante di provole e pecorini d'ogni genere.
– What's *nocca*? – fece la signora, addentando il panino.
– 'Nnocca, è come... fiocco... Capisce?
– Fioco?
– Very special salami, madame, – tradusse Vanina.
– Oh, yes! Very special. Give me quite a bit... per favore... Sebstiano!
Sebi gliene incartò metà.
– Comu sapi, dottoressa?
– Troppo bello sapi, Sebi.
– Le incarto l'altra metà?
– Aveva dubbi?
Sebi la riforní di roba adatta all'aperitivo pre-cineforum: un pezzo di caciocavallo semistagionato, olive cunzate come sapeva fare solo la nonna di Sebi, mortadella di quella dop tagliata a cubetti, che con un poco d'olio e una spolveratina di pistacchio tritato era magnifica.
A metà dell'opera, il telefono le squillò.
– Vani, dove sei? – chiese Adriano.
– Sono a Viagrande, il tempo della strada e arr... – Non la lasciò finire.
– Sbrigati che da Bettina è successo un macello!

Spinse sull'acceleratore a tavoletta che pareva Marta quando si lanciava all'inseguimento di qualcuno ed entrò a Santo Stefano. Lo spiazzo davanti a casa era occupato dal camion dei vigili del fuoco. Vanina lasciò la Mini sul bordo della strada e corse verso l'ingresso di Bettina. Un vigile del fuoco la bloccò.

– Signora, da questo lato non si può entrare, stiamo lavorando.

– Abito qui.

– Deve fare il giro dall'altro ingresso.

Quello che usava lei.

Il cancello di ferro era aperto. Salí la rampa di scale col cuore in gola, riprese a respirare solo quando intravide Bettina seduta su una poltrona da giardino, sul terrazzino della dépendance che affacciava sull'agrumeto. Adriano le sedeva accanto e stava armeggiando nella sua borsa da medico; Gregorio, l'amico suo, le stringeva con discrezione un polso.

Li raggiunse.

– Bettina!

La vicina mollò Gregorio e allungò le braccia verso di lei.

– Vannina!

Vanina la abbracciò. Odorava di fumo ed era sporca di fuliggine.

– Ma che successe?

– Talè! – si voltò indicando casa propria.

La portafinestra della cucina era annerita dal fumo, un pezzo di giardinetto davanti era bruciato e la casa era completamente al buio.

– Che disastro, – commentò Vanina.

– Nun po' capiri lo scanto ca mi pigghiai! Trasii 'n casa ca il fumo era parigghio, fici in tempo a capire di unni vineva ca già 'u focu si stava allargannu. Meno male ca c'era Gregorio, ca pigghiò il tubo dell'acqua e circò di vagnari il piú possibile. I pompieri per fortuna arrivarono subito e stutarono tutte cose.

Adriano cominciò a medicarle una mano.

– Che si è fatta? – gli chiese Vanina.

– Per fortuna un'ustione lieve, – il medico aveva un tono di rimprovero, – ma poteva andare molto peggio. Testona che non è altro.

– Ma perché, come se l'è procurata?

– Nenti, m'avvicinai troppo al fuoco, – rispose Bettina, vaga.

Gregorio la guardò storto.

– Avanti, confessa le spirtizze.

– E va bene. Andai dov'erano le fiamme per salvare l'album delle fotografie, ca giustu giustu stamattina avevo lasciato in cucina, – ammise.

– Bettina, ma si rende conto? – commentò Adriano.

– Lo so, non lo dovevo fare. Però… – sospirò guardando Vanina, – dda rintra c'erano fotografie d'u ma' maritu bonanima. C'era 'a mamà, 'u papà. I ma' sogghiri. 'U ma' figghiu quann'era nicu… doppioni non ne possiedo di 'ste foto, Vannina. Unni 'i pigghiava se se ne andavano in fumo?

Vanina la capiva. Se la foto di suo padre fosse finita tra le fiamme, lei ci si sarebbe buttata dentro per recuperarla.

Due vigili del fuoco uscirono dalla portafinestra. Vanina li raggiunse, si presentò a quello che le pareva piú alto in grado.

– Vicequestore Giovanna Guarrasi. Sono l'inquilina della dépendance.

– Capo reparto Tommaso Polizzi.
Un metro e novanta, spalle larghe, capelli neri. Un Rock Hudson dai lineamenti meno regolari e dallo stile inconfondibilmente siculo.

– Avete capito da dove è partito l'incendio? – chiese Vanina.

– Quasi sicuramente dal ripiano della cucina, sotto la finestra. Quello che non si capisce bene, però, è come sia successo. Là non ci sono elettrodomestici che potrebbero aver causato cortocircuiti.

– Un fornello dimenticato acceso?

– Impossibile, perché per fortuna i fornelli si trovano dalla parte opposta. Anzi, meno male che il fuoco non arrivò manco a lambire l'attacco del gas, perché se no... – l'uomo disegnò un cerchio eloquente con due dita.

– Posso entrare in casa? – chiese Vanina.

– Prego. C'è un po' di fumo, ma se resiste...

Non lo ascoltò nemmeno. L'uomo la seguí con la torcia accesa.

Nonostante la finestra spalancata, all'interno l'aria pizzicava la gola.

– Vede? L'incendio a rigor di logica partí di qua –. Polizzi indicò il ripiano di marmo. – L'unica cosa che potrebbe averlo provocato è questo aggeggio che era attaccato alla presa. La cosa anomala è che la presa fuocate non ne fece. Proprio qua sopra doveva esserci una tenda che andò a fuoco.

Delle tendine ricamate da Bettina erano rimasti solo i ganci.

Vanina osservò un ammasso di cera sciolta proprio sotto la finestra.

– E questa? Che cos'è?

– Una candela, doveva essere.

La annusò, per quanto difficile con quell'odore di fumo, riconobbe la fragranza al caramello che alla vicina piaceva tanto. Al punto da ricomprare la candela ogni volta che si consumava.
– Potrebbe essere stata questa ad appiccare il fuoco alla tendina?
– Possibile. Se era rimasta accesa.
I vetri della finestra, manco a dirlo, erano disintegrati. Uno dei due battenti piú dell'altro.
– È normale che siano rotti cosí –. Piú che una domanda era un'affermazione, ma Polizzi rispose ugualmente.
– Sí, il fuoco rompe qualunque vetro.
– Anche in modo cosí diverso?
– In che senso?
– No, dico, i due battenti.
Un vigile li interruppe.
– Capo, qua è tutto a posto –. Si rivolse a Vanina. – Se vuole può provare a riattivare la luce nel resto della casa. Quando l'abbiamo staccata ho visto che è divisa per settori. Magari eviti di riattaccare quella della cucina.
– Certo.
Uscirono di nuovo fuori.
– Comunque un elettricista vi saprà dire se quella presa è in corto, – ragionò Polizzi.
– Domani lo chiamiamo.
– Ah, dottoressa, le suggerisco di convincere la signora a non dormire qui. Il fumo ha raggiunto tutte le stanze, non le farebbe bene.
– Non si preoccupi.
L'uomo accennò un saluto in stile militare.

Convincere Bettina a non pernottare in casa sua fu piú difficile che risalire un fiume controcorrente.

– 'A luci funziona, 'a caldaia macari. La stanza da letto è lontana dalla cucina. Chi m'avissi a sucerriri?

Toccò a Adriano paventare avvelenamenti da monossido di carbonio – improbabili dato che la finestra della cucina era spalancata e nel resto della casa non erano arrivate le fiamme – ma che ottennero l'effetto voluto.

Gregorio se ne andò, portandosi dietro i gatti, che per il momento era meglio stessero da lui. Tanto c'erano abituati. Quando Bettina era stata a Torino dal figlio, gli *armaluzzi* erano stati affidati a lui e nel suo giardino s'erano trovati piú che bene.

Un'ora passò per chiudere alla bell'e meglio con un telo di plastica la finestra della cucina, che se i surci trasono dentro casa poi liberarsene è difficile. Un'altra mezz'ora a trasferire pezzo per pezzo, coscienziosamente, tutto il contenuto del frigorifero di Bettina in quello di Vanina. Stessa cosa per il *frigidaire*, che mai sia si scongelava qualche cosa.

Mentre Vanina cambiava le lenzuola al suo letto, dove aveva deciso senza darle diritto di replica che la vicina avrebbe dormito, Adriano scaricò dalla Mini il ben di Dio che Vanina aveva comprato e che, grazie alle temperature montanare di Santo Stefano, non s'era rovinato.

– Guarrasi, dopo che te ne andasti tu, secondo me Sebastiano chiuse la putìa e se ne tornò a casa perché non aveva piú niente da vendere, – sfotté, ansimando. Poggiò i sacchetti e si buttò sul divano.

Bettina, che ferma non ci sapeva stare, riscaldò le siciliane nel forno. Dopo la doccia veloce che il dottore Calí le aveva accordato – previa impermeabilizzazione stagna della mano sinistra con sacchetti di plastica – s'era infilata una tuta da casa e, cosí infagottata, pareva un pupazzo di pile rosa.

– Si sente di mangiare, Bettina? Non è che vuole qualcosa di piú leggero? – chiese Vanina, preoccupata. Sempre settantasei anni aveva, quella povera donna, e aveva appena subito un trauma.

– 'A manu mi fici male, non lo stomaco, – fu la risposta, definitiva.

Conzarono la tavola e si sedettero. In dieci minuti si fecero fuori le siciliane. I due piú giovani attaccarono il salame e la mortadella a cubetti, ignorando il rimprovero di Bettina che «venerdí di Quaresima carne non se ne mangia». Ci bevvero sopra un vino dell'Etna speciale che procurava Gregorio, dotato di una gradazione alcolica che avrebbe stroncato un leone. L'unico effetto che ebbe su di loro fu quello di allentare la tensione.

Dopo cena Vanina si accese una sigaretta e se l'andò a fumare fuori, facendo attenzione a chiudere bene la vetrata per evitare che l'odore dell'incendio entrasse in casa. Guardò il telefono per la prima volta in tutta la serata e s'accorse che c'era un messaggio di Paolo, con foto allegata. La aprí. Il soggiorno del villino all'Addaura, tornato identico a come l'avevano lasciato quattro anni prima, quando gli affittuari erano loro e quel posto era il *buen retiro* che avevano scelto. Via il bianco assoluto, via l'azzurro dal camino e via gli arredi minimal con cui i proprietari in quegli anni avevano sostituito i vecchi mobili in stile coloniale, che Paolo aveva giurato di ripristinare in toto quando aveva deciso di comprare la casa mesi prima. L'aveva detto e l'aveva fatto. Quella foto fu un salto indietro nel tempo che le mozzò il fiato e la costrinse a tossire via il fumo. Paolo era online, al novantanove per cento s'era accorto che aveva letto il messaggio e al novantanove per cento s'aspettava una risposta. Si sforzò di mandargliene una. Scrisse, cancellò, riscrisse, ricancellò. Al decimo tentativo fu lui a scriverle. «Volevo solo che la vedessi. È tornata lei. E ti aspetta».

Vanina fece fatica a mettere a fuoco, la scrittura si annacquò. Quasi alla cieca rispose di getto quello che il cuore le dettò. Molto piú di quanto avesse immaginato.

Quando rientrò, Adriano e Bettina s'erano piazzati sul divano.

– Allora, questo film? – disse il medico, battendo le mani due volte.

Vanina guardò l'ora: le undici e mezzo. Tanto, con tutta l'adrenalina che aveva addosso, altro che dormire. Manco il vino, che di solito la rilassava, era servito.

Tirò fuori la lista e la sottopose all'amico e a Bettina, che per questioni generazionali si sentiva parte in causa piú di loro, giovani, rari estimatori di quel cinema indimenticabile con cui lei era cresciuta. Tanto rari che si stupivano loro stessi di essersi trovati.

Una cosa leggera, suggerí la vicina, che per quella sera di chiummi ne avevano già avuti abbastanza. Si mise a scartabellare tra i titoli con l'entusiasmo di una picciridda in un negozio di giocattoli.

– Madre Santa, quant'è che non vedo 'sto film! – esclamò, il dito puntato sulla lista.

Adriano allungò il capo per leggere.

– *Angeli con la pistola*, Frank Capra, 1961, – si voltò verso Vanina che già annuiva, contenta della scelta. – Ma lo sai che non lo conosco?

– Allora dobbiamo assolutamente colmare questa lacuna, vero, Bettina?

– Assolutamente, – concordò la vicina.

Era uno dei pochi film stranieri presenti nella collezione. Una storia un po' fiabesca ambientata a New York negli anni del proibizionismo. Bette Davis nei panni della povera Annie, venditrice di mele sulla quinta strada con una figlia lontana, Louise, cresciuta come una principessa e ignara della realtà. Glenn Ford nei panni di Dave lo Sciccoso, gangster che per superstizione di quelle mele non poteva fare a meno, e Peter Falk nei panni di Carmelo, il suo tirapiedi siculo-americano. E poi Thomas Mitchell, piú altri due o tre volti noti del cinema americano anni Sessanta. Glenn Ford/Dave che baciava la mela appena comprata da Bette Davis/Annie, evocando la fortuna per un «affare» che doveva concludere, ricordò a Vanina Thomas, e il suo pupazzetto portafortuna senza il quale non andava in «missione». Il pensiero la intristí. Per risollevarsi si concentrò sul film, che le era sempre piaciuto. Un po' per volta, scena dopo scena, la stanchezza precipitò addosso a tutti a tre gli spettatori. Adriano partí per il mondo dei sogni che Annie era appena stata trasformata in una elegante signora domiciliata in hotel di lusso con tanto di marito altolocato. Il cuscino stretto al petto, il plaid avvoltolato addosso, s'addormentò sul lato destro del divano. Vanina arrivò quasi alla fine. Il piroscafo con a bordo Louise si era appena staccato dalla banchina del porto di New York quando sul lato sinistro del divano, avvolta in un altro plaid, crollò anche lei. Bettina fu l'ultima a cedere, anche se oramai aveva gli occhi a *pampinedda*. Ai titoli di coda spense il televisore, sistemò i plaid a entrambi e se ne andò a dormire.

18.

Tra il divano condiviso con Adriano, che bene non le aveva permesso di dormire, il profumo della moka che Bettina aveva preparato alle sette del mattino e la colazione pronta sul tavolo, Vanina s'era sbrigata prima del solito. Il sabato mattina, con la sua pace automobilistica, aveva fatto il resto. Alle otto e dieci, con seconda colazione al seguito, attraversò il corridoio della sezione e s'andò a piazzare nella sua stanza. Con tutta calma si godé la raviola di ricotta al forno che Alfio le aveva impacchettato ancora calda e sorseggiò il cappuccino riordinando le idee.

Il primo a palesarsi fu Spanò. Escluso dall'azione, costretto a farsi da parte, aveva dormito poco e niente. Approfittando della momentanea tranquillità, s'accesero ognuno la propria sigaretta.

– Stamatina mi fici 'na passeggiata dentro il porto, – raccontò l'ispettore. – Era assai che non ci entravo. Cammina cammina lo sa dove mi ritrovai? – si fermò.

Niente, la mania degli indovinelli non lo abbandonava manco quando contava fatti suoi.

Stavolta però era abbastanza scontato.

– Davanti alla barca del povero La Barbera, – rispose Vanina.

– Esatto. Non sa che impressione mi fece: tale era e tale rimase. Il pescatore amico suo, lo sa, quello della barca al lato, mi disse che la misero in vendita.

– Anzi assai durò, ispettore. Gli eredi non erano cosa.
– Ma megghiu accussí, dottoressa. Le barche sono per chi le ama. Io, per esempio, di 'nu yacht com'a chiddu non me ne farei niente. Cosa di Playa, sono. Al massimo Fondachello –. E si perse.
– Spanò, – lo recuperò Vanina. – Allora?
– Allora... – dovette riannodare il filo. – Ah, certo! Allora mi venne in testa un pensiero: e se invece di guardare dal lato di San Cristoforo, per scoprire chi ammazzò a Thomas dovessimo indagare dal lato del professore La Barbera?

Vanina faticava a seguirlo, ma intuí dove volesse arrivare.
– Nella comunità di Vera?

Spanò annuí.
– Non è lí che si trovano le ultime persone che il caruso salvò? La prostituta e la ragazza madre, no?

Vanina meditò sulla cosa.
– Lo sa che non ha avuto una cattiva idea? – Aveva evitato, fino a quel momento, di sentire Vera Fisichella. Don Rosario le aveva riferito con quanto dolore e quanta forza di volontà stesse cercando di superare la morte del compagno. Ritrovarsi davanti di nuovo gli stessi poliziotti, che le avrebbero posto le stesse domande, per risolvere l'omicidio di un'altra persona cara, sarebbe stato un peso immenso da tollerare.

– Che dice, dottoressa, almeno lí posso andarci io? Tanto, un posto piú isolato di quello non c'è, e scommetterei che quelle caruse da San Cristoforo si tengono lontane mille miglia.

Vanina tirò un sospiro. – Un tormento è, Spanò, – ci rifletté. – Va bene, ma a un patto: che ci andiamo insieme.

L'ispettore accettò immediatamente.

Ristuccia comparve con un foglio in mano mentre Vanina stava rileggendo i profili scritti da Fragapane sulle persone che di lí a poco avrebbero sfilato tra l'ufficio suo e quello dei carusi. Per ovvi motivi, Spanò da quei colloqui era meglio che si tenesse fuori.
– Dottoressa, posso?
– Vieni, Ristuccia.
La ragazza le allungò il foglio.
– È l'elenco delle persone che dobbiamo sentire. Come vuole procedere? Preferisce sentirle lei o vuole incaricare qualcuno di noi per alleggerirle il lavoro?
Vanina scorse l'elenco: una ventina di nomi. Tutti potenzialmente interessanti quanto probabilmente inutili all'indagine.
– Ho evidenziato in rosa quelli che Sanna riconobbe come noti alla Sco. Dobbiamo sentire noi anche quelli o li lasciamo a qualcuno di loro? – chiese Ristuccia.
Vanina non resisté. – Sanna, per esempio? – Si pentí subito. Che gliene importava a lei di quello che faceva la sua agente?
La ragazza mantenne la calma. – Ad esempio, – rispose, placida.
– Mi dispiace, ma meglio di no. Non dobbiamo smuovere troppo le acque, né provocare allarmi. Un conto è essere ascoltati da noi, che indaghiamo sull'omicidio, un conto è ritrovarsi davanti un poliziotto dell'Anticrimine.
– Allora come ci organizziamo?
Vanina si fece idealmente il segno della croce.
– Li sento tutti io, e tu e Nunnari state qui con me, con le antenne alzate. Sei orecchie sono meglio di due.
In quel momento bussarono alla porta.
Il commissario Patanè fece capolino e si fermò sulla soglia.

– Commissario, là deve restare?

Patanè scosse il capo. – Ragione ha, dottoressa. M'incantai –. Entrò. La Ristuccia lo ossequiò e se ne tornò nel suo ufficio a comunicare le direttive al sovrintendente.

– Non mi dica che la incantò Ristuccia, – lo stuzzicò Vanina.

Il commissario sorrise. – Ristuccia è 'na carusa graziosa, ma no, non fu lei a incantarmi.

– Non mi faccia preoccupare, a parte Ristuccia qua c'ero solo io.

– Ora secunnu lei chi c'avissi a rispunniri? Incastrato sono, pirchí se dico che può stare tranquilla lei po' pinsari che non mi piace, mentre se dico che fu lei a incantarmi pensa che le sto facendo complimenti.

Vanina sorrise. – Dica la verità, che non sbaglia.

Patanè si accomodò davanti alla scrivania. – Lo sa pirchí m'incantai? Pirchí ai tempi miei la possibilità che due donne poliziotte si putissiru trovare a collaborare in un caso di omicidio, nella sezione della Mobile diretta da una di loro, era considerata da tutti periodo ipotetico del terzo tipo. Ora, invece, è realtà. E non immagina quanto piacere mi faccia.

– E io sono felice che le faccia piacere –. Si massaggiò il collo. Era sempre piú contratto. Tra poco non sarebbe piú riuscita a girarsi.

– Che fu? Pigghiò 'na botta di friddu? – s'informò il commissario.

– Ma quale botta di friddu. Passai la notte sul divano, e puru dal lato sbagliato.

Gli raccontò quello che era successo la sera prima.

– Cose da pazzi! Debbo dire ad Angelina che fa 'na telefonata alla signora Bettina. Mischinazza.

Con tutti gli agguati – falliti – che Angelina aveva organizzato a Santo Stefano, convinta di trovare il marito in chissà quale situazione compromettente, era finita che le due donne erano diventate amiche.

– Ne sarà felice, – approvò Vanina. – Ora però parliamo di cose serie.

Gli sottopose la lunga sfilza di persone che doveva comparire quella mattina.

– E chistu? – Patanè indicò uno dei nomi che Ristuccia aveva segnato in rosa. Carmelo Pironta. Da sbirro con alle spalle quarant'anni di servizio a Catania, i nomi piú truboli li ricordava bene. – Macari a chistu dobbiamo sentire?

– Soprattutto. E questa, – indicò un altro nome, Antonina Tommasino.

Il commissario non era convinto.

– Sicunnu mia rischiamo di scuncicare il cane che dorme.

– Invece secondo me lo scuncichiamo se non li convochiamo.

Patanè si grattò il mento.

– Dice ca si putissiro domandare pirchí non li chiamammo? Ma prima avissiru a sapiri che stiamo sentendo tutti i contatti di Thomas.

– Perché, lei non pensa che lo saprebbero subito? – Si accese la sigaretta. – Dinamiche parallele, – gli ricordò.

Il commissario si abbandonò contro la spalliera.

– Tanto, in una situazione del genere, come fai fai, capace ca sbagghi.

Vanina gli riferí l'idea che aveva avuto Spanò.

– Raggiune avi Carmelo. Con la Fisichella si deve parlare.

Bussarono alla porta.

Marta Bonazzoli entrò, avvolta in una sciarpa che pareva dovesse andare al Polo Nord.

– Bih, chi s'arricampò, – fece Vanina. – Guaristi?

– Quasi –. La voce diceva altro, la tosse pure. – Sono arrivate tre delle persone che hai convocato per stamat-

tina. Lo Faro le ha messe in standby nella sala d'attesa al piano terra.
– Digli di portarmele una per volta. E dato che qua ci sei tu, manda Nunnari su da quelli della Sco, cosí si fa riferire gli ultimi movimenti dei telefoni che stanno tracciando.
– Forse ci stava già andando Agata.
Manco a dirlo.
– No. Ci va Nunnari. Agata resta qua.
– Agli ordini, capo –. E uscí.
Patanè se la rideva sotto i baffi.
– Che c'è, commissario?
– Nenti, pensavo alla Ristuccia ca ogni cinque minuti strummenta motivi per salire alla Sco.

Il primo a presentarsi fu Carlo Torrisi, l'ex compagno di scuola che Thomas aveva ripreso a frequentare. Biondino, faccia pulita, sinceramente costernato.
– Io e Thomas ci sentivamo spesso. Due giorni prima che morisse eravamo stati insieme allo stadio, a vedere la partita del Catania. E poi per consolarci della disfatta ce n'eravamo andati in piazza Bellini a berci una birra.
– E lui ti sembrava normale? Voglio dire, hai notato qualche comportamento diverso dal solito, qualche telefonata strana, – chiese Vanina.
– No, proprio no. Tutto normale. L'unica telefonata che ricevette fu quella di Emanuela.
– E anche con lei ti sembrò che si comportasse in modo normale?
Il ragazzo ci pensò. – Sí e no.
– Che vuol dire sí e no?
– Ci ho pensato assai in questi giorni, dopo che Davide Radalà mi chiese se secondo me Thomas potesse aver tradito Emanuela, o se m'era sembrato che volesse lasciarla.

– Lasciarla l'aveva lasciata, – puntualizzò Vanina. Nessuno doveva pensare che il fine di quei colloqui fosse scagionare Emanuela. Il fine, agli occhi di tutti, quindi anche di quel ragazzo, doveva essere solo acquisire informazioni per arrivare ad avere delle prove.

– Lo so, me lo disse Davide. Ma... io non capisco perché l'abbia fatto. Non sembrava assolutamente che se ne fosse stancato, o peggio che la tradisse.

– Allora quel «sí e no» che significava? Qualche cosa di diverso devi averlo notato, se ti è venuto spontaneo rispondere cosí. No? – lo pungolò Vanina.

– Sí, ma è esattamente l'opposto di quello che pensa lei.

– Cioè?

– Era... come lo posso spiegare? Triste... Non mi viene in mente altra parola, triste. Quando chiuse il telefono mi disse una cosa. Io lí per lí non ci ho dato peso, ma ora, ripensandoci, era una cosa strana. Disse: è come scipparsi il cuore.

A Vanina mancò il fiato per domandare oltre. Deglutí piú volte. Afferrò il pacchetto delle sigarette e se ne mise una tra le labbra, sperando che il tremore della sua mano non fosse troppo evidente.

– Puoi andare, – lo licenziò.

Per fortuna Bonazzoli era uscita subito a chiamare un altro convocato. Ristuccia s'era imbambolata davanti al telefono.

Ma Patanè era lí, e da come la fissava aveva capito tutto.

Il successivo passò veloce: Michele Finuzzo, il proprietario della pizzeria *La Farina*, con Thomas intratteneva solo rapporti di lavoro. Il caruso lo aiutava con le consegne. Era onesto, e macari puntuale. Era stato padre Limoli a raccomandarglielo.

Seguí Valerio Gullo, di professione assistente sociale. Lavorava, tra gli altri posti, anche nella casa famiglia «Enzo La Barbera» di Vera Fisichella. A volte prestava servizio da don Rosario come volontario.

– Thomas era inarrestabile. Una ne pensava e cento ne faceva. Quando lo vedevi rigirarsi tra le mani il pupazzetto di Superman significava che stava combinando qualcosa di grosso.

– Era stato Thomas a chiamarla, lunedí. Cosa doveva dirle? – chiese Vanina.

– Mi chiese com'era finita con il bambino della ragazza che aveva portato alla casa famiglia. Lo rassicurai che almeno per il momento sarebbe rimasto con lei, sotto la tutela di Vera. Poi disse di prepararmi, che cosa di poco e avrebbe portato su un'altra ragazza.

– Una prostituta o anche stavolta una ragazza madre in difficoltà?

– Non lo specificò. Sempre cosí era, Thomas. Scaramantico all'inverosimile.

– Non disse nemmeno quando l'avrebbe portata?

– No. Però era sicuro che sarebbe stato a breve –. Gullo ci pensò su. – E mi disse anche un'altra cosa, se può interessarle: che doveva sbrigarsi, perché nei prossimi mesi sarebbe stato bloccato da un lavoro importante.

Loffredo Sisinna era il direttore della «Gazzetta Siciliana». Il suo rapporto con Thomas era legato agli articoli di cronaca che il ragazzo scriveva e che lui gli lasciava pubblicare con le iniziali di quello pseudonimo fantasioso.

– Oramai lo conoscevo e mi fidavo di lui. Clark Kent, s'era messo come nome, quella testa pazza. Ma gli articoli che riusciva a tirare fuori... – si commosse. Passò un at-

timo prima che riprendesse a parlare. – Notizie di prima mano che Dio solo sa dove si procurava. Nessun altro ci riusciva, glielo assicuro, dottoressa. Capace che proprio questo fu, a fargli perdere la vita...
– Gli articoli li commissionava lei o li proponeva Thomas? – chiese Vanina.
– No, faceva tutto lui. E arrivava sempre un pelo prima degli altri. Pezzi scritti a regola d'arte, con fotografie allegate. Però non voleva assolutamente che lo riferissi a padre Limoli.
– Perché?
– Ah, non lo so. Le confesso di essermici consumato il cervello molte volte, per capirlo. Ma lui era sempre criptico. Una volta mi disse che stava scrivendo pure un romanzo. Gli chiesi se me l'avrebbe fatto leggere, e lui mi rispose che l'aveva quasi ultimato. Mancava solo la scena finale, mi disse, «quella in cui chi si deve salvare si salva».

Carmelo Pironta era noto nell'ambiente criminale come l'armiere degli Zinna. Quello che, in poche parole, assemblava l'arsenale che poi veniva commercializzato dalla famiglia mafiosa. Non aveva gradito la convocazione e non lo nascondeva.
Vanina non gli diede nemmeno il tempo di protestare.
– Signor Pironta, le assicuro che è questione di poco.
– E sentiamo, – si rassegnò.
– Lei domenica scorsa ha parlato al telefono con Thomas Ruscica. La chiamata è durata tre minuti, ed è stato lei a farla. Ho bisogno di sapere cosa vi siete detti.
– Ehhh, – alzò una mano e la ruotò in aria, come a significare che la faceva facile, lei. Sul viso gli comparve una specie di ghigno con velleità di sorriso. – E come faccio a ricordarmelo? Lo sa con quante persone parlo io?

Come no, un uomo d'affari impegnato era, quella faccia tagliata.
– Almeno si ricorda se era la prima volta che lo sentiva?
– Ma chi, Thomas Ruscica? La prima volta? – scoppiò in una risata di scherno. – L'ho visto nascere, e macari crisciri. Io e so' papà siamo compari.
– Be', veramente negli ultimi due anni, a quanto mi risulta, Thomas si è tenuto un po' a distanza dalla sua famiglia. Come mai sentiva lei?
– Mi sentiva perché gli faceva piacere. Che crede? Che uno piglia e di punto in bianco abbandona la famigghia e l'amici? – sparò, la faccia di bronzo.
Vanina, alla possibilità che Thomas avesse davvero voglia di parlare con quello lí, non ci avrebbe creduto nemmeno se avesse assistito alla scena.

Teresa Risicato, l'insegnante, era scossa e si capiva.
– Dottoressa Guarrasi, ci può credere che Thomas mi manca come un figlio?
– Certo che ci credo. Che legami avevate? Sui tabulati vedo due telefonate, una in entrata e una in uscita.
– Thomas alla scuola superiore era bravissimo in italiano scritto. Poi magari andava male in tutto il resto, ma scrivere gli piaceva assai. Mi chiese di dargli qualche lezione di approfondimento, e io gli risposi che l'avrei fatto molto volentieri. L'altro giorno c'eravamo appunto messi d'accordo che avremmo cominciato la settimana entrante. Purtroppo non potremo piú... – Scoppiò in lacrime. – Scusate.
Vanina iniziava a pentirsi di aver voluto incontrare quella gente di persona. Sin dall'inizio era stato difficile trattare quel caso come gli altri. Soprattutto, era stato difficile mantenere il distacco necessario. La sua corazza s'era incrinata. La storia di Thomas si delineava ogni gior-

no di piú e ogni giorno di piú Vanina se lo rivedeva davanti, allegro e pieno di vita. Coraggioso. E s'arrabbiava, ogni giorno di piú.

Le due ragazze che seguirono le parvero una causa persa, al punto da farle pena. Se Thomas s'era messo in testa di convincerle a disintossicarsi e a smettere di prostituirsi, s'era proprio assegnato un compito da Superman. Arrivò prima Noemi Inzirello, poi, copia conforme, Lucia Ficuzzo. Entrambe dichiararono di non ricordare niente delle telefonate. Thomas? Era uno del quartiere. Ci si conosce tutti, in un quartiere.

Crocifissa Burgiò e Pasquale Giustino entrarono insieme. Erano marito e moglie, nati e cresciuti a San Cristoforo, sposati da quattro anni e genitori di due bambini. Lei timida e impacciata, ventitre anni, lui logorroico e iperattivo, trenta.

– In che rapporti eravate con Thomas Ruscica?

– Conoscenze di quartiere, nessuna amicizia particolare, – rispose Giustino.

– Cos'avevate da dirvi, che vi telefonavate cosí di frequente? – Vanina controllò. – Due volte il giorno prima dell'omicidio, una dal telefono della signora e una dal suo, e persino una chiamata la mattina stessa.

– Sí, e non mi rispose, – precisò Giustino.

– Cosa doveva dirgli?

– Ma nenti, stiamo organizzando il battesimo di nostro figlio e siccome lo conoscevamo gli chiedemmo se poteva accorciarci i tempi con padre Limoli. Lo sa, per tutte quelle fesserie che oramai sono obbligatorie. Io lavoro assai, tempo per andarmene in parrocchia a fare corsi per battezzare a me' figghiu non ne ho.

– Che lavoro fa, lei? – chiese Vanina.

– Elettrauto.
– E la signora? – si rivolse direttamente a lei.
La ragazza vinse la timidezza.
– Io niente. Non lavoro.
– Con i picciriddi accussí nichi, poi, anche volendo, – aggiunse il marito, con una logica che secondo lui di sicuro non faceva una piega. A Vanina smosse i nervi.
– E Thomas che vi aveva risposto? – chiese, per tagliare corto.
– Ci rispondeva sempre che don Rosario è uno preciso, che crede in questo corso. Doveva capire come chiederglielo.
– Alla fine ci riuscí?
– Non lo so, – rispose l'uomo, – purtroppo non feci in tempo a saperlo.
La processione finí che s'erano fatte le due meno un quarto.
Per ultima era stata sentita Antonina Tommasino, sessant'anni, nota nell'ambiente come Bambola, per i lineamenti che parevano quelli di una pupa di pezza. Referente per gli Zinna del mercato delle ragazze straniere. Il telefono, intestato a lei, lo utilizzava suo figlio, che di Thomas Ruscica era stato compagno di scuola alle elementari.

Spanò, che chiuso in ufficio non ci sapeva stare, senza dire niente a nessuno all'una meno un quarto era uscito a pranzo, tanto con la Guarrasi, per non sbagliare, s'erano dati appuntamento direttamente da Vera Fisichella. Il resto della squadra, Ristuccia e Bonazzoli comprese, se n'era andato alla mensa della polizia in corso Italia. Nunnari, nella pace dell'ufficio vuoto, si stava sparando il suo sfilatino imbottito di mortadella che emanava un ciauro da fare aprire lo stomaco.

Vanina e Patanè si ritrovarono soli a fare la sintesi di quello che avevano ascoltato.

– Comunque, quello che disse Gullo ci confermò che dobbiamo sentire non tanto Vera, che se avesse avuto cose importanti da dirci ce le avrebbe già riferite, quanto le ragazze che stanno da lei nella casa famiglia, – commentò la Guarrasi.

– E chiddu ca cuntò il caruso, Torrisi, confermò che Thomas intenzione di tradire Emanuela non ne aveva. Quello che mi chiedo è pirchí 'a lassò –. Patanè si rese conto troppo tardi di aver toccato una corda sensibile.

Vanina sparí nei suoi pensieri. La testa appoggiata indietro, la sigaretta tra le labbra.

– Dottoressa, lassassi stari, – disse Patanè.

Vanina non lo sentí.

– Perché a volte scipparsi il cuore pare l'unica possibilità che si ha.

19.

Nonostante il profumo della mortadella di Nunnari le avesse aperto lo stomaco, voglia di sedersi a tavola quel giorno Vanina non ne aveva. Patanè, che per vendicarsi della trappola che Angelina gli aveva teso il giorno prima aveva deciso di boicottare il pranzo a casa, le fece una proposta di quelle che ricreano lo spirito, specie quando questo non gode di buona salute. Una scarrozzata fino ad Acireale, con discesa a Santa Maria La Scala e insalata di mare superlativa con vista sul porticciolo. Era o non era sabato? Poteva concedersi un poco di vacanza pure lei? E poi, non dovevano salire a Santa Venerina dalla Fisichella? Gli argomenti a sostegno di quella gita fuori porta servivano piú a Patanè, che voleva rafforzare la propria determinazione; Vanina non ne aveva alcun bisogno. Alla menzione dell'insalata di mare sul porticciolo aveva già recuperato telefono e sigarette e si stava infilando la giacca.

Mentre uscivano da Catania a bordo della Mini, Patanè provò a chiamare Spanò. Il telefono risultò irraggiungibile.

– Capace ca si nn'iu a pranzo da sua mamma, – ipotizzò. Ogni tanto all'ispettore piaceva andare a sedersi al desco della madre, dove immancabilmente incontrava qualche elemento di quella sua famiglia talmente vasta da aver monopolizzato un'intera palazzina.

Vanina chiamò Bettina, alla quale aveva lasciato libero e incondizionato uso della propria cucina finché quella incendiata non fosse stata di nuovo agibile. La donna aveva passato una mattinata sana assieme a Inna, la ragazza che le faceva i servizi, pulendo di fino e profumando la casa da cima a fondo in modo da assicurarsi di poterci dormire senza obiezioni da parte di nessuno.

– L'unica cosa ca nun m'arriniscí è di trovare un vetraio disponibile a cangiarmi i vetri in tempi brevi. Minimo minimo si ni parra lunedí, – si lamentò.

– Bettina, sabato è, che pretendeva? L'importante è che la copertura di ieri sera stia reggendo e non entrino animali in casa.

– No, pi chistu problemi non ce ne sono. Fici la prova del nove con i gatti miei, che Gregorio stamatina me li riportò. Non ce la fanno a trasiri da lí.

– E allora può aspettare.

– Comunque venne l'elettricista, riattaccò la luce in cucina e disse che problemi alle prese non ce ne sono. Si può utilizzare.

– Perciò l'unica è che sia stata la candela.

– L'unica in che senso?

– Nel senso che se le prese sono a posto e cortocircuiti non ce ne furono, il fuoco alla tendina poté appiccarlo solo la candela, – evitò di aggiungere «che come al solito lei aveva lasciato accesa per profumare l'aria di caramello».

– Vabbe', come fu e come non fu oramai non ci interessa. L'importante è trovare il vetraio e poi il falegname che mi ricostruisce il pensile ca si bruciò. L'amica mia Luisa comunque si sta informando per un vetraio che forse putissi veniri oggi pomeriggio.

Le raccomandò di stare attenta alla mano, piú tardi Adriano sarebbe andato a medicargliela. A forza di mezze parole le fece confessare che non solo l'aveva abbondantemente usata, ma che con il sistema del sacchetto di plastica s'era pure rifatta la doccia.

– Testazza dura, – commentò Vanina, chiudendo il telefono.

Patanè rise.

Vanina prese la litoranea. Aci Castello, Aci Trezza, Capomulini, la Timpa.

– Certo che noi non ce ne rendiamo conto, ma ogni giorno sutta l'occhi abbiamo una meravigghia diversa, – fece il commissario quando furono sul punto piú alto, prima di svoltare a destra sulla strada che scendeva verso Santa Maria La Scala. Trafficata assai, come ogni fine settimana da aprile a novembre. Tutta gente che aveva avuto la loro stessa pensata.

A Vanina venne un dubbio agghiacciante. – Commissario, ma la trattoria la prenotò?

Patanè rispose con un vago gesto della mano.

Per come il proprietario si profondeva in salamelecchi, e a giudicare dalla posizione del tavolo che diede loro, era evidente che Patanè di quel locale doveva essere un cliente abituale. Conoscendolo, non era nemmeno difficile immaginare il perché. Posto tranquillo, sufficientemente lontano da Catania, ma pittoresco come pochi altri della costa. Una manciata di tavoli interni, in un'unica stanza scavata nella parete di roccia, e altrettanti sullo spiazzo davanti, che finiva con una ringhiera affacciata sul porticciolo di pescatori.

Il loro era proprio lí: accanto alla ringhiera.

– Commissario, io glielo devo dire: se Angelina viene a sapere che m'ha portato a pranzo qua, lei è rovinato. A semolino per un anno le finisce.

– Innanzitutto non ce la portai io, ma ci venimmo assieme con la macchina sua. Sicunnu, ci fermammo qua pirchí era lungo la strada per andare a Santa Venerina. Terzo, Angilina che sono a pranzo qua non lo può scoprire né ora né mai.
– Immagino che parli per esperienza, – lo punzecchiò.
Il commissario non rispose, si limitò a un sorriso che piú sornione non poteva essere.
All'insalata di mare aggiunsero due piatti di spaghetti con le vongole.
– Taliasse che limpida l'acqua ccà sutta –. Patanè indicò lo specchio di mare nel porticciolo.
– Un argomento vincente, quello del mare limpido? – fece Vanina, sfottendolo.
Patanè alzò gli occhi. – Oh, Madunnuzza! Se lo sapevo proponevo una granita in piazza ad Acireale.
Vanina rise.
– Amuní, commissario. La piglio in giro.
– E che è bello, ca mi pigghia in giro? – Ma se la rideva pure lui. – Accuntu, le feci passare la malinconia.
– Questo è indubbio. Per com'era presa, solo lei ci poteva riuscire.
L'insalata di mare, preparata sul momento e servita calda, arrivò e sparí in cinque minuti.
– Macari i fasolari ci misero, – commentò Patanè, raccogliendo col pane tutto quello che era rimasto nel piatto. – Fare la scarpetta è 'na zaurdata, ma con lei me lo posso permettere, vero?
Invece di rispondere, Vanina lo imitò.
– Lo sa che qua sotto ci sono venuta varie volte via mare? – raccontò. – Col gommone della mia amica Giuli.
– Ma pirchí, l'avvocata De Rosa avi macari 'u gommone?

– E che gommone, commissario. Otto metri, doppio motore. Giuli ci corre come una fuodde, però fesserie grosse finora non ne ha fatte –. Almeno in quel campo. Per il resto, il disastro era consistente.

– Viri che passío di coppie ca c'è ddocu, – osservò il commissario, indicando gli scogli lavici un po' nascosti, tra il mare e il paese.

Vanina guardò in quella direzione, arrotolando la prima forchettata di spaghetti. Strinse gli occhi, focalizzò meglio. Rimase con la forchetta in mano, incerta se dire quello che le pareva di scorgere o no.

Patanè capí che qualche cosa non le quadrava. Si tolse gli occhiali da presbite che gli servivano per vedere meglio il piatto e si voltò nella direzione in cui guardava Vanina. Da lontano, grazie al cielo, dopo che s'era operato di cataratta vedeva meglio di quand'era caruso.

Rimase con la forchetta a mezz'aria pure lui.

Stavano per alzarsi da tavola, ancora pieni di stupore, quando il telefono di Vanina squillò.

Guardò il display. Sorrise.

– Dottore Monterreale, – rispose.

– Dottoressa Guarrasi, i miei ossequi. Ma com'è che sono riuscito ad andare da *Nino* l'unico giorno in cui tu non c'eri? Fino a ora aspettai, poi mi resi conto che stava chiudendo.

– Scimunito che sei, non mi potevi chiamare?

– Siccome sono scimunito vero, m'ero messo in testa di farti la sorpresa. Pensa tu. E invece passai tre ore seduto dietro il vetro a contare i passanti.

– Tre ore? E che facesti tutto 'sto tempo!

– Che potevo fare, ostaggio di Nino? Mangiai tutto il mangiabile.

Vanina scoppiò a ridere.
- Oh, ma dove sei? Si sente il mare, - disse Manfredi.
- Mi che orecchio fino che hai. Sono a Santa Maria La Scala, ho pranzato qua col commissario Patanè.
- E ora te ne torni a casa o lavori pure di sabato pomeriggio?
- Monterreale, quando ci sono morti ammazzati non esistono i sabati pomeriggio.
- E manco le domeniche mattina?
- Diciamo che non sono propriamente giorni festivi.
- Ma tipo che possiamo vederci un'oretta prima che te ne vai in ufficio? All'orario che dici tu, eh. Pure presto. Non oso invitarti a pranzo da me, perché so che rimarrei deluso dalla risposta.

Manfredi non era stupido, aveva capito che dalla sera in cui Malfitano era arrivato senza preavviso a casa di Vanina e l'aveva trovato lí - seppur in compagnia di altre due persone - le cose tra lui e la sua concittadina erano cambiate. L'amicizia, che s'era rassegnato ad accettare come unica opzione, era diventata difficile da gestire. Non gli pareva possibile che un rapporto speciale come il loro fosse rimasto frizzato in quel momento. Non dopo quello che Vanina aveva condiviso con lui. Momenti difficili, fughe dal mondo reale nelle quali aveva cercato la sua complicità. Una complicità che Manfredi, fustigando i propri sentimenti, le aveva assicurato sempre. In ogni situazione.

Ma Vanina stavolta lo stupí.
- Ma sí, possiamo farci una colazione.
- Veramente volevo chiederti di accompagnarmi in un posto.
- Accompagnarti? E dove?
- Posso non dirtelo? Lo vedrai domani.
- Va bene. Dove ci vediamo?

– Sotto la Mobile è perfetto.
– Va bene. Alle nove lí.

Vanina sbagliò due volte prima di azzeccare la straduzza di campagna che dritta dritta l'avrebbe condotta all'ingresso della masseria di Vera Fisichella. Attraverso un cancello aperto s'inoltrò in un'altra trazzera, piú stretta, che la portò su uno spiazzo lastricato di basole laviche davanti a un vecchio casolare ancora in ristrutturazione.
Vera, alla quale aveva dovuto telefonare per non girare a vuoto delle ore, li attendeva lí.
– Dottoressa Guarrasi, – la accolse, molto piú contenta di vederla di quanto Vanina s'aspettasse. Vide Patanè che usciva dal lato del passeggero. – Commissario! Ma c'è anche lei? – gli andò incontro. – Confesso che se non foste venuti voi fin qui, domani avrei fatto io un salto alla Mobile, – disse.
– L'ispettore Spanò è già arrivato? – chiese Vanina, mentre la seguivano all'interno della casa. Era stato lui ad avvertire la donna che sarebbero andati a trovarla nel pomeriggio.
– No, non ancora.
Li fece accomodare in una sorta di ambiente unico a piano terra, arredato con pouf e divanetti di stoffa colorata, stuoie per terra, un tavolo fratino antico e un camino acceso.
– Questa, al momento, è la sola parte abitabile del casolare. Quando sarà interamente ristrutturato, ospiterà la comunità di recupero, – spiegò. – Le ragazze che alloggiano qui sono sistemate nella casa famiglia, in quell'edificio distaccato già perfettamente abitabile, – lo indicò mentre uscivano sul retro; in passato doveva essere stato un palmento, o qualcosa di simile.

A sinistra, su un lato, era parcheggiata una vecchia Diane. – La riconosce, dottoressa? – disse Vera.
– La macchina del professore La Barbera, – si stupí Vanina. – Com'è che ce l'ha lei?
– Nessuno la voleva. Non potevo accettare che finisse da uno sfasciacarrozze. Già l'idea che la barca dove lui ha vissuto venga venduta a chissà chi mi fa... Vabbe', lasciamo stare, – disse la donna, con un sorriso malinconico.
– Sí, lo so che la barca è in vendita.
– Ma almeno la sorella le promesse le mantenne? – chiese Patanè, che la storia ovviamente l'aveva seguita tutta.
– Sí, Giuditta sí. La casa famiglia esiste già grazie a lei, che ha finanziato i lavori.
Il piano terra era occupato da una sala comune, di dimensioni non piccole, e da una cucina con un grande tavolo centrale. Una ragazza bionda, con un bambino di non piú di sei mesi appeso al collo, stava scaldando un biberon. Se aveva diciassette anni era tanto.
– Lei è Doina. Viene da Sibiu, Romania. È qui da due mesi, con Virgil –. Vera accarezzò il bambino.
– L'ha portata Thomas? – chiese Vanina.
– No, lei l'ha portata don Rosario, e i servizi sociali ce l'hanno affidata. Thomas, però, la conosceva bene. Vero, Doina?
– Sí, Thomas e io parlavamo. Lui chiedeva informazioni a me, e io rispondevo.
– Che genere di informazioni le chiedeva? – si interessò Vanina.
– Voleva sapere nomi di altre ragazze come me, che vogliono scappare –. Dava per scontato che si capisse da dove.
– E tu glieli davi?
– Sí. Lui diceva che prima o poi le portava su tutte –. S'era rattristata. Il bambino che protestava la risvegliò.

– Dottoressa Fisichella! – si sentí.
– Carmelo arrivò, – disse Patanè.
Vera andò a riceverlo.
– Ispettore, sono qua.
Tornò con Spanò appresso.
– Buonasera, dottoressa. Commissario, – ansimò, – scusate se feci tardi.
– Il pranzo dalla mamma durò assai? – disse Patanè, ridendo sotto i baffi.
– Eh? Ah, sí. Durò assai. Al solito.
Nel frattempo in cucina erano convogliate le altre persone presenti nella casa. Tre ragazze, di cui due italiane e una nigeriana, e due donne che lavoravano lí da volontarie.
– Chi di voi conosceva meglio Thomas? – chiese Vanina.
Una delle italiane alzò per prima la mano.
– Io. Sono qui perché mi ci ha portata lui.
– Come ti chiami?
– Agata.
Il nome piú diffuso a Catania.
– Eri tossicodipendente?
– Sí.
– E spacciavi?
La ragazza esitò.
– Non ti preoccupare, me lo puoi dire, – la tranquillizzò Vanina.
– Sí. Da quando avevo dodici anni.
– I baby spacciatori, dottoressa, – disse Spanò, sdegnato.
– E poi? – chiese Vanina.
– E poi ho continuato. A sedici anni oltre a spacciarla, la roba, iniziai a usarla. Stavo finendo male, veramente male. Thomas mi raccolse strada strada e mi portò da don Rosario. Mi convinsero a restare lí. Fu dura assai, ma ci

riuscii. Poi Thomas mi propose di venire qui, cosí ero piú lontana da quelli che mi volevano riportare indietro.
– E i tuoi genitori?
– I miei genitori non ci sono. Mio padre è in carcere e mia mamma è morta quando ero piccola. Vivevo con mia zia.
– E lo sa che sei qui?
– No. Almeno, spero di no.
– Perché?
– Perché per lei sono una traditrice, che ha voltato le spalle alla famiglia e s'è messa dalla parte del parrinu. A Thomas lo tormentava.
– Come si chiama tua zia?
– Maria Pironta.
– E Carmelo Pironta che ti viene? – chiese Vanina.
– Zio. Marito di mia zia.
– Che invece di cognome si chiama?
– Turana.
Vanina fece segno a Spanò di appuntarsi il nome, ma l'ispettore aveva già in mano una penna e un foglio stropicciato. Patanè, per conto suo, aveva tirato fuori il suo bloc notes a quadretti disintegrato dal tempo e scriveva fitto chissà che cosa.
La ragazza nigeriana era una delle ultime persone che Thomas aveva sottratto alla criminalità. La sua storia somigliava in qualche modo a quella di Doina, ma senza figli di mezzo. Scappare dal marciapiede era stato un atto di coraggio, e Thomas l'aveva aiutata a compierlo.
Infine, l'altra italiana era la ragazza madre che Thomas aveva sottratto alle violenze del padre. Daniela Giglio. E qualche cosa da raccontare, a rifletterci bene, ce l'aveva.
– Dottoressa, non la pigli per buona, ma qualche settimana fa, subito dopo che io arrivai qui, Thomas mi disse

una cosa che mi colpí assai. Mi disse di stare allegra, che non ero quella messa peggio. Io gli chiesi che voleva dire. E lui mi rispose che, oltre ai padri che picchiano le figlie, ci sono uomini che picchiano le loro donne, e spesso sono pure piú violenti.

– Lo confesso, io mi cunfunnii, – comunicò Patanè, dopo che ebbero salutato Vera Fisichella.
– Pure io ho difficoltà a tirare le somme di questi colloqui, – ammise Vanina.
– Io invece sono convinto che la chiave di tutto s'attrova proprio in mezzo a 'sti racconti. Questione di 'nzirtare dov'è il bandolo e la matassa si sbrugghia, – fece Spanò. S'era segnato meticolosamente tutti i nomi che le ragazze, un po' per volta, avevano fatto. Quelli delle prostitute che Thomas aveva intenzione di aiutare a uscire dal giro, e con le quali aveva già preso contatti, erano sei. Poi c'erano due tossicodipendenti, un ragazzo e una ragazza, che don Rosario aveva tentato di recuperare senza risultati. Lui s'era messo in testa che li doveva riportare nella comunità.

Alla domanda se conoscessero il bar *Stellini*, sparata da Vanina senza un motivo preciso un attimo prima di andarsene, aveva risposto solo la nipote di Pironta. Che, manco a dirlo, l'aveva frequentato.

Spanò era salito fino a lí in Vespa.

– Beddu giru ti facisti, Carmelo, – osservò Patanè.
– Oramai ero uscito cosí, perdevo troppo tempo a cambiare mezzo.
– Certo. Du' voti avanti e narrè da Catania ad Acireale complicato era.
– Appunto, – rispose l'ispettore, senza pensarci. Si bloccò. – Perché due volte?

Vanina e Patanè si scambiarono un'occhiata.
- Una volta, certo, - disse Vanina, - da casa di sua madre a qua, giusto, ispettore?
Spanò capí che stavano cercando di dirgli qualcosa, istintivamente si toccò i baffi e si allisciò i capelli, che di starsene al posto loro non ne volevano sapere.
- Nenti cungiuri, Carmelo. La salsedine non perdona, - lo avvertí Patanè.
- La... salsedine?
Il commissario si rivolse a Vanina, come cambiando discorso.
- Buona l'insalata di mare che ci mangiammo, vero, dottoressa?
- Troppo bella. Poi con questa giornata, il porticciolo ancora tranquillo.
- Picca gente, - aggiunse Patanè.
- Le coppie sugli scogli.
Spanò sbiancò. Poi di colpo diventò bordeaux.
- Minchia, - gli uscí, spontaneo.

Mentre Patanè rigirava sulla graticola il povero Carmelo - talmente sfigato da essersi ritrovato capo ed ex capo sulla strada nel giorno agognato in cui Rosi, in crisi totale con il compagno, era approdata di nuovo, stavolta clandestinamente, tra le sue braccia - a Vanina squillò il telefono.
Un numero che non conosceva.
- Pronto, - rispose, accendendosi una sigaretta.
- Dottoressa Guarrasi?
- Sí. Chi parla?
- Mi perdoni se la disturbo, sono Tommaso Polizzi -. Dopo una pausa in cui Vanina cercò di ricordare chi fosse, l'uomo aggiunse: - Il capo reparto dei vigili del fuoco, ci siamo visti ieri.

– Ah, Polizzi. Certo. Mi scusi.
– Ero venuto a cercarla alla Mobile, ma mi dissero che era fuori e non sapevano se sarebbe rientrata in ufficio.
– Mi dica.
– Si tratta di una cosa su cui mi sto arrovellando da stamattina. Se lo ricorda ieri quando mi chiese se era normale che i vetri della finestra fossero rotti in quel modo?
– Certo. E allora?
– Ecco, io le risposi che il fuoco rompe qualunque vetro. Stamattina mi venne la curiosità di guardare le foto che fecero i ragazzi, e mi accorsi di un particolare che, devo essere sincero, dottoressa, non mi quadra per niente.

Vanina ebbe la netta sensazione di tornare indietro, alla sera precedente. Ricordò perché aveva fatto quella domanda.

– L'anta di sinistra, – indovinò.

Quello tacque un secondo. – Come ha fatto a capirlo? – chiese, sorpreso.

– Una poliziotta sono.

– Scusi. Comunque sí, l'anta di sinistra. Era rotta in modo diverso, come se... – sembrava si spaventasse a dirlo.

Con la morte nel cuore, Vanina lo anticipò.

– Come se qualcuno l'avesse sfondata.

20.

Da Santa Venerina al centro di Catania ci volle quasi un'ora. E a giudicare dalla fila di macchine che affollava la via verso i paesi etnei anche in senso contrario, a occhio e croce per tornare a Santo Stefano ce ne sarebbe voluta un'altra. Vanina provò per la decima volta a comporre il numero di Bettina, e per la decima volta il cellulare squillò a vuoto.

A Patanè non poteva pace che per riaccompagnare lui Vanina non riuscisse a rientrare a casa in tempi brevi, come la circostanza richiedeva. Colpa di Carmelo, che per fare lo sperto con la sua ex moglie, assurta al ruolo di amante, andava furriando muntagna muntagna in motoretta come i carusiddi. Se si fosse spostato in macchina, come i cristiani normali, a 'st'ura la dottoressa sarebbe stata già a casa.

– Fazzu 'n tentativo con Angilina, che oggi doveva sentire Bettina. Capace ca ci telefonò nel pomeriggio, – propose, quand'erano ormai dalle parti della Mobile.

Chiamò una volta, due volte. Si rassegnò.

– Siamo sicuri ca nun su' i telefoni nostri a aviri qualche problema? Manco Angelina risponde.

Vanina lo lasciò davanti all'Alfa Romeo parcheggiata in piazza Lupo.

– Mi raccomando, mi facissi sapiri subito se Bettina sta bene, e macari della questione del vetro.

Lei gli promise un report tempestivo.

Riprese la strada santiando a ogni incrocio per il traffico, che dopo la chiusura dei negozi andava crescendo di minuto in minuto. S'accese l'ennesima sigaretta della giornata, mise un po' di musica. Non la ascoltava con grande interesse, ma almeno la aiutava a non scoppiare per la tensione. Ultimamente il maestro Escher, che Vanina aveva conosciuto alcuni mesi prima durante un'indagine, aveva diradato i concerti per dedicarsi al conservatorio di Santa Cecilia, di conseguenza non le aveva piú inviato nuovi brani da ascoltare. Vanina oramai di quella musica dall'elevato potere taumaturgico non sapeva fare a meno, e ne sentiva la mancanza. S'arrangiò con quello che aveva in macchina. Una vecchia raccolta di Vasco, pre-attentato a Paolo, pre-fuga da Palermo, pre-New York, pre-Milano. Mamma mia, quanti giri aveva fatto. Quattro anni di penitenza, di «scippamento di cuore», per dirla con le parole di Thomas, per poi fare che? Tornare al punto di partenza. Perché cos'altro era se non il punto da cui era partita, anzi fuggita, quello in cui si trovava adesso? Stava inseguendo criminali che al solo guardarli le facevano venire voglia di cancellarli dalla faccia della terra, con il cuore in gola per qualcuno cui voleva bene e che proprio a causa sua poteva essere in pericolo. Forse era inutile opporsi. Forse vivere sempre con quella paura era il suo destino, e al destino è inutile resistere.

D'istinto prese il telefono e chiamò Paolo.

– Vani.

– Che fai?

– Guardo *Masha e Orso* in televisione.

– Ah, già, vero, oggi è sabato, – le uscí una voce stanca, quasi rotta.

Il sabato Allegra, la figlia di due anni che Paolo aveva avuto da Nicoletta Longo nel tempo breve in cui era stato sposato con lei, dormiva da lui.

– Che c'è, Vani? Mi fai preoccupare.
– Niente, volevo solo sentirti.
– Cosí è anche peggio. Amuní, dimmi che è successo.
Gli raccontò dell'incendio. Omise la telefonata del capo dei vigili del fuoco, ma Paolo capí lo stesso.
– C'è la possibilità che l'abbiano appiccato? – andò al sodo.
– In teoria sí.
Paolo rifletté in silenzio.
Vanina disse quello che voleva dirgli. Quello per cui l'aveva chiamato. Probabilmente solo lui l'avrebbe capita.
– Bettina non mi risponde al telefono e io sono imbottigliata nel traffico e non riesco ad arrivare a casa.
– Vani, – sospirò Paolo, – non c'è nessun motivo razionale per cui Bettina dovrebbe essere in pericolo. A nessuno verrebbe in testa di colpirla per colpire te.
– E l'incendio?
– Quello, semmai fosse davvero doloso, potrebbe essere un errore di localizzazione.
– Cioè?
– Cioè hanno sbagliato edificio.
– Degli sprovveduti, proprio.
Dietro il telefono si avvertí trambusto. Poi una vocina che pareva quella del cartone animato, ma non lo era. Infine la voce di Paolo.
– No, amore, no! Il telefono di papà non si tocca.
Il trambusto aumentò, la voce di Paolo s'allontanò.
– No! Allegra! Non si butta a terra il telefono!
La vocetta da cartone animato rise.
– Avanti. Siediti qua. Lo vedi che fa l'Orso? – disse Paolo, ora piú vicino. Rise per qualcosa che Vanina non poteva vedere. Un bacio. – Amore mio.
Vanina rimase in silenzio, la gola annodata. Un senso di esclusione, una voglia d'essere lí che le faceva paura.

– Vani, ci sei?
– Sí.
– Perdonami, ma lo sai com'è, una peste, però...
– È l'amore tuo, – lo anticipò Vanina.
– Già. Uno dei due amori della mia vita, – esitò, poi lo disse: – Mi piacerebbe assai che si conoscessero, un giorno o l'altro, questi due amori.

Vanina non rispose. Come le era venuto per testa di chiamarlo di sabato?

– Stacchiamo, dài. E dedicati a lei, che poi devi aspettare altri tre giorni per vederla, – gli suggerí.

– Va bene. Ti chiamo dopo.

Il bluetooth sganciò il telefono e Vasco riprese *Ogni volta*, in un punto che piú inopportuno non poteva essere. Vanina lo zittí, premendo con forza il tasto che passava alla radio. Scelse un dibattito di politica economica di cui non le importava nulla, ma perfetto per spegnere ogni emozione e consentirle di arrivare a Santo Stefano senza sdilliriare.

Lasciò la macchina nello spiazzo. Neanche s'accorse che accanto a lei era disposto tutto il parco auto delle vedove piú uno. Né vide la Smart di Adriano, parcheggiata all'angolo davanti alla chiesa. Si precipitò ad aprire il cancello di ferro, salí la rampa di scale e... si ritrovò nel bel mezzo di un festino.

– Vannina! Arrivò finalmente, – le gridò Bettina, inchiodata dietro un tavolino che pareva una friggitoria ambulante. Mano fasciata a prova di olio, grembiule da chef, placida e contenta come al solito. Anzi, forse ancora di piú.

Vanina si guardò intorno, spaesata. Le vedove al completo, con qualche nuovo elemento. Oltre a Gregorio, onnipresente, un paio di altri uomini. Adriano in un angolo, che drinkava vino e gazzosa con Luca – evidentemente rientrato dalla sua avventurosa trasferta. Dulcis in fundo, seraficamente seduta sul dondolo, Angelina Patanè. Se non fosse stata sicura di essere in piedi e reduce da una giornata di lavoro, le sarebbe venuto il dubbio di trovarsi in uno di quei dormiveglia mattutini in cui si vivono le esperienze oniriche piú incoerenti. Invece.

– Oh, t'incantasti? – Adriano l'aveva raggiunta e le agitava una mano davanti alla faccia.

– Mi stavo ripigliando, – disse Vanina, abbracciando Luca. – Ma che è, Bettina organizzò un'altra festa?

– E che ne so! Ero venuto per controllarle l'ustione e la trovai sul piede di guerra che armava tutto 'st'allestimento, assieme a quel Gregorio che piú tempo passa e piú non me la conta giusta, – ridacchiò.

– Ma tu i fatti tuoi mai? – lo riprese Luca.

– Perché, Bettina se li fa i fatti suoi? – scherzò Adriano. – Lo sai che fece, Vani?

Vanina non lo sentiva. Fissava la finestra incendiata. Per fortuna i tentativi della vicina di recuperare un vetraio disposto a fare gli straordinari erano stati improduttivi. Ora bisognava solo trovare una scusa plausibile per non allarmarla quando Pappalardo della Scientifica sarebbe venuto a fare il sopralluogo che lei gli aveva chiesto in via assolutamente confidenziale.

– Ma che ti pigliò? – la riscosse di nuovo Adriano.

– Niente, Adri. Sono stanca. Stanca assai. E ho dormito pochissimo.

– Hai ragione. Stanotte ti levai mezzo divano. Comunque hai sentito quello che ho detto?

– Che Gregorio non te la conta giusta, – ripeté Vanina.

– No, dopo.

– Che Bettina non si fa i fatti suoi, – sorrise. – Vedi tu che novità! Te lo ricordi quanto tempo ha curtigghiato su me e te. Era convinta che stessimo insieme. Un uomo e una donna che passavano serate e nottate sotto lo stesso tetto.

– Gioia mia, mi sa che tu a Bettina la sottovalutasti.

– Perché?

– Mi invitò a fermarmi a cena qua con lei e gli amici suoi. Io le risposi che me ne dovevo andare perché avevo una persona che mi aspettava in macchina, e lei lo sai che mi disse? Di *farlo salire* che aveva piacere di *conoscerlo*. Cosí, come se sapesse di chi stavamo parlando –. Indicò con un cenno Luca, che stava osservando rapito la preparazione delle crispelle.

Vanina guardò Bettina con tenerezza.

– Un mito è, quella donna.

– Veramente, – concordò Adriano.

– E io sono una scimunita, – realizzò Vanina tra sé e sé, ma a voce alta. Come non le era venuto in testa di chiamare Adriano? Se l'avesse fatto, si sarebbe evitata due ore di cardiopalma.

– Perché, che combinasti?

– Niente, non ti preoccupare, – tagliò corto. Non aveva nessuna intenzione di avvelenare la serata felice dell'amico con le sue brutte storie. Lei ne era la causa e lei se le doveva piangere, possibilmente senza coinvolgere altri.

Adriano capí che non era cosa e divagò. Guardò Angelina.

– E lei? Ne vogliamo parlare?

Vanina avvertí Patanè che sua moglie era lí, ma stavolta il commissario lo sapeva già.

– Trovò le telefonate e mi richiamò. Era andata a trovare la signora Bettina per sapere come stava, e lei la invitò a cena per festeggiare lo scampato pericolo –. Lo disse con una nota di contrarietà. Se solo la povera cristiana avesse saputo quello che aveva detto il vigile del fuoco... Ma Vanina era stata irremovibile. Bettina non doveva sapere niente, almeno fino a quando non avessero avuto conferma del presunto dolo.

– Perché non sale pure lei, commissario? A Bettina farebbe piacere, e secondo me pure ad Angelina, – gli propose Vanina.

– No, dottoressa, grazie. Le debbo confessare che sono tanticchia stanco.

*Tanticchia* era il minimo, considerato il ritmo che aveva tenuto. Vanina non insisté.

Appena staccò con lui, scrisse un messaggio tranquillizzante a Paolo.

Poi rispose a Giuli, che le proponeva una «seratona» in casa di una coppia di amici che aveva ristrutturato un attico e superattico vista mare e lo inaugurava con un festone. Rifiutò, augurandole di divertirsi e di incontrare qualche scapolo sconosciuto che le levasse dalla testa «chi sapeva lei». Per tutta risposta, l'avvocata replicò che la sera dopo, tassativamente, l'avrebbe «stanata», che senza di lei chissà che abitudini da orsa siberiana aveva preso.

Già che c'era, completò il giro e chiamò sua madre. Marianna le rispose dopo una tale quantità di squilli che Vanina si preoccupò.

– Scusami, gioia, è che abbiamo delle persone a cena e non sentivo il telefono. Meno male che se ne accorse Filippa, se no avrebbe squillato in eterno –. Se l'unica ad aver sentito il telefono era stata Filippa, la colf storica dei Calderaro che era sorda da un orecchio, significava che gli invitati erano come minimo una ventina. Baccaniusi, per giunta. E la sarabanda di sottofondo lo confermava.

Rimasero al telefono un paio di minuti, giusto il tempo di assicurare alla madre che avrebbe dormito, che non si sarebbe consumata appresso al picciotto morto sulla spiaggia, che avrebbe fatto di tutto per tornare a Palermo il fine settimana successivo. Senza «lavoro da sbrigare», ci aveva tenuto a precisare Marianna, e non aveva aggiunto altro, che da vedova di poliziotto e madre di poliziotta mai avrebbe rischiato di specificare per telefono di quale lavoro si trattasse. Niente da fare, la frittata era fatta: la sua famiglia s'era riabituata a vederla piú spesso e non intendeva rinunciarci. Quest'idea la inquietava assai.

– Quando vieni io e Federico ti dobbiamo parlare di una cosa, – comunicò Marianna, in conclusione.

Vanina corrucciò la fronte.

– Bella o mi devo preoccupare? C'è qualche problema?

La madre tirò un sospiro. – Madre Santa, precisa a tuo padre buonanima, sei, – protestò. – Uno non può annunciare altro che problemi, secondo te? No, non c'è nessun problema. Anzi, se ti può confortare, si tratta di una cosa bella. E ora basta, che se parlo ancora Federico protesta.

Vanina incassò la rassicurazione e non domandò oltre. Se di cosa bella si trattava, con tutto il piacere, poteva aspettare.

Alle otto passate il freddo della sera a Santo Stefano si cominciava a sentire, si abbottonò la giacca e si girò la sciarpa intorno al collo. Aveva appena attaccato un pezzo di sfincione di Bettina – niente a che vedere con quello palermitano, ma sempre buono era – quando il telefono squillò. Il numero non le diceva niente.

– Dottoressa, buonasera, Chanel sono.

– Oh, Chanel.

– Mi deve scusare per l'orario, ma mi sbrigai ora e dovevo dirle una cosa che non poteva aspettare.

– Cosa grossa?
– Abbastanza, direi.
Vanina valutò l'orario. Erano le otto e mezzo.
– Dove sei? – chiese.
– A casa mia, ma se vuole possiamo vederci da qualche parte, lontano da qui. Ho anche un messaggio di don Rosario da passarle.
Quella carusa non aveva bisogno che le si spiegasse niente.
– Ti va un gelato in piazza Europa?
– Proprio di quello avevo voglia.
Si misero d'accordo per le nove e mezzo. Il tempo di cenare.
Vanina si voltò per tornare da Bettina, ma si ritrovò davanti Angelina che le sbarrava la strada. Le mani sui fianchi, il soprabito abbottonato, pareva piú giunonica del solito.
– Angelina.
– 'N autru appuntamento gli diede?
– A chi?
– Come a chi, non facissi finta di non capire.
Forse era la stanchezza che cominciava a prenderla a pugni, ma Vanina faticò a indovinare. La faccia sempre piú accigliata della donna le suggerí che poteva riferirsi solo a una persona. Le scappò un sorriso.
La prese sottobraccio.
– Angelina, secondo me lei e io ci dobbiamo fare due chiacchiere.

La chiacchierata con Angelina le levò tempo per quello che doveva assolutamente fare prima di tornare a Catania. A questo punto la scelta era tra finire di assaggiare l'intero menu, e c'era veramente da confondersi, e infilarsi in cucina per constatare di persona quello che le aveva detto Polizzi. A malincuore, optò per la seconda. Il dovere sempre prima di tutto. Vedi che minchiona.

Senza che nessuno se ne accorgesse, entrò in casa. La cucina era ordinata che pareva non l'avessero usata. Solo Bettina sapeva come era possibile, con tutto il ben di Dio che aveva preparato. La zona incendiata, per fortuna, era rimasta tale e quale. S'avvicinò alla finestra avendo cura di non toccare nulla e osservò meglio i vetri. Quello che la sera prima aveva notato di sfuggita ora le appariva evidente. Il buco sul vetro incriminato era grande, di forma irregolare, ma il resto del vetro non era frantumato come quello di destra, che invece pareva scoppiato. Si sforzò di ricordare com'era posizionata l'anta di sinistra.

– Ancora si sta sfurniciannu come può essere successo? – chiese Bettina, facendola sobbalzare.

Vanina accennò un sorriso. – Cercavo di ricostruire la dinamica.

– Le debbo confessare che per ora preferii non metterci mano, in quella parte di cucina. Accussí, incendiata, mi fa un poco d'impressione.

Vanina colse la palla al balzo.

– Ha fatto bene. Anzi, se può, eviti di toccare sia la finestra sia il ripiano bruciato. Lunedí pomeriggio devo portare qua un perito dell'assicurazione.

L'unica argomentazione valida che le era venuta in mente.

Dopo un attimo di perplessità, la vicina le promise che non avrebbe toccato niente.

– Picca la fecero mangiare, dottoressa, – osservò dopo un attimo. – Sempre al telefono, poi ci si mise macari Angelina, – alzò gli occhi al cielo, ridacchiando.

– E che ci vuole fare, Bettina. Mi chiamarono perché devo tornare in ufficio.

La vicina si contrariò.
– Manco il tempo di cenare le dànno.
– Lo sa come funziona, no?
La donna annuí. Lo sapeva, oramai.
– Vabbe', allora faccio cosí: prima ca s'ammuccano ogni cosa, le conservo una porzione di tutto, – sorrise, – tranne del gattò ca purtò Ida, che come al solito non si può mangiare manco con tutta la buona volontà.
Ida era una delle vedove, l'unica sciarriata con i fornelli, ma incapace di ammetterlo. E siccome alle amiche sue pareva brutto farglielo notare, fingevano di accogliere di buon grado i suoi esperimenti culinari malriusciti per poi trasferirli nella spazzatura alla prima occasione.
– Grazie, Bettina.
La donna le allungò una carezza, ma non si mosse. Vanina rimandò il sopralluogo e si diresse verso l'uscita.
Bettina la richiamò: – Taliasse ddocu –. Era ferma davanti ai fornelli e indicava una mensola.
Vanina guardò, ma non capí.
– Vede perché le fiamme non riuscirono ad arrivare fino a qua?
Lei continuò a non capire.
La vicina si rassegnò, allungò la mano buona e afferrò la statuetta di Padre Pio che stava sulla mensola.
– Iddu fu, che protesse questa parte della cucina, che se solo le fiamme avissiru raggiunto il tubo del gas a 'st'ura non ci saremmo piú né io né Gregorio –. Se la strinse al petto. – La grazia ci fece, Padre Pio. Pi chistu decisi che dovevamo festeggiare. 'Na vota sula si vive, dottoressa, non se lo scordi mai.
Vanina le restituí la carezza.
– Non me lo scordo, Bettina, stia tranquilla. E mi metta da parte pure le crispelle. Ma assai, mi raccomando.

– 'Na guantèra gliene conservo. Ci aggiungo macari il miele che accatto dalla carusa di Enna, glielo contai, no? L'avvocata che per hobby si mise a produrre miele nelle terre sue.
– Me lo contò.
La vicina ripose la statuetta e si avviò verso l'uscita.

Chanel Di Martino s'era accomodata a un tavolino un po' defilato e smanettava col telefono, appoggiata alla spalliera su cui aveva appeso il casco, il giubbotto chiuso fino al mento. La gamba, accavallata sull'altra, dondolava senza tregua.
– Ehi, picciotta.
La ragazza raddrizzò la schiena.
– Dottoressa –. Fece per alzarsi, ma Vanina la bloccò. Le si sedette davanti.
– Scusa se ho fatto tardi –. Chiamò il cameriere. Ordinarono due gelati e mezza brioche per ciascuna.
– Allora, contami tutto.
Chanel avvicinò la sedia al tavolino, si appoggiò con i gomiti.
– Oggi pomeriggio mi venne un'idea. Chiamai al centro estetico di Concetta Piccirillo e mi prenotai un massaggio. Scelsi proprio quello, come servizio, perché è l'unico che esegue personalmente. Manicure, pedicure e altre cose le fanno le due ragazze che lavorano per lei.
– E tu come lo sapevi?
– Stamattina ho visto mia cugina, che abita dalle parti del centro estetico. Parlando parlando, con l'idea di scippare qualche informazione, le ho detto che mi sarebbe piaciuto una volta andare da un'estetista brava, e subito lei mi indicò la Piccirillo. Pare che sia rinomata, soprattutto tra le ragazze, tanto che vengono pure da altri quartieri. La sua specialità sono i massaggi.

– Quelli di cui Thomas andava pazzo, stando alle sue parole, – sottolineò Vanina con un filo d'ironia e lo sdegno negli occhi. Il suo naso raramente la ingannava. Concetta Piccirillo, pure se si faceva il bagno nel profumo, fiteva da fare venire la nausea.

– 'Sta str... 'sta deficiente. Il massaggio a Thomas, che se mai sia si faceva male giocando a pallone, guai se qualcuno gli toccava un muscolo. Diceva che gli dava troppo fastidio. Preferiva fare da solo, – s'infervorò Chanel.

– Perciò, proseguiamo, – la spronò Vanina. – E la prossima volta non preoccuparti, chiamala stronza senza problemi.

– Allora stavo dicendo che prenotai un massaggio. Mi diede l'ultimo orario, l'unico disponibile. Arrivai poco prima, mi pigliai un giornale e aspettai. Mi feci una cultura di gossip sui vip che lei manco se l'immagina, dottoressa. A un certo punto spuntò una che da come si muoveva e da come comandava doveva essere Concetta. Mi accompagnò in una cabina, mi diede un pezzettino di carta che secunnu idda era una mutanda e mi fece stendere sul lettino. Mentre massaggiava – e, le cose giuste, è brava assai – mi misi a fare la babba. Ma quant'è bello 'sto posto, complimenti per davvero, da quanto tempo ha aperto. Lei parlava e io registravo. Ha aperto da due anni, prima faceva l'estetista in un centro grosso fuori zona. Poi decise di mettersi in proprio.

Il cameriere portò i gelati e la brioche, già tagliata in due, e se ne andò di nuovo.

Chanel riprese. – Una cosa notai: prima di iniziare Concetta si levò dal dito un anello che, se era vero, valeva quanto tutti i macchinari che c'erano nella stanza.

Vanina fece una smorfia. – Regalo di Thomas, immagino.

– Ca certo, come no –. Chanel scosse il capo. – Comunque io continuai a fare la babba, e babbiando babbiando la

spinsi a parlare. Le domandai come si faceva per arrinesciri com'era arrinisciuta lei, che addirittura era proprietaria, e mi disse una cosa che la dipinge precisa: bisogna scegliere bene con chi stringere amicizia, perché ci sono amicizie che dànno aiuto e amicizie che non servono a niente, anzi dànno solo sdirrubbo. Gli amici giusti, se tu ti dimostri leale, t'aiutano e ti ricompensano. A un certo punto, mentre cercavo di capire come chiederle se era fidanzata, mi capitò una botta di culo pazzesca, – s'accalorò.
– Cioè?
– Le squillò il telefono. Mi chiese scusa, che doveva rispondere per forza. Per avere una possibilità che rimanesse lí a parlare, finsi di non aver manco sentito. Anzi, per lasciarle credere che m'ero appisolata mi misi macari a russare. E la cretina ci cascò con tutte le scarpe. Rispose al telefono e parlò a bassa voce, convinta che non sentissi.
Vanina la guardò ammirata. – Un genio sei, Chanel. E che ascoltasti?
– Una bumma, dottoressa. Parlava con un uomo. A ogni frase lo chiamava amore, gioia, vita mia. Alla fine però un nome lo disse: Tino.
– Tino... – ripeté Vanina.
– Gli diede appuntamento dopo la chiusura, al solito posto.
– Ah, quindi non sappiamo dove?
– Invece lo sappiamo, – rispose Chanel, trionfante. E spiegò. – Quando il massaggio finí, pagai e vidi che dopo di me non c'era proprio nessuna. Allora mi venne una pensata.
– Un'altra, – scherzò Vanina, che nel frattempo aveva finito il gelato e s'era accesa una sigaretta. Aveva capito dove stava andando a parare la carusa, ma non ebbe cuore di rovinarle il racconto.

– Mi appostai con lo scooter in un punto un poco nascosto. Aspettai che tutte uscissero. Alla fine uscí anche lei. La seguii tenendomi a distanza. Parlava al telefono e camminava veloce. A un certo punto mi resi conto che stavamo andando al bar *Stellini*. Per non rischiare di farmi vedere mi distanziai ancora. Non entrò. Si piazzò davanti al bar e aspettò. Manco due minuti passarono che si fermò una macchina bianca, di quelle sportive, cabrio. Concetta salí, baciò il guidatore, che a 'sto punto dovrebbe essere quel Tino, e partirono –. Chanel infilò la mano in tasca e tirò fuori un foglietto. – Qua c'è la targa della macchina –. Poi prese il telefono, aprí la galleria delle immagini, ne selezionò una e passò il cellulare a Vanina che, ancora incredula, si rigirava il foglietto tra le mani. Un video fatto a sé stessa, come se fosse in una videochiamata, che in realtà riprendeva la cabrio alle sue spalle.

– E qua, se allarga l'immagine, c'è la faccia dell'uomo.

21.

Nel messaggio che le aveva passato Chanel don Rosario diceva di contattarlo il prima possibile, anche tardi. Appena si mise in macchina, Vanina digitò il suo numero.
– Dottoressa, mi scusi se le ho chiesto di chiamarmi, ma non sapevo se potevo farlo io.
– E di che? Mi scusi lei se non mi sono fatta viva per tutta la giornata, ma è stata abbastanza impegnativa.
– Cosa di due minuti. Avrei bisogno che domani mattina passasse di qua. S'è creata una situazione che definirei esplosiva e, per certi versi, pericolosa.
Vanina rimase con la sigaretta spenta tra le labbra. Quando sarebbe finita 'sta giornata?
– Cioè?
– Diciamo che ai ragazzi, – si corresse, – ad alcuni dei ragazzi, quattro per l'esattezza, non sono calate alcune dichiarazioni fatte da uno di loro. Penso non ci sia bisogno di precisare chi.
– Direi di no.
– Ecco. Il risultato fu che si misero in testa di incastrarlo.
– Incastrarlo come?
– Eh, come… Meglio che viene lei e se lo fa contare da loro. Le assicuro che di cose da dire ne hanno. Il mio unico timore è che si siano mossi troppo e male.
Vanina capí che il prete era in seria difficoltà.
– Domani sarò da voi, – gli promise.

– Grazie, dottoressa. Venga in tarda mattinata, cosí non deve aspettare che io finisca di celebrare la messa. Di domenica ci sarà parecchia gente –. Fece una pausa. – Sempre che non le vada di partecipare alla funzione anche a lei –. Il tentativo era garbato, e non era neppure il primo, ma come al solito cadde nel vuoto.

– Mi dispiace, padre, ma ho da lavorare.

Prima di riattaccare don Rosario disse: – Stasera finalmente iniziai il libro che Thomas mi aveva dato da leggere due giorni prima di morire.

– Il romanzo che c'era nel computer?

– Sí. Non immagina il colpo al cuore.

– Perché?

– L'aveva dedicato a me... – Si fermò, poi riprese: – Thomas aveva fiducia in me. E io invece che ho fatto? L'ho condannato a morte. Non dovevo permettere che lui mi seguisse.

Vanina riattaccò amareggiata. Si accese la sigaretta e partí in direzione della Mobile. Poi riprese il telefono, cercò il numero di Giustolisi e lo chiamò.

– Guarrasi, che successe? – le rispose lui, sorpreso. La voce impastata di sonno. Erano quasi le undici.

– Ma ti svegliai?

– Tu che dici?

– Mi dispiace. Volevo avvertirti che ho novità sul caso. Sto andando in ufficio e ho bisogno di qualcuno dei tuoi.

– Perché?

– Te lo spiego domani, quando sei sveglio. Chi c'è di turno?

Giustolisi sbadigliò. – Non me lo ricordo. Sanna, forse.

– Bene. Ottimo elemento. Ora te ne puoi tornare a dormire tranquillo. A domani.

Staccò e chiamò in ufficio.

Le rispose Spanò.
- Ispettore, c'è lei di turno?
- Sí, dottoressa.
- Sto arrivando.
- Trovato qualcosa? - si attizzò l'ispettore.
- Direi proprio di sí.

I parcheggi intorno alla Mobile erano piú pieni che a mezzogiorno. Da via Teatro Massimo, isola pedonale che portava dritto dritto davanti al teatro, uscivano gruppi di persone quasi certamente reduci da una serata in uno dei mille locali, pub, ristoranti, pizzerie disseminati tra piazza Bellini e le strade limitrofe. Mentre furriava come una disperata in cerca di un posto, la chiamò Adriano.
- Oh, ma intenzione di tornare non ne hai?
- Scusa, Adri, ma la cosa s'allungò. Al massimo mezz'ora e riparto da qua.
- Premesso che non ho idea il «qua» tuo dove si trovi, t'avverto che «qua» Luca sta crollando e ce ne stiamo tornando a casa.
- Mi dispiace avervi abbandonati in mezzo agli amici di Bettina, ma ti giuro che era una questione importante.
- Non ti dispiacere, perché io e Luca ci scialammo alla grande. Altro che inaugurazioni di terrazze. Piuttosto dispiace a me che tu ti sia persa 'sto ben di Dio.
- Tanto Bettina mi conserva tutto. Ma non dovevate andare pure voi all'inaugurazione di attico e superattico di... di chi era? Giuli manco me lo disse.
- Di Alessandro e Gioia.
Il silenzio di Vanina fu eloquente.
- Dài, Vani! Alessandro e Gioia, quelli del gruppo con cui Giuli va a sciare.
Le si accese la lampadina. - Ah, sí: coppia sui quaran-

ta, avvocato lui, ingegnere lei, figlio treenne parecchio pestifero.

– Loro sono. Ci avevano invitati, ma Luca era molto piú contento di restare qua. Dice che si rilassava di piú e mangiavamo molto meglio.

– Torto non ne aveva.

– E infatti, qua siamo.

In quel momento si liberò un posto.

Vanina ci s'infilò.

– Adri, ti devo salutare.

– Ciao, va', buon lavoro. Cerca di non massacrarti troppo e stai attenta quando risali a Santo Stefano, che stanca come sei rischi il colpo di sonno.

– Non ti preoccupare. Lo sai che piú avanti vado meno sonno ho.

Scese dalla macchina, attraversò la strada ed entrò nel portone. Nel timore che l'ascensore si piantasse a quell'ora di notte, come spesso succedeva, prese le scale. Salí al primo piano e dovette riprendere fiato. Spanò la aspettava al varco. Gli raccontò le scoperte di Chanel.

– Un portento è, 'dda carusa! – commentò l'altro, entusiasta.

– Un portento un poco incosciente, per la verità, ma è preziosa assai.

Andarono insieme al secondo piano. Attraversarono il corridoio della sezione Criminalità organizzata e si diressero verso l'ufficio dell'ispettore Sanna. Vanina bussò alla porta socchiusa ed entrò.

– Sanna, buonaser... Ohhh! – Si rivoltò di colpo e uscí, scontrandosi con Spanò che le stava dietro.

– Oh, cazzo! Capo! – Agata Ristuccia si abbottonò la camicetta alla velocità di una comica di Chaplin.

– Dottoressa... – fece Sanna, ricomponendosi.

– Posso rientrare? – chiese Vanina, sforzandosi di non ridere.
– Sí sí, – disse Ristuccia.
Vanina li raggiunse con al seguito Spanò, esilarato.
– Dottoressa, ci scusi, non immaginavamo che potesse arrivare qualcuno, – si giustificò Sanna, in imbarazzo.
– Me ne sono accorta. Ma Giustolisi non l'aveva avvertita, ispettore?
– Di cosa?
– Che stavo venendo qui.
– No...
L'ignavo, manco la fatica di fare una telefonata.
– Vabbe', non perdiamo tempo. Ho bisogno che lei mi faccia due cortesie, la prima è di cercarmi a chi appartiene questa targa. Non lo chiedo ai miei perché sono sicura che è cosa vostra, – gli passò il pizzino di Chanel.
Sanna annuí.
– La seconda è questa –. Tirò fuori il telefono e recuperò il video che le aveva inviato la ragazza. – Ha idea di chi sia quest'uomo?
L'ispettore allargò l'immagine.
– Agatino Zinna è.
– Che fa, babbía, Sanna? Agatino Zinna ha una cesta di capelli che non finisce mai, questo ha una tigna pelata.
– Dottoressa, mi scusi, con tutto il rispetto, ma sicunnu lei Zinna che si chiamano Agatino uno solo ce n'è?
Vanina si pigliò per scimunita da sola. Vedi la stanchezza che fa fare.
– Vero è. In una città di Agate e di Agatini, figuriamoci se Zinna di nipoti che si chiamano cosí ne ha uno solo, – si voltò verso Ristuccia. – Non ho niente contro le Agate e gli Agatini, eh! Pure a Palermo siamo combinati bene con le Rosalie e i Rosari.

Agata sorrise.
– Ma dove la pigliò quella foto, dottoressa? – chiese Sanna.
– La pigliai dove la pigliai –. Guai a esporre Chanel.
– Comunque iddu è –. L'ispettore scartabellò dentro un fascicolo, tirò fuori una scheda con foto allegata. – Agatino Zinna, maggiore d'età del cugino e assai piú fino di cervello. Maestro del riciclo in attività, diciamo cosí, «pulite». Palestre, ludoteche per i picciriddi.
– Centri estetici, – suggerí Vanina.
– Macari quelli.
– Perciò questo sarebbe il cugino di quello che andò a «trovare» Thomas al lido, – concluse Spanò.
– Esatto. Primo cugino.
Vanina fece un ghigno. – Tino.
– Come dice, dottoressa?
– Niente –. Si alzò dalla scrivania di Sanna, dove s'era seduta con una gamba. – Dobbiamo procurarci i tabulati telefonici di questo Zinna e tracciare i suoi movimenti. Domani mi faccio dare l'autorizzazione dalla Recupero. Intanto, però, possiamo fare un controllo incrociato. A Concetta Piccirillo la stiamo tracciando, no?
– E macari intercettando. Se lo ricorda? Lei stessa fu a concordare con la pm di intercettare sia lei che quel caruso, Lilluzzo, – rispose Spanò.
– Certo che mi ricordo, ispettore. Stanca sono stasera, e un poco rallentata, ma rincoglionita a questo punto no.
– Non mi sarei mai permesso di pensarlo.
– Chi se ne sta occupando?
– Lo Faro e Spada. Adesso c'è Lo Faro –. Spanò buttò un occhio a Ristuccia, per saggiarne la reazione, ma lei non fece una piega.
– Scommetto che finora sia l'una sia l'altro non dissero niente di interessante, vero? – domandò Vanina.

– Ovviamente.
– E scommetto pure che oggi pomeriggio il telefono della Piccirillo rimase muto e fermo tutto il tempo.
– Piú o meno. A parte una telefonata a sua madre e una a un fornitore.
Vanina meditò in silenzio, accendendosi una sigaretta.
– E questo vuol dire solo una cosa.
– Cosa, capo? – chiese Ristuccia.
– Che la Piccirillo di telefoni ne ha come minimo due, uno dei quali al novantanove virgola nove per cento non è intestato a lei.

La risalita a Santo Stefano le parve piú lunga della discesa, nonostante la strada fosse quasi libera. Era come se, appena appoggiata la schiena sul sedile, un senso di fiacchezza l'avesse assalita di colpo, rilassandola. Restare vigili in quella condizione non era facile. Bastava assecondare un attimo il proprio corpo e *zac*: dritti al creatore. Si tirò su fumando e ascoltando un canale radiofonico che a quell'ora sparava musica techno direttamente da una discoteca. Uno strazio infinito, ma almeno la teneva sveglia. Per fortuna a metà strada arrivò una chiamata di Paolo, reduce da una battaglia per il sonno di Allegra, che di coricarsi non ne voleva sapere se non con lui. Rimasero al telefono fino all'entrata di Santo Stefano.
– Vani, quando ci vediamo?
– Non lo so, Paolo –. No, non era una risposta. – Quando risolvo questo caso, – aggiustò.
– Non è che ti devo mandare per forza un messaggio a stampatello, per farti venire a Palermo? Ma poi... non è in quel modo che vorrei vederti.
Lo sapeva pure lei che non era quello il modo in cui voleva vederla. E, quel che era peggio, lei condivideva lo

stesso pensiero. Si sarebbe tagliata un braccio piuttosto di ammetterlo, anche solo a sé stessa, ma la realtà quella era.

Mentre saliva la rampa di scale che spuntava nel giardino di Bettina, a Vanina parve di arrancare. La festa era finita, ma la vicina aveva le luci ancora accese. E infatti uscí appena la vide passare.

– Accussí tardi le fecero fare?

Vanina rispose solo allargando le braccia in segno di rassegnazione.

L'altra scosse la testa contrariata. – Io le cose gliele conservai, ma non è il caso che se le mangi a 'st'ura. Pisantulidde le cascherebbero.

– Meglio se mi prendo un poco di latte con la torta di mele sua.

La donna le sorrise. – Buonanotte, Vannina.

– Buonanotte, Bettina. E mi raccomando, faccia attenzione... – Si sarebbe morsa la lingua. Niente, per quella sera era arrivata, non riusciva a controllarsi piú. – Che quella della finestra una copertura di fortuna è, non è sicura.

– Non si preoccupasse, io chiudo a chiave la porta interna della cucina, accussí se per caso trase qualche ladro, duoccu arrimane. Ma poi di cchi stamu parrannu, dottoressa? Ladri a casa di 'na poliziotta com'a llei non ne trasono, stassi tranquilla.

Vanina non ebbe nemmeno la forza di amareggiarsi per la fiducia sconfinata e, in quel caso, mal riposta.

Entrò in casa, si liberò di giacca e fondina, si tolse i vestiti, s'infilò il pigiama e si calò meccanicamente una tazza di latte e una fetta di torta alle mele. Siccome sapeva bene che alla sua stanchezza, per quanto estrema, non corrispondeva mai una commisurata propensione al sonno, si stravaccò sul divano grigio. Accese il maxischermo e prese a girare i canali televisivi finché non s'imbatté in un titolo che Giuli, tempo prima, le aveva segnalato per la sua collezione di film, in quanto ambientato in un'isola siciliana. *Amiche da morire*. Che l'ambientazione della storia, nell'intenzione siciliana, non corrispondesse però al territorio dove il film era stato girato – Ostuni o qualche altro ridente paese della Puglia – Vanina lo sgamò subito. Tra cadaveri occultati, scene esilaranti e, soprattutto, le tre attrici fenomenali che interpretavano le protagoniste, Vanina rimase davanti alla tv fino alla scena finale. Poi spense e, lí dov'era, s'addormentò.

A furia di sveglie e controsveglie, alle otto di mattina era in piedi. Si fece il solito doppio caffè e se lo bevve davanti al finestrone del piccolo terrazzo che dava sull'agrumeto. L'occhio le cadde subito sulla finestra della vicina. Tremava all'idea che Pappalardo potesse trovare anche il minimo segno di dolo. A Paolo quella dell'intimidazione nei suoi confronti pareva un'ipotesi poco probabile. Se di dolo si trattava, doveva essere opera di un balordo. Spostò lo sguardo sulla Muntagna, che quella mattina pareva dipinta su un cielo azzurro che piú limpido non poteva essere. Le venne da sorridere. Valutare giornalmente la sommità dell'Etna e la sua eventuale attività eruttiva era una delle «catanesate» che nel tempo andava raccogliendo su una nota dell'iPhone che oramai era diventata piú lunga della *Divina Commedia*. Mentre stimava l'altezza del pennacchio, le arrivò un messaggio. Adriano: «Buondí. Luca e io abbiamo deciso di andarcene per qualche giorno nella casa di Noto. Mi raccomando, occhio alla mano di Bettina, pensaci tu. Baci».

Alla mano di Bettina? Lei? Stava per rispondergli che di mestiere faceva la poliziotta, e che garze e pomate non le sapeva maneggiare. Ma ci ripensò. Adriano si meritava un po' di pace dopo i giorni difficili che aveva passato. A Bettina, in qualche modo, ci avrebbe pensato lei. Lupus in fabula, comparve la vicina. Le passò davanti armata di cestino e cesoia e andò dritta verso l'ulivo antico che troneggiava in mezzo al prato.

Vanina non trattenne la curiosità. Aprí la vetrata, sporse la testa e la chiamò.

– Buongiorno, Bettina!

La donna si voltò e sbandierò la cesoia in segno di saluto.

– Buongiorno, Vannina.
– Ma che fa?
– Raccolgo i rametti.
– E che ci deve fare?
– Come, che ci debbo fare? Li debbo fare benedire! Li sto pigliando pure per lei.

Vanina la guardò interrogativa.

Bettina capí che non era cosa. – La domenica delle Palme è oggi, dottoressa! – spiegò.

Vero era. La benedizione delle palme e degli ulivi. Meno male che le era venuto per testa di chiedere a Bettina cosa stesse facendo, se no avrebbe rischiato una malafigura di quelle memorabili con don Rosario.

Rientrò in casa, si fece una doccia lunga, s'asciugò i capelli a testa in giú e inaugurò una camicia blu e una giacca di pelle comprate due settimane prima in viale Africa dalla sua «spacciatrice d'abiti» preferita. Probabilmente altro non si sarebbe potuta permettere per almeno tre mesi, ma le andava bene cosí. Invece delle solite stringate, dato che era domenica, indossò un paio di sneakers bianche.

Il bar *Santo Stefano* aveva allestito i dehors, e già a quell'ora erano pressoché pieni. Alfio aveva dato il via alla stagione delle granite e delle brioche. Insuperabili. Cercò

di convincerla a sedersi e a mangiarsele lí, ma Vanina resisté. Era già in ritardo per l'appuntamento con Manfredi.
 – Gliela preparo una confezione termica e se la porta, dottoressa? – propose Alfio. Vanina ci rifletté. Prese il telefono e chiamò Manfredi.
 – Ehi, Guarrasi, sto uscendo di casa adesso, – le rispose.
 – Dimmi una cosa, nel posto in cui ti devo accompagnare c'è un angolo in cui ci si può appoggiare per mangiare qualcosa?
 Manfredi ridacchiò. – Per esperienza direi di sí.
 Vanina non registrò la risatella, si concentrò sulla risposta.
 – Bene, allora procedo.
 – A cosa, procedi?
 – Granita e brioche del bar *Santo Stefano*. Ti pare un'idea azzeccata?
 – Non immagini nemmeno quanto.

Arrivata alla Mobile trovò Manfredi davanti al portone, appollaiato sulla sua moto, una Bmw d'epoca.
 – Ma sicuro che non si sono squagliate? – disse, indicando la borsa termica.
 – Spero di no. Ora però me lo dici dove andiamo?
 Per tutta risposta Manfredi le allungò un casco e le tolse le granite e il sacchetto delle brioche dalle mani.
 – Acchiana.
 Lei lo guardò storto.
 – Manfredi, vedi che io devo lavorare stamattina, dove stiamo andando?
 – Mii, Guarrasi! Ma per una volta puoi fidarti ed evitare di fare il terzo grado?
 Vanina si rassegnò, si infilò il casco e salí sulla moto. Andarono dritti per via Ventimiglia. Arrivato agli archi

della Marina, Manfredi girò per entrare dentro il porto. Andò fino al molo di levante e raggiunse la panchina su cui mesi prima, in fuga dalla scorta, avevano mangiato panini gourmet in notturna. La vista su Catania da quel punto era impareggiabile.

– Monterreale, questo è un colpo basso, lo sai? – disse Vanina scendendo dalla moto.

Manfredi tirò fuori il cartoccio delle granite dal contenitore termico e le brioche dalla borsa. – Non è la destinazione finale. Ho fatto una piccola deviazione perché tu mi hai chiesto un posto dove poter mangiare le granite. Questo l'altra volta m'era parso perfetto, perciò... – Si distrasse. – Ci vuole qualche cosa di pulito dove appoggiarsi, – fece, meditativo. Aprí lo zaino e rimestò all'interno.

Vanina abbozzò. Gliel'aveva servita precisa, con la pensata delle granite. Lo osservò mentre prendeva dallo zaino un telo di carta azzurro confezionato, di quelli ospedalieri, lo stendeva sul muretto e ci sistemava sopra bicchieri di polistirolo, cucchiaini di plastica e sacchetto delle brioche. Quant'era facile sentirsi bene con Manfredi.

– Guarrasi, vedi che tra poco si squagliano del tutto.

In cinque minuti si spazzolarono due granite di mandorla e caffè e due brioche di quelle speciali con la granella che solo Alfio sapeva fare.

– Ragione avevi, troppo belle 'ste brioche, – commentò Monterreale.

– Ora me lo dici che siamo venuti a fare al porto? – chiese Vanina. Si stava rilassando cosí tanto che sarebbe rimasta là tutta la giornata. Il che, per piú di una ragione, era impossibile.

Il medico recuperò i bicchieri, avvolse i cucchiaini nel telino e li infilò nella borsa laterale. Risalí in moto.

– Amuní, che te lo faccio vedere.

Tornarono indietro e raggiunsero il molo dov'erano ormeggiati dei pescherecci di medie dimensioni e una sola, singola, barca a vela. Vanina iniziò a intuire dove stavano andando. Scesero dalla moto, camminarono lungo il molo. Davanti alla barca Manfredi si fermò.

– Te la ricordi, vero?

– E chi se la può scordare? La barca del professore La Barbera.

– Ti ricordi pure che ti dissi quando ci salimmo sopra, quella sera famosa?

– Piú o meno.

– Che era una barca seria, di quelle che ogni velista sogna di possedere.

– La stanno vendendo, lo sai?

Manfredi sorrise.

– No. L'hanno già venduta.

22.

Vanina passò dalla Mobile il tempo necessario per impartire ai suoi un paio di compiti. Bussò alla porta dell'ufficio dei piú giovani ed entrò. Nunnari e Bonazzoli, ognuno assorto nei propri pensieri, si voltarono verso di lei. Il sovrintendente scattò in piedi.
– Capo, buongiorno.
Marta la salutò con un cenno della mano e un colpo di tosse.
– Buongiorno, picciotti. Bonazzoli, vedo miglioramenti, – sfotté.
Si beccò un'occhiata non esattamente benevola dalla poliziotta, che non proferí parola.
Nunnari, che un debole per la collega continuava ad averlo nonostante ormai fosse ufficialmente la fidanzata del Grande Capo, prese le sue difese.
– Poverina, afona completa è.
Vanina la rimproverò con lo sguardo. – Ma perché non sei rimasta a casa?
Marta alzò le spalle.
– Non mi piace chiedere congedi per malattia, lo sai, – sussurrò.
– Certo, molto meglio uscire e aggravarsi.
– Non mi aggravo, – provò a rispondere. Venne fuori un altro sussurro.

– Vabbe', allora facciamo cosí: tu oggi te ne stai qua a presidiare l'ufficio; quando tornano Lo Faro, Spanò e Ristuccia, che hanno smontato dal turno di notte, te ne vai alle intercettazioni e dài il cambio ai colleghi. Chi c'è in questo momento?

Nunnari s'affrettò a rispondere per evitare a Bonazzoli ulteriori sforzi di voce.

– Dei nostri c'è Fragapane, e della Sco Tommasello.

Vanina tirò fuori il bigliettino di Chanel. Lo passò a Marta.

– Giusto per ulteriore conferma, controllami 'sta targa a chi appartiene.

– Ulteriore conferma rispetto a cosa? – chiese Marta, in un faticosissimo soffio.

Certo, lei non aveva idea delle novità, e neanche Nunnari. Vanina ovviò al problema aggiornando entrambi.

– E secondo te che vorranno dirti stamattina i ragazzi di don Rosario? – chiese Marta, ormai rassegnata a bisbigliare.

– Non lo so, lo scoprirò a breve. Ma se quello che dice don Rosario è vero, temo che ci procureranno un poco di grattacapi. Oltre a regalarci qualche informazione di prima mano che solo loro, probabilmente, sono in grado di raggranellare senza sollevare un polverone.

– Come i topi di Cenerentola, – sorrise Bonazzoli.

– Come chi? – chiese Vanina, perplessa.

– I topolini, te li ricordi? Che s'infilavano dappertutto, senza dare nell'occhio ascoltavano le conversazioni delle sorellastre e poi le riferivano a Cenerentola.

– Vedi tu che paragone le venne per testa, – fece Vanina, divertita. – Però lo sai che rende l'idea?

– Ci sta andando ora, dottoressa? – chiese Nunnari.

Vanina guardò l'orologio. Le undici e mezzo. Era abbastanza tardi da non rischiare di incappare nelle celebra-

zioni? Con Patanè erano rimasti d'accordo che si sarebbero visti là.
— Tra poco. Prima passo ad aggiornare il Grande Capo. Piuttosto, Giustolisi s'è visto?
— Sí. Anzi, la cercava. Penso che sia proprio dal dottore Macchia.

La porta di Tito era aperta, Vanina ci si fermò davanti prima di entrare.
— Buongiorno a tutti, — salutò.
— Oh, Guarrasi, arrivasti? — fece subito Giustolisi, accomodato davanti al primo dirigente.
— Qua sono.
— Me lo dici che avevi di cosí urgente da fare in ufficio ieri sera alle undici passate?
— Dovevo verificare un poco di informazioni che potrebbero portarci nella direzione giusta, — gli rispose, sedendosi sull'altra sedia.
— E avresti la compiacenza di condividerle con noi?
— Ero giusto venuta a riferire a Tito —. Vanina si voltò verso Macchia, che si stava godendo la scena masticando il sigaro piú sornione del solito.
— Ragguagliami, Guarra', — disse.
Vanina gli raccontò le novità.
— Perciò la famosa nuova fidanzata per la quale il ragazzo doveva lasciare la Greco in realtà è fidanzata con un esponente della malavita sancristoforina, — sintetizzò Tito.
— E che esponente, — commentò Giustolisi.
— Quindi l'ipotesi che sia stato tutto un depistaggio sin dall'inizio, compresa la modalità con cui Ruscica è stato ucciso, a questo punto diventa sempre piú concreta, — ragionò Macchia.
— Sí e no, — rispose Vanina.

Il collega della Sco sbuffò. – Oh, Guarrasi, sei una camurría. Ora dimmi perché «sí e no».

– Perché non credo proprio che Agatino Zinna, quello che andò a trovare Thomas al lido, avrebbe mai lasciato tracce di sé sull'arma del delitto, su cui invece è stato trovato parecchio Dna. Uno dei quali femminile e non corrispondente a quello di Emanuela Greco.

Giustolisi si zittí.

– Un uomo e una donna, perciò, – disse Tito.

– Esatto, – confermò Vanina. – Peccato però che di donne, nei filmati delle telecamere, a parte la Greco, non c'è traccia.

– Quindi?

– Quindi resta una sola spiegazione: che chi ha ammazzato Thomas, chiunque sia stato, non passò dall'ingresso principale.

– Minchia, Guarrasi, questo complica le cose assai. Potrebbe essere stato chiunque, – chiosò Giustolisi.

– Lo so, ma francamente non mi vengono in mente altre possibilità.

Tito appoggiò le manone sulla scrivania.

– Aspettate un attimo, ricapitoliamo. Qua mi pare che un dato sia certo: la famiglia Zinna, per qualche motivo, si sta adoperando per avvalorare l'ipotesi che l'assassina sia Emanuela Greco. Giusto?

– Giusto, – risposero i due vicequestori.

– Questo farebbe immaginare che l'omicidio sia stato commesso da uno di loro, o per conto di qualcuno di loro, per levare di mezzo una persona scomoda, che disturbava ogni giorno di piú i loro affari redimendo tossici e prostitute, e che per di piú se la intendeva con la polizia. Per non farci capire che il delitto è roba loro, si avvalgono di un'arma che piú improvvisata non può essere e poi approfittano della presenza fortuita di Emanuela Greco sul luogo del delitto per addossarle la colpa. E fin qui potrebbe filare. Se non fosse che, come giustamente ci fa notare Guarrasi, un criminale di quel tipo non lascia tracce di sé, mentre il rapporto della Scientifica parla chiaramente di presenza di Dna.

– Sull'arma e sugli altri reperti, come il braccialetto e il pupazzo di Superman, che era ricoperto di saliva.

– Ci sputarono sopra? – si stupí Giustolisi, cui quel dettaglio doveva essere sfuggito.

– A quanto pare. E fu la stessa persona, di sesso maschile, che impugnò il rastrello, – precisò Vanina. – Questo in realtà quadrerebbe con l'identikit di un mafioso, che non solo ammazza la «spia», ma per giunta dimostra tutto il proprio sdegno sputando sul suo portafortuna.

Giustolisi si confuse. – E allora?

– E allora non lo so. Ho chiesto alla Recupero di tracciare e intercettare il telefono di quest'altro Agatino Zinna, il famoso Tino. E dai tabulati dovremmo risalire al numero che lo chiamò ieri intorno alle sette di sera, cosí capiamo che telefono usa la Piccirillo per non farsi sgamare, – concluse Vanina, alzandosi in piedi. – Ora fatemi andare da don Rosario a sentire quello che hanno da dirmi i quattro carusi.

– Quelli che si misero in testa di incastrare il compagno traditore, quel Lilluzzo? – chiese Tito.

– Esatto.

– Una congrega sono, 'sti carusi, – commentò Giustolisi.

Vanina dissentí. – Io direi piú una banda –. Con una capa femmina e spatti aspirante sbirra. S'avvicinò alla porta e la aprí. – Vuoi venire con me? – chiese al collega, prima di uscire.

Quello la guardò come se avesse detto un'assurdità.

– Non c'è bisogno, basti tu, – rispose, laconico.

In quel momento davanti all'ufficio di Macchia si materializzò l'ispettore Bonazzoli. Restituí alla Guarrasi il biglietto stazzonato di Chanel, dove aveva aggiunto il nome del proprietario dell'auto in questione, una Mazda grigio metallizzato.
– La targa corrisponde a Zinna Agatino, – lesse Vanina, a voce alta.
Il commento di Tito fu piú laconico della risposta di Giustolisi.
– Come volevasi dimostrare.

Il commissario Patanè s'era sorbito tutta la messa, con annessa benedizione di rami di palma e ulivo che sua moglie s'era procurata in quantità tale da poterci riempire un vaso per ogni stanza. A metà della celebrazione, Chanel l'aveva avvistato e s'era spostata accanto a lui. Indifferenti alle occhiate di fuoco con cui Angelina li saettava a cadenza di due minuti, s'erano messi a chiacchierare fitto fitto, sottovoce. La ragazza raccontò al commissario per filo e per segno le avventure della sera prima, delle quali Patanè era già stato informato dalla Guarrasi. Invece che un encomio, però, si beccò una paternale, sussurrata all'orecchio. Che non doveva fare cose pericolose, e che certe spirtizze possono costare care. Vedi a Thomas come gli finí? La risposta istantanea – sempre bisbigliata – di Chanel fu prevedibile: e allora che facciamo? Invece di lottare, di impegnarci per fregare quei bastardi, ci rassegniamo? Lei paura di metterci la faccia non ne aveva. Come non ne avevano don Rosario, Vera Fisichella e tutti quelli che la faccia ce la mettevano ogni giorno.
Alla fine della funzione, la ragazza schizzò verso la sagrestia e Patanè si ritrovò sotto il tiro di Angelina, che finalmente poté dire la sua.

– E 'sta bedda spiccia, tutta spurtusata ca pare 'n colabrodo, dove la pigghiasti? – Evidentemente gli orecchini multipli della carusa dovevano averla colpita.

Il commissario si spazientí. Era mai possibile che guardasse con sospetto qualunque rappresentante del sesso femminile che gli si avvicinava? Pure una carusa di vent'anni.

– Ca sicunnu tia dove la pigghiai, Angelina? È una ragazza che aiuta don Rosario.

– Una di chiddi che si drogavano?

– No.

Si misero in fila per uscire dalla chiesa. Appena fuori, Patanè virò a destra ed entrò nel cortile della parrocchia. Spiazzata, la moglie lo seguí. Si ritrovarono in mezzo a una partita di pallone.

– Gino, ma che stiamo facendo? – chiese Angelina.

– Aspettiamo la dottoressa Guarrasi.

La moglie lo guardò sbalordita.

– E macari io la debbo aspettare? – Va bene che la sera prima s'erano in qualche modo riconciliate, ma manco cosí.

– Tu puoi fare quello che preferisci, gioia. Se vuoi t'accompagno a casa.

Angelina non seppe che rispondere. Da una parte le siddiava assai perdere una mattinata appresso a suo marito che s'arricriava a fare lo sbirro, dall'altra non le pareva vero poter assistere a uno di quegli incontri che osteggiava con forza. Tanto ci rifletté che, alla fine, le circostanze decisero per lei.

Vanina schivò una pallonata per un pelo. Raccattò la palla e la calciò verso il centro campo.

– Mizzica che stile, dottoressa, – commentò Patanè, avvicinandosi. La moglie lo seguiva a distanza di mezzo metro.

– Reminiscenze, – si schermí Vanina.

– Ma lei che giocava a pallone? – fece il commissario.
– Perché, non le pare possibile?
– Certo che è possibile. Solo non sapevo che le piacesse il calcio.
– Visto? Ogni tanto la stupisco.
Patanè si fece dubbioso. – Sulu ogni tanto?
Don Rosario li raggiunse di corsa.
– Scusate, ma la domenica delle Palme è sempre cosa lunga.
Li precedette lungo il cortile, verso l'ingresso della comunità. Salirono le scale con lui e girarono in una zona che non conoscevano.
– Preferisco evitare la sala comune, per non rischiare che ci sentano orecchie indesiderate. Perciò scusatemi, ma dovrò ricevervi in una delle stanze da letto. Mi è sembrato giusto usare quella di Thomas.
Angelina istintivamente rallentò. Il commissario se ne accorse.
– Che c'è, ti stai stancando?
– No, no. È che... Gino, io è meglio se rimango ad aspettare nel cortile. La stanza del caruso morto ammazzato mi fa un poco impressione.
Patanè chiese agli altri di aspettarlo, accompagnò la moglie fino alle scale e tornò indietro.
Davanti alla cameretta di Thomas, don Rosario si fermò.
– Prima di entrare vi debbo dire una cosa che non mi fece dormire tutta la notte.
– Di che si tratta? – chiese Vanina.
Il prete prese un respiro. – Ha presente il romanzo di Thomas che mi misi a leggere ieri sera?
– Certo.
– All'inizio m'era sembrato un'autobiografia sua, finché a un certo punto comincia una storia che con quella

iniziale non c'entra niente. Una specie di racconto nel racconto, per dirla semplice. La protagonista è una giovane donna che viene picchiata dal marito. Per caso questa giovane donna incontra un uomo che si occupa di salvare la gente in pericolo, una specie di poliziotto senza divisa che si spende per gli altri senza chiedere niente in cambio.

– Una specie di Superman, – l'interruppe Vanina.

Il prete ebbe un guizzo negli occhi azzurri.

– Esatto, dottoressa. Quello che non mi permise di dormire, però, viene dopo. L'uomo fa di tutto per aiutare la donna, eppure il marito, che oltretutto è un criminale, riesce sempre a incatenarla a sé. Di colpo le cose precipitano, il marito si fissa che la moglie lo tradisce e inizia a minacciarla e a picchiarla ancora di piú. La donna finisce pure in ospedale, non lo denuncia, ma attraverso dei messaggi chiede aiuto all'uomo che vorrebbe salvarla. E grazie a lui riesce a fuggire e a rifugiarsi in una casa famiglia. Il romanzo si interrompe qui. Thomas, quando me lo diede da leggere, mi disse che gli mancava solo un capitolo, l'ultimo. Purtroppo non riuscí a scriverlo. Ma quello che lessi mi bastò a farmi venire cento dubbi.

– Lei pensa che la storia del romanzo c'entri qualche cosa con l'omicidio?

– Dottoressa, ci pensi: una donna da salvare, un marito criminale che si mette in testa che la donna ha un amante... E se per caso questa storia fosse vera? Se Thomas si fosse infilato davvero in una faccenda cosí delicata e pericolosa?

– Sarebbe un problema doppio, padre. Perché non sapremmo da dove cominciare per trovare questa donna, e perché con ogni probabilità adesso potrebbe essere in pericolo di vita, – rispose Vanina, che al solo ragionare sulla cosa si stava agitando.

– Però, almeno, possiamo tenerne conto? – chiese don Rosario.

– *Dobbiamo* tenerne conto, – rispose Vanina. Guardò Patanè, che si grattava il mento pensieroso.

Entrarono nella cameretta che Thomas divideva con Joe Santostaso. Il ragazzo era lí, assieme agli altri tre di cui don Rosario le aveva parlato: Davide Radalà, Michela Tidone – la sbirciatrice curtigghiara – e un'altra ragazza. Valentina Tuccio, si chiamava. A coordinarli c'era Chanel.

A Vanina venne spontaneo guardarsi intorno. Pochi metri quadri, una finestra piccola che dava sulla strada dietro la chiesa, un letto a castello, una scrivania, una libreria divisa in due parti, di cui una era inconfondibilmente marchiata Thomas Ruscica. Libri, una macchina fotografica, qualche foto. Tre di lui ed Emanuela, una quarta con don Rosario. Un'intera mensola era occupata dalla collezione di supereroi di gomma. Mancava solo Superman. Vanina combatté perché la gola non le si annodasse, con scarsi risultati.

– Amuní, picciotti, – attaccò, schiarendosi la voce, – che mi dovete raccontare?

I ragazzi si scambiarono delle occhiate tra loro, con un segno di assenso convenzionale designarono Davide come portavoce.

Il ragazzo prese fiato e iniziò.

– Allora, dottoressa: ieri Peppe Lilluzzo raccontò a tutti che aveva riferito al magistrato cose su Thomas che sosteneva di sapere solo lui e che noi invece non conoscevamo. Raccontò pure che la principale sospettata per l'omicidio era Emanuela, che l'aveva ammazzato per gelosia. Appena lo sentimmo parlare capimmo che qualche cosa non quadrava. Quello che diceva, ma anche *come* lo diceva. Pareva troppo sicuro di sé e, se mi permette, pure un poco fatto.

– Fatto in che senso? Drogato? – chiese Vanina.

– Sí. E, mi creda, noi quattro abbiamo abbastanza esperienza per capirlo.

– Come mai non l'avete riferito a don Rosario?

– Gliel'abbiamo riferito.

Il prete lo guardò storto.

– Vabbe', *alla fine* gliel'abbiamo riferito, – aggiustò il ragazzo.

– Molto alla fine, – precisò il sacerdote, poi si voltò verso Vanina. – Praticamente a cose fatte.

– Quali cose?

Davide prese di nuovo un respiro.

– Ora glielo spiego, dottoressa. Non è la prima volta che uno tra noi viene recuperato dalla gente da cui s'era allontanato e rinfilato nel giro. Capitò altre volte, don Rosario lo sa bene. Ma in questi casi, di solito, il ragazzo in questione non rientra piú in comunità. Peppe invece era qua, come se niente fosse, e mentre contava le sue spertezze con il magistrato pareva quasi... soddisfatto di sé stesso. Insomma, dottoressa, non ci convinceva. Allora ci mettemmo d'accordo, solo noi quattro fidati per evitare che qualcuno potesse fare la spia, e decidemmo di seguirlo. Appena uscí, ognuno per conto proprio, ci mettemmo alle calcagna. Dopo avere fatto il giro del mondo, aver incontrato mezzo quartiere – anche persone che, come temevamo, le tasche non ce le hanno piene di caramelle – a ora di pranzo si andò a piazzare giusto giusto al bar *Stellini*, a un tavolo un poco nascosto. Cinque minuti piú tardi allo stesso tavolo si sedette un uomo. Joe lo ha riconosciuto: Agatino Zinna.

– Quale dei due? – lo interruppe Vanina.

– Quello che ha l'età nostra.

– Perciò il genero del proprietario del bar, – ci rifletté. – Ma come può essere che a vent'anni questo già sia sposato? – domandò.

I ragazzi fecero un ghigno.
– Mise incinta a Sara Stellini e la famiglia pretese che se la sposasse, – disse Davide.
– Ancora accussí siamo messi nel 2017? Col matrimonio riparatore? – commentò Patanè.
– In certe famiglie sí, commissario, – intervenne Chanel. – E poi deve considerare che il bar *Stellini* è un ottimo investimento per gli Zinna, perché è «pulito». Non so se mi sono spiegata.
– Ti spiegasti benissimo.
– E poi che successe? – chiese Vanina.
– Dopo un poco nel bar entrò una ragazza e si sedette con loro. Bella, alta, vestita e truccata che pareva stesse andando in televisione. Cercammo su Facebook la foto di Concetta Piccirillo, quella con cui, secondo Peppe, Thomas si stava azzittando, e corrispondeva. Aspettammo finché non uscirono di nuovo tutti. La ragazza si allontanò da sola, Peppe invece salí sulla moto con Zinna. Senza farci sgamare li seguimmo. Si fermarono davanti a una casa. Dopo due minuti da un portone uscí un uomo e si mise a parlare con Peppe. Rimasero lí cinque minuti, poi l'uomo rientrò nel portone e i due se ne tornarono al bar. A quel punto Peppe riprese la strada per la parrocchia. Di corsa tornammo indietro e ci facemmo trovare qua. Appena arrivò, Valentina – a cui lui corre dietro – gli si avvicinò e chiacchierarono un po'. Tanto fece che gli chiese cosa aveva fatto e dove aveva pranzato. Non può capire le minch... le bugie che le disse. Che aveva visto sua sorella, che aveva mangiato con lei. Ora, dottoressa, noi ci domandammo: perché Peppe ha dovuto contare tutte quelle fesserie? Di sicuro non poteva essere solo per evitare che don Rosario s'arrabbiasse perché aveva ripreso a frequentare certe persone. In quel caso gli bastava andarsene dalla

comunità e aveva risolto. Don Rosario non obbliga nessuno a restare. Invece no: Peppe torna qua e ci conta minchiate. Perché? – Stavolta, preso dalla foga del racconto, non si autocensurò.
   Il ragionamento non faceva una piega. Anzi, Vanina avrebbe avuto perfino un'ulteriore perplessità da aggiungere alle loro, dato che gli spostamenti Lilluzzo li aveva fatti a telefonino spento. Piú dolo di quello.
   – Ho capito, – si limitò a commentare. Meditò sulle informazioni che nel frattempo Patanè stava appuntando meticolosamente sul suo bloc notes a quadretti.
   – Sentite, ragazzi. L'uomo che è uscito dal portone sapreste descriverlo? O magari riconoscerlo?
   – Purtroppo no, dottoressa. Per non farci notare ci eravamo messi troppo lontani.
   – Va bene, picciotti –. Si alzò. – Ottimo lavoro. Però siete stati un po' incoscienti. Se un personaggio come Zinna avesse capito che lo stavate seguendo, poteva finirvi male, lo sapete?
   – Per Thomas questo e altro –. A parlare era stata Michela, la curtigghiara segretamente innamorata del ragazzo. – E poi era il minimo, dopo che incasinai la vita a Emanuela –. Abbassò la testa, rattristata.
   – Perché dici cosí? – fece don Rosario. – Tu non c'entri niente.
   – C'entro, c'entro. Non fui io a raccontare a tutti che Thomas chattava con una ragazza che si chiamava Cetti? Non fui io a mettere in testa a tutti l'idea che ci fosse un'altra ragazza? Perciò, se ora qualcuno si sta approfittando della situazione e sta mettendo in mezzo Emanuela, la colpa è mia.
   Vanina sorrise. 'Sta banda di carusi continuava a stupirla. Avevano intuito tutto in mezzo minuto e nel giro di un altro mezzo minuto s'erano mossi di conseguenza.

– Ma non dire stupidaggini, tu non hai nessuna colpa, – disse il prete, confortando Michela che era scoppiata in lacrime.

– Grazie, ragazzi, – disse Vanina per congedarsi, estraendo dal pacchetto la sigaretta che avrebbe acceso una volta fuori.

– Un attimo, dottoressa, non è tutto, – la frenò Chanel.

– Cioè?

– Passando da quella strada, quella dove è uscito l'uomo dal portone, Michela si ricordò una cosa.

– Che cosa?

La ragazza si asciugò le lacrime, tirò su col naso. Attaccò: – Io da lí ci passo sempre per andare al lavoro. Sono impiegata in una lavanderia. Una decina di giorni fa, mentre camminavo, incontrai Thomas che era fermo con lo scooter vicino al marciapiede. Ci salutammo, gli chiesi come mai era da quelle parti e lui mi rispose che doveva fare una consegna. Un paio di giorni piú tardi lo rincontrai. Stavolta era dietro l'angolo e stava parlando al telefono, non mi vide. Ieri, quando ci fermammo là, queste due occasioni mi tornarono in mente. E mi ricordai due cose a cui, lí per lí, non avevo dato peso, ma che ora potevano avere un significato. La prima è che quando Thomas mi disse di dover fare una consegna non aveva appresso nessun pacco e nessuna borsa. La seconda, che quando parlava al telefono dietro l'angolo pareva che si volesse nascondere.

A quell'ultima informazione Vanina drizzò le antenne.

– Come si chiama questa strada?

– Via del Sale. È una strada lunga, un poco fuori dal quartiere.

– E in che punto lo incontrasti?

– Circa a metà.

- Invece Lilluzzo e Zinna dove si fermarono?
I ragazzi si guardarono tra loro, quasi sorpresi. Davide rispose.
- A metà.

23.

Vanina salí sulla Mini e s'accese la famosa sigaretta. Aprí Google Maps sul telefono, cercò «via del Sale», impostò il percorso e partí. Quando la voce del navigatore le comunicò che era arrivata a destinazione, accostò e si fermò. Proprio come l'aveva descritta Michela: una strada piuttosto lunga, in discesa, al margine di San Cristoforo. Un bar, un alimentari, un panificio aperto e affollato nonostante fosse domenica, un ferramenta, per il resto solo case. Vanina scese dall'auto e s'infilò nel panificio, pieno di persone che sgomitavano per farsi avanti. Uomini, donne, picciotti, picciriddi. Pareva l'assalto ai forni del Manzoni. Quando venne il suo turno, la vetrinetta della rosticceria era stata quasi interamente saccheggiata.

– Sta sfornando qualcos'altro o è tutto qui? – s'informò, con la donna che aveva gestito quell'inferno.

L'altra buttò la testa indietro e rispose: – Nzu, – schioccando la lingua. La forma di negazione piú convincente che un siciliano possa adottare.

Vanina capí che doveva accontentarsi di quello che c'era. Scelse una pizzetta e chiese che gliela incartassero. Uscí dal negozio e la tirò fuori. Fingendosi concentrata sul cibo, la cui qualità spiegava la ressa di poco prima, si fece una discesa e una risalita della strada passando per entrambi i marciapiedi. A metà della via, nel punto in cui Michela aveva detto di aver incontrato Thomas, rallentò. Case, a destra e a sinistra. All'angolo piú in alto, dalla parte opposta di quella che pareva essere una scuola, provò a mettersi nella posizione in cui s'era nascosto Thomas e che s'era fatta spiegare da Michela. Cercò di capire cosa si vedesse da lí. La visuale cadeva piú o meno in corrispondenza del punto in cui s'era fermato Lilluzzo con Zinna.

Ingoiò l'ultimo boccone di pizza. Che minchia ci facevi qua, Thomas mio, solo tu lo sapevi.

Mentre era concentrata su quel pensiero, una madre con un bambino per mano la urtò senza volerlo.

– Oh, mi scusi, – fece la donna tirando dritto. Il picciriddo si voltò e le sorrise. Poteva avere piú o meno tre anni. Vanina ricambiò. Per un'imperscrutabile associazione di idee, pensò ad Allegra, la figlia di Paolo che lei non aveva mai visto. E le venne in mente la situazione assurda in cui l'aveva cacciata sua sorella Costanza chiedendole di farle da testimone accanto all'ex moglie di Paolo, di cui era grande amica, per poi completare l'opera invitando Paolo al matrimonio. Cosa da scipparle la testa. Cocò avrebbe anche potuto obiettare che, tra le braccia di Nicoletta Longo, Paolo ce l'aveva buttato lei scappandosene da Palermo, e che la separazione tra i due era avvenuta ben prima che lei ricomparisse nella vita del magistrato – o viceversa. E Vanina non avrebbe certo potuto darle torto.

Si rinfilò in macchina, mise in moto e chiamò Marta.

Patanè, intanto, era andato a recuperare Angelina, che s'era messa a conversazione con una delle dame della Croce Rossa impegnate a gestire la raccolta degli abiti usati e dei generi alimentari. Una conversazione che si protrasse per una mezz'ora. Il commissario mordeva il freno. Doveva accompagnarla a casa e pranzare, per poi tornare operativo e raggiungere la Guarrasi alla Mobile. Mentre aspettava, vide Chanel uscire dall'aula e camminare avanti e indietro col telefono all'orecchio. Seria che manco pareva lei. Una telefonata che durò non piú di tre minuti, conclusa la quale la ragazza si fermò a riflettere, lo sguardo fisso sul muro. Il commissario ormai la conosceva e capí che qualcosa le stava furriando per la testa. Cosa, non era dato saperlo. A riprova della sua intuizione, subito dopo la vide sfilare lungo il cortile, zaino in spalla e passo deciso. Istintivamente Patanè scattò verso di lei, al massimo della velocità che la sua anca permetteva. La raggiunse prima che uscisse in strada.

– Chanel, – la chiamò.
La ragazza si voltò di scatto.
– Commissario.
– Dove stai andando?
– In un posto, a sbrigare una cosa.
Il commissario la fissò scettico.
– Carusidda, non mi cuntare fesserie.
Chanel capí che a Patanè non la poteva fare.
– E va bene. Ho ricevuto una telefonata.
– Una telefonata di chi?
– Ava', commissario, è troppo lunga da spiegare.
– E io fretta non ne ho.
La ragazza sbirciò dietro le sue spalle. Angelina, a braccia conserte, li guardava minacciosa.
– Sicuro? – gli suggerí.
Patanè si voltò, vide la moglie in posizione marziale. Le fece segno di aspettare.
– Allora?
– Forse so chi abita in via del Sale, e forse so perché Thomas era sempre da quelle parti.
– E là stai andando, sola?
La ragazza annuí.

– Ma che stai babbiando, Chanel? Viri ca situazioni come questa possono essere pericolose assai. E tu, macari se vorresti essere una sbirra, ancora non lo sei.

Lo sguardo inamovibile di Chanel gli lasciò intendere che non avrebbe ottenuto nulla.

Patanè sospirò. – Santa pazienza. Va bene, facciamo cosí allora: accompagniamo Angelina a casa e in questo posto ti ci porto io.

Chanel l'abbracciò.

L'agente Lo Faro era rientrato in ufficio da cinque minuti. Vanina lo intercettò che si stava recando al secondo piano, probabilmente in cerca di Ristuccia, che altrettanto probabilmente si trovava lí. Quella storia era una bomba innescata, e prima o poi sarebbe esplosa facendo un bel botto.

– Lo Faro, vieni con me, – lo richiamò.

Il poliziotto ridiscese di corsa i quattro gradini che era riuscito a salire.

– Eccomi, capo, – la seguí lungo il corridoio, verso l'ufficio.

Passando davanti alla stanza dei carusi, Vanina si sporse dentro.

– Bonazzoli, a che punto siamo?

Marta abbassò la testa per indicare che era a buon punto.

– Ma che, la voce si consumò del tutto?

– Piú o meno, – sussurrò la poliziotta.

Entrarono nella stanza di Vanina.

– Nunnari? Spanò?

– Qua sono, dottoressa. La stavamo aspettando, – fece Lo Faro.

– Allora valli a chiamare.

– Subito. Vuole che vada a chiamare pure Agata, che è alla Sco?
– No, Agata la chiamo io, che mi serve anche qualcuno della Sco –. Bomba disinnescata, almeno per il momento.
L'agente uscí.
Vanina alzò il telefono e compose l'interno di Sanna, che rispose subito.
– Ispettore, venga da me, per piacere. E se per caso là sopra c'è qualcuno dei miei, me lo porti, – ordinò. Riattaccò e si rivolse a Bonazzoli.
– Allora, che trovasti?
Marta tirò fuori due fogli.
– Innanzitutto, confermo che la targa che mi hai dato stamattina appartiene ad Agatino Ercole Zinna.
– Ercole?
– Si chiama cosí.
– E per quello che ti chiesi quando ti telefonai dalla macchina invece?
– Ecco: in via del Sale abitano due persone che risultano dai tabulati.
– Addirittura due?
– Risicato Teresa e Giustino Pasquale.
Vanina si sforzò di ricordare, scartabellò tra i fascicoli e trovò il rapporto dei colloqui con gli ultimi contatti di Thomas.
– La professoressa e il padre del picciriddo da battezzare, – lesse. Uno piú inutile dell'altro, a occhio e croce. Eppure un nesso con quella via doveva esserci.
– Dove abitano per l'esattezza?
Marta lesse su uno dei due fogli.
– Al numero sedici e al numero cinquantuno.
Vanina accese il computer, aprí le mappe. Entrambi i civici si trovavano piú o meno a metà della strada.

Marta le porse altri fogli, pinzettati alla maniera di Fragapane.

– Qua, invece, c'è la lista di tutte le persone residenti in via del Sale.

Vanina aveva dato mandato a lui di occuparsene.

La scorse velocemente. Cosa avrebbe dovuto farsene di una lista di nomi, non lo sapeva manco lei.

Spanò, Fragapane e Lo Faro entrarono in fila indiana appresso a Macchia, che aveva sentito Vanina arrivare. A breve distanza, Sanna e Ristuccia.

– Guarrasi, come andò dal prete? – chiese Tito, piazzandosi accanto a Marta.

Vanina era colpita: questo caso aveva toccato il cuore di tutti, sebbene fosse domenica c'era perfino il Grande Capo. Gli riferí le ultime.

– E perciò ora che intendi fare?

Stavolta non era in grado di rispondergli. Qualcosa le diceva che il nodo di tutto risiedesse in quella strada. Bisognava solo capire come e perché.

In quel momento, Nunnari irruppe nell'ufficio di corsa, con in mano uno dei computer portatili che avevano in dotazione. – Capo! – Si bloccò davanti a Macchia. Non seppe a chi rivolgersi, ubi major optò per il primo dirigente. – Quelli della Postale riuscirono a recuperare i messaggi del telefono di Thomas.

Vanina si drizzò sulla poltrona.

– Ma vero dici?

Nunnari annuí vistosamente, fece per passare il computer a Macchia, ma lui indicò con un dito la Guarrasi.

– A lei, Nunnari.

Il sovrintendente eseguí.

Vanina prese a scorrere i messaggi. Erano migliaia. Arrivò direttamente alla mattina del delitto. Saltò i millemila

«Perché non mi rispondi?» di Emanuela e andò alla prima chat, delle sei del mattino.
- Eccola qua.
- Chi? - domandò Macchia.
- La Cetti che chattava con Thomas -. Andò a guardare il numero. Lo confrontò con quelli dei tabulati, ma non c'era.
- Nunnari, vedi a chi corrisponde 'sta Sim.
Il sovrintendente schizzò verso la stanza accanto, mentre Vanina leggeva sempre piú seria, una ruga verticale sulla fronte.
- Guarra', allora, che dicono 'sti messaggi? - chiese Tito.
Vanina staccò gli occhi dal monitor, si appoggiò allo schienale.
- E che dicono, Tito. Ci dicono al novantanove virgola nove per cento perché è morto Thomas.
Tutti i presenti si zittirono.
- Ovvero? - chiese il Grande Capo.
- Ovvero quella mattina, al capanno, Thomas non era solo.

Nel silenzio meditativo che era calato, rientrò Nunnari.
- Capo, la faccenda è strana.
- Che faccenda?
- La Sim che chattava con Thomas.
- Che ha?
- È intestata a Ruscica Thomas.
- Come sarebbe? - chiese Macchia.
- Sarebbe che Thomas chattava con sé stesso.
Tito guardò Vanina, che invece non s'era stupita piú di tanto.
- A quel livello eravamo, - commentò lei, quasi tra sé e sé.

– A che livello? Guarra', vuoi parlare chiaro?
– Al livello da dover fornire quella Cetti di un telefonino diverso dal suo.
– Che facciamo, capo? – fece Spanò.
Vanina meditò.
– Sanna.
– Dica, dottoressa.
– Si legga 'sti nomi, veda se le dicono qualche cosa.
Gli passò la lista dei residenti in via del Sale.
Sanna sgranò gli occhi.
– Assai sono, dottoressa.
– Lo so che sono assai. Li legga, per favore.
L'ispettore si sedette di lato. Lesse, rilesse, scosse il capo.
– No, non mi dicono niente... a meno che... – Si fermò.
– A meno che?
– Aspetti, mi faccia fare una ricerca. Vado e torno.
Uscí.
Vanina alzò il telefono e chiamò la procura.
La Recupero le rispose immediatamente.
– Dottoressa, ho bisogno di tracciare altri tre numeri –. Vanina andò al sodo, tanto con la pm era inutile perdersi in chiacchiere. Le dettò il numero della Risicato, di Giustino e della seconda Sim di Thomas.
– Immagino che abbiamo un buon motivo, – commentò la Recupero.
Vanina sintetizzò le ultime novità.
– Va bene, tra poco avrà i tracciamenti. Se ha bisogno, io sono in procura, – fu la risposta, diretta e conclusiva.
Nel frattempo Tito s'era letto la chat.
– Quindi Ruscica quella mattina si portò questa Cetti, in fuga dal marito violento, alla Playa assieme ai suoi due bambini.
– A quanto si evince.

– E il marito era convinto che lui fosse l'amante della moglie.
– Esatto.
– Un casino peggiore non se lo poteva andare a scartare 'sto guaglione, – concluse Tito.
– Se solo potessimo capire chi è 'sta Cetti, – fece Spanò.
– Cetti deriva da Concetta, – disse Ristuccia.
– Peccato però che autre Concette, a parte la Piccirillo che non penso possa corrispondere al profilo della moglie maltrattata, e che comunque si firma con la *y*, non ne trovammo, – obiettò Spanò.

Vanina ripassò la lista dei nomi legati in qualche modo a Thomas. Escluse gli uomini e si concentrò sulle donne. Una per una, cercò anche tra i secondi nomi. Non c'era l'ombra di una Concetta. A un certo punto l'occhio le cadde su un nome che con Concetta non c'entrava niente. Crocifissa.

All'improvviso le tornò in mente il film che aveva visto la sera prima, quello divertente delle tre donne che occultavano un cadavere. Il personaggio interpretato dalla Impacciatore si chiamava Crocifissa, ma la chiamavano Crocetta. Cetti.

E la luce si accese.
– Minchia che scimunita che sono! – si drizzò di colpo sulla poltrona. Riguardò la lista dei nomi, l'indirizzo.
In quel momento rientrò Sanna, di corsa.
– Dottoressa, penso che qualche cosa abbiamo trovato.
Nunnari, che era andato a controllare i tracciamenti appena autorizzati dalla Recupero, gli finí addosso.
– Capo!
– Che fu?
– La Sim che Thomas diede alla donna si accese due ore fa, e fece una chiamata.

– A chi?
– A Di Martino Chanel.

Gli altri tracciamenti dei telefoni autorizzati dalla Recupero confermarono quello che la Guarrasi aveva intuito. Ora tutto combaciava.

Vanina si sistemò la fondina, si mosse veloce. Chanel non rispondeva al telefono e don Rosario non sapeva dove fosse. La sola idea che le fosse accaduto qualcosa le levava il respiro.

– Amuní, picciotti, sbrighiamoci, prima che succeda qualche altra tragedia. Spanò e Sanna con me. Portatevi un tablet per seguire gli spostamenti del telefono che ci interessa. Nunnari e Lo Faro nell'altra macchina. Ristuccia, tu vai dalla Recupero e fatti dare il mandato. Marta, tu resti qua che non ti voglio avere sulla coscienza, conciata come sei, ma segui anche tu i movimenti del telefono.

Uscirono di corsa, quando furono nel parcheggio delle auto di servizio Vanina si bloccò.

– Ma il commissario che fine fece? – Le aveva detto che l'avrebbe raggiunta dopo pranzo, erano le cinque e non s'era visto. Provò a chiamarlo. Squillava a vuoto. Una brutta sensazione la assalí.

– Dottoressa, – la chiamò Sanna.

S'infilò nell'auto guidata da Spanò, l'ispettore della Sco salí dietro con il tablet in mano.

– Il telefono che ci interessa si sta muovendo da via del Sale.

– E noi lo seguiamo, – disse Spanò.

Vanina tentò di richiamare Patanè, niente da fare. Provò a casa.

Angelina rispose subito.

– Signora, Vanina Guarrasi sono. C'è il commissario?

– No, dottoressa, non c'è –. Un tono che con lei Angelina non aveva mai avuto. Il senso di oppressione al petto si fece piú pesante.

– Angelina, ma lei sa dov'è?

– Niscí appresso alla carusa piena di orecchini, come si chiama...

Vanina rimase in apnea.

– Chanel?

– Idda.

– E dove andarono?

– E chi ni sacciu, dottoressa! Ci arrisulta che Gino mi cunta unni si ni va?

Ragione aveva pure lei, povera Angelina.

– Va bene, non si preoccupi, ci penso io a cercarlo, – fece, piú tranquilla che poteva.

– Dottoressa, – aggiunse Angelina prima di staccare.

– Mi dica.

– C'è 'na cosa ca mi fa scantare assai.

– Che cosa?

– Gino si portò la pistola.

A Vanina per un attimo mancò il fiato per rispondere. La salutò in fretta cercando di rassicurarla.

– Dottoressa, il telefono si fermò, – disse Sanna. – Dentro il porto.

– Raggiungiamolo.

In quel momento il cellulare di Vanina squillò. Era Macchia.

– Guarra', abbiamo ricevuto la telefonata di una donna sconvolta. Dice che il genero ha rapito uno dei bambini che la figlia le aveva affidato e se l'è portato appresso. Il nome corrisponde.

– Oh, cazzo –. La possibilità che finisse in tragedia diventava sempre piú concreta.

– Spanò, piazziamo la sirena e sbrighiamoci.
Stavano entrando a sirene spiegate nel porto quando il telefono di Vanina squillò di nuovo. Stavolta era Patanè.
– Commissario, dov'è? – quasi urlò.
– Al porto, dottoressa, molo di levante. Fate presto che l'arrestammo.

La scena era quasi surreale. A pochi passi dalla panchina su cui alcune ore prima Vanina aveva mangiato con Manfredi, Pasquale Giustino giaceva bocconi, le mani legate dietro la schiena con una cravatta. Chanel, a cavalcioni su di lui, lo teneva fermo. Non molto distante, sua moglie Crocifissa Burgiò, detta Cetti, accovacciata per terra stringeva tra le braccia un bambino che piangeva disperato. In un attimo di calma Vanina riconobbe il picciriddu che quella mattina le aveva sorriso.

Scarmigliato e senza cravatta, Patanè le andò incontro.
– Commissario, ma che successe qua?
– E che successe, dottoressa. Chanel fece il suo primo arresto.

Vanina guardò la ragazza, incredula.
– Tu lo arrestasti?

Chanel s'era alzata, ma teneva bloccato Giustino con un piede.
– Articolo 383 del codice di procedura penale: «Ogni libero cittadino ha facoltà di arrestare qualcuno, consegnando senza ritardo l'arrestato e il corpo del reato alla polizia giudiziaria». Eccolo a lei, dottoressa, beccato in flagranza di reato mentre cercava di ammazzare la moglie e minacciava di uccidere anche il figlio, – indicò una pistola per terra, – con quella.

Vanina le si avvicinò, non riuscí a trattenere un sorriso. Guardò Giustino, che si dimenava faccia a terra.
– Spanò, Sanna, – chiamò, – ammanettatelo per davvero.

Tornò da Patanè e lo abbracciò con tutta la forza della paura che aveva provato.

La madre della Burgiò era già alla Mobile, con il bambino piú piccolo, pronta ad accogliere la figlia.
Giustino fu portato direttamente nella sala interrogatori. Vanina e Giustolisi entrarono assieme a lui. Spanò e Sanna andarono nella stanza accanto, il resto della squadra, ufficiale e non, rimase nelle retrovie.
– Allora, signor Giustino, – attaccò Vanina, – lei è accusato dell'omicidio volontario di Thomas Ruscica e del tentato omicidio di sua moglie, Burgiò Crocifissa. E di un'altra serie di reati che non sto qua a elencarle. Uno su tutti, il depistaggio che lei e i suoi compari avete messo in atto. Vuole dire qualcosa prima che sia io a riepilogare come si sono svolti i fatti?
L'uomo rimase in silenzio.
– Bene, allora parlo io.

Pasquale Giustino, manco a dirlo, non confermò né negò nulla. Che fosse stato lui a uccidere Thomas sarebbe stato facilmente provato dalle tracce di Dna che, preso dalla foga, aveva lasciato un po' ovunque: sopra l'arma del delitto con le mani e sopra il pupazzetto di Superman su cui, molto garbatamente, aveva sputazzato. In piú c'era la testimonianza della moglie, che di quella mattina, del prima e del dopo, raccontò anche i minimi dettagli. I maltrattamenti, i tentativi di fuga, la sua famiglia messa sotto ricatto dai parenti di lui. Potenti, pericolosi, capaci di tutto e fermamente decisi a difenderlo qualunque cosa facesse. La madre di Pasquale era imparentata con gli Zinna, questo aveva scoperto Sanna riconoscendone il nome tra quelli dei residenti in via del Sale. Natale Zinna, il capostipite della famiglia, il vertice assoluto, a Pasquale aveva addirittura fatto da padrino di battesimo. Poteva permettere, un pezzo da novanta del genere, che il suo figlioccio finisse in galera solo per aver eliminato l'uomo che se la intendeva con sua moglie? Poteva ammettere che una donnetta da quattro soldi, figlia di poveri disgraziati senza arte né parte, gettasse fango addosso al marito e gli portasse via i figli per quattro schiaffi? Un girone infernale nel quale Thomas s'era infilato, incurante del pericolo, al solo scopo di tirarne fuori Cetti e i suoi bambini. Il piano, un po' ingenuo, era di cominciare portando la donna da Vera e nascondendola lí. Per questo le aveva dato il telefono da usare per scrivere i messaggi, troppo pericoloso farlo con quello personale che suo marito avrebbe potuto controllare. Si erano dati appuntamento per quella mattina alla Playa, Cetti doveva arrivarci spiaggia spiaggia. Ma Pasquale l'aveva sgamata e l'aveva seguita fino al capanno. Poi era successo quello che era successo. Per crearsi un alibi Pasquale aveva fatto una chiamata a Thomas, che ovviamente non aveva avuto risposta. Dopodiché, aiutato dal cugino Agatino Zinna, aveva fatto sparire il telefono del ragazzo. S'era riportato a casa la moglie, a quel punto ormai rassegnata. Almeno fino al giorno in cui aveva visto Vanina Guarrasi aggirarsi dalle sue parti. Allora aveva preso il coraggio a due mani e aveva chiamato il numero d'emergenza che Thomas le aveva dato. La ragazza che le aveva risposto le aveva assicurato che l'avrebbe aiutata. Doveva solo uscire di casa e recarsi al porto. Ma a Pasquale era difficile farla. Era andato dalla suocera e, minacciando di uccidere uno dei bambini, l'aveva costretta a dirgli dove si trovava Cetti. Era arrivato lí, armato di pistola e di cattive intenzioni, convinto anche stavolta di poter vincere. Non aveva calcolato lo tsunami che Chanel e Patanè gli avrebbero rovesciato addosso e che adesso rischiava di trascinare anche i suoi protettori, perché la Recupero e la Sco avevano un bel po' di materiale con cui lavorare.

24.

Metà del giorno successivo Vanina lo passò dormendo. Un lunedí anomalo, di recupero dalla serata trascorsa alla Mobile e dalla settimana che l'aveva preceduta. Si svegliò alle dieci, fece colazione e si rimise a dormire. Emerse alle due, fresca e riposata come non era stata per giorni, e tirò fuori dal freezer una porzione di anelletti al forno preparati da Bettina. La vicina era a pranzo con le vedove e l'immancabile Gregorio, sarebbe tornata nel pomeriggio.

Mentre si godeva gli anelletti sul terrazzino davanti all'agrumeto, la chiamò Spanò.

– Dottoressa, la disturbo?

– Ispettore, non mi dica che ammazzarono qualcun altro.

– No no! Stia tranquilla!

– Meno male.

Va bene che senza indagini per le mani non ci sapeva stare, ma cosí sarebbe stato troppo pure per lei.

– Volevo solo riferirle un messaggio da parte di Rosi. Emanuela la ringrazia tantissimo per quello che fece. Ancora è un poco scossa, ma un giorno di questi viene a trovarla.

– E a me farà molto piacere vederla. Verrà anche Rosi, oppure sarà già tornata in auge la madre?

Spanò rimase a corto di risposte. Niente da fare, la Guarrasi era sbirra dentro. Tutto aveva capito!

Alle quattro e trenta, puntualissimo, si presentò Pappalardo. Vanina usò le chiavi che la vicina le aveva lasciato per aprirgli la cucina.

Il sovrintendente capo perlustrò l'ambiente palmo a palmo, rilevò impronte – circa duemila – analizzò il quadro – complicato. Vanina gli mostrò il vetro di sinistra, quello che pareva sfondato appositamente. Pappalardo lo studiò. Mosse l'anta un paio di volte, valutò dove andava a finire. Poi si concentrò sulla candela al caramello che giaceva sciolta e risolidificata sul ripiano incendiato.

– Questa è stata abbattuta, dottoressa, – sentenziò.

– In che senso, abbattuta?

– Nel senso che non si sciolse cosí com'era, dritta per dritta. Era coricata su un lato. E aggiungo che, considerato dove doveva arrivare la fiamma da quella posizione, è probabile che fu quella a incendiare le tendine. Magari, che ne so, la signora non si addunò di averla urtata.

– E riguardo al vetro? A me sembra proprio sfondato.

– Vero, dà questa sensazione. Però potrebbe benissimo essersi rotto sbattendo da qualche parte.

– Quindi secondo lei non devo preoccuparmi?

Pappalardo mise le mani avanti.

– Per carità, dottoressa, certezze assolute non gliene posso dare, ma non mi pare opera di un professionista, – tornò a osservare il vetro.

Bettina li colse cosí, in contemplazione della finestra che il fuoco aveva frantumato.

– Lei è il perito dell'assicurazione? – chiese a Pappalardo, che rimase stranito.

– Cosa?

– Il perito dell'assicurazione, – ripeté la vicina.

– Ah, sí sí. Certo. Il perito. Stavo giusto valutando il danno e la possibile dinamica –. Si lanciò in una descrizione di come la candela doveva essersi capovolta.

Bettina lo fissò, sorridendo sorniona. Guardò Vanina.

– Ma sicunnu lei sugnu accussí scimunita?

Il messaggio di Giuli arrivò prima che Pappalardo avesse finito il sopralluogo. «Ti va di farci un'uscita vecchio stile? Tipo Taormina, o anche piú vicino». Vanina le rispose che l'unica opzione possibile quella sera era raggiungerla a casa. L'amica non si fece intimidire e, appena passate le sei e mezzo, si presentò lí, armata di dolci di tutti i tipi. Il sovrintendente capo Pappalardo se ne stava per andare.

– Ma pirchí non si ferma a cena? – gli propose Bettina, ora che aveva appurato chi era veramente.

L'uomo si imbarazzò, farfugliò una scusa, ma l'anziana non volle sentire ragioni. Ovviamente era invitata pure Giuli, che invece accettò subito e di buon grado.

– Una cucina come la sua, Bettina, chi se la fa scappare?

La donna s'infilò in casa con Vanina e Giuli, investita anche lei del compito di controllare la mano fasciata. In due non facevano un'infermiera. Meno male che, in sostituzione di Adriano, Vanina aveva chiesto la cortesia a Manfredi Monterreale di passare a medicare la vicina. Già la sera prima, mentre lei era impegnata nell'arresto di Giustino, il pediatra era salito a Santo Stefano.

– Vannina, lo sa che pensai? – se ne uscí Bettina, mentre tirava fuori dal frigo una pentola di polpette col sugo che poteva bastare per un reggimento.

– Che pensò?

– Li invitiamo macari il commissario Patanè con Angelina?

Vanina approvò la pensata. Chiamò il commissario.
– Un piacere sarebbe, dottoressa, ma c'è un problema.
– Quale?
– Siamo in tre.
– Ha il nipotino a cena?
– Diciamo una nipotina.
– E secondo lei Bettina si confonde per un commensale in piú?

Patanè non ci pensò nemmeno trenta secondi.
– Sicunnu mia no. Accettiamo con piacere. Anche perché sono sicuro pure lei gradirà la presenza, – concluse.

Vanina aveva capito, ma preferí non levargli il piacere della sorpresa.

Manfredi si presentò alle otto e dieci, reduce da un turno di dodici ore al Policlinico. Si mise con santa pazienza a rimediare al pasticcio che nel frattempo la donna aveva combinato. Garze staccate e arripizzate con il cerotto bianco, acqua che aveva raggiunto l'ustione bagnandola.

– Cosí non guarisce mai, però, signora Bettina, – si permise di protestare. Per tutta risposta, si beccò un invito a cena.

Il tavolo da pranzo, inizialmente apparecchiato per quattro, diventò per sette, cosí come le pietanze che la donna stava cucinando.

Pappalardo, che s'era affacciato al balcone, rientrò in casa.
– Arrivò il commissario Patanè, – comunicò.

Vanina gli andò incontro. Lo vide uscire dal posto di guida dell'Alfa Romeo e aprire la portiera ad Angelina. Li raggiunse.
– Commissario, ma della Panda ancora niente si sa?

Patanè allargò le braccia.
– E che le debbo dire. Stavolta temo che morse piddaveru.

Dallo sportello posteriore, come previsto, venne fuori Chanel.
Vanina si finse stupita. – Ma guarda chi arrivò!
La ragazza sorrise, contenta che pareva avesse vinto la lotteria.
Quando salirono in casa, Bettina la accolse secondo il suo stile: braccia aperte, cuore idem, piatto a tavola in piú. Poi se ne tornò di corsa in cucina, dove aveva lasciato Giuli pericolosamente a guardia della pasta. Se l'avvocata era come l'amica sua poliziotta, capace che gliela faceva scuocere.
– Viri tu quanta me ne venne! – commentò Bettina davanti alla zuppiera di pasta con le polpette e a una teglia di parmigiana per venti.
Si erano appena messi a tavola, quando suonò il citofono della dépendance, che grazie a una di quelle che Patanè definiva *mavaríe* tecnologiche era collegato al telefono di Vanina. Lei si alzò per controllare il videocitofono. Senza accorgersene sorrise. Aprí il portoncino di ferro e andò incontro a Paolo.
– Se aspettavo che venissi tu, campa cavallo, – recriminò il magistrato, mentre si baciavano. – Mi vuoi? – chiese.
– No, – gli rispose Vanina, ridendo. Inutile fingere che non fosse cosí: non riusciva a contenere la felicità.
Appena capí chi era arrivato, Bettina si lanciò verso di lui.
– Dottore Malfitano! Che bello vederla! Arrivò preciso preciso per cenare con noi, – lo trascinò in sala da pranzo.
– Conosce tutti i miei ospiti, vero?
Paolo abbozzò una sorta di sorriso a Manfredi, che ricambiò. Si strinsero la mano. Che Vanina e il medico fossero amici, purtroppo, era e sarebbe rimasto un dato di fatto, tanto valeva fare buon viso.
Giuli lo abbracciò. – Ciao Paolo!

Pappalardo accennò una sorta di riverenza. Si presentò.
– Ah, il famoso Pappalardo. Sento spesso parlare di lei, – disse Paolo.
L'uomo tornò a sedersi, appagato da quell'attestazione di stima. Vanina presentò Chanel, che davanti al magistrato s'ammutolí. Paolo le strinse la mano.

Il nono posto a tavola fu approntato in pochi minuti dalla vicina che, secondo la solita filosofia del «se no che l'accattai a fare» aveva tirato fuori tovaglie di corredo e servizio buono. Persino i bicchieri a calice. Paolo si accomodò tra Vanina e Bettina, che lo guardava con occhi incantati. Ormai era cosa nota che la donna avesse un debole per il magistrato, cosí come erano note a Vanina le preghiere che la vicina rivolgeva giornalmente a Padre Pio affinché si adoperasse per riconsolidare il legame tra loro due.

Della busiata con le polpette rimase un misero fondo e la parmigiana sparí quasi interamente. Stavano per attingere al vassoio di dolci di Giuli, quando Bettina partí di corsa verso la cucina.

– Eccolo! Tornò finalmente! – Bianchino, il gatto che dal giorno dell'incendio era sparito, aveva fatto capolino dalla portafinestra.

La vicina si chinò per accarezzarlo e rimase a osservarlo. Lo prese in braccio e lo appoggiò sul ripiano incendiato della cucina. Appena toccò la cera della candela il gatto ritrasse la zampa, rizzò il pelo e la coda mezza bruciata. Come una furia uscí dalla finestra facendo sbattere la vetrata.

Bettina iniziò a ridere e non smise piú.

Vanina si alzò per capire cosa fosse successo e la vide piegata in due.

– Bettina, che fu?
– Nenti, trovai il piromane, – e rideva.

Il gatto, uscito dalla finestra, rientrò dalla porta. Vanina lo guardò, vide la coda e capí. Iniziò a ridere pure lei.
Ricostruirono con Pappalardo la dinamica dell'incendio. Bianchino doveva aver rovesciato la candela accesa, che aveva appiccato il fuoco alle tendine. Nel fuggire attraverso la finestra che Bettina aveva lasciato semichiusa, aveva fatto sbattere l'anta di sinistra contro un ferro che sporgeva dal muro, e che aveva sfondato il vetro.

Nel pieno dell'ilarità generale il citofono di Vanina suonò di nuovo.

– E ora chi può essere?

Andò a controllare. Paolo la seguí.

Il videocitofono mostrava solo una spalla, femminile.

– Chi è? – chiese.

La persona che era là davanti si spostò al centro. Vanina aprí subito il portone, scambiò un'occhiata stupita con Paolo e si diresse verso il portoncino di ferro.

Costanza salí la rampa di scale con in mano una valigia piú grande di lei.

– Cocò, ma tu che ci fai qui? – la accolse.

Per tutta risposta Costanza la abbracciò, per un tempo un po' troppo lungo perché non ci fosse qualcosa sotto.

– Vani, scusami se ti sono piombata in casa senza preavviso, ma volevo allontanarmi da Palermo e non sapevo dove andare.

Vanina si preoccupò. – Ma perché, che successe?

Costanza esitò un attimo, poi sparò.

– Ho lasciato Tommaso.

*Ringraziamenti.*

Ognuna delle indagini che affido alla squadra di Vanina, compresa quella in cui la mia poliziotta affianca i suoi colleghi palermitani, è in tutto e per tutto opera della mia fantasia. A parte poche, consapevoli eccezioni, lo sono anche i protagonisti e gli ambienti in cui essi si muovono e operano.

Perché le procedure con cui l'indagine viene svolta non siano troppo inverosimili e si mantengano il piú possibile fedeli alla realtà di una squadra Mobile, durante la scrittura entra in azione una schiera di «consulenti-amici» esperti della materia, che come sempre ringrazio di cuore. Se di volta in volta vi accorgete che vi consulto sempre meno è merito vostro che, in qualche modo, mi avete insegnato il mestiere. Nello Cassisi, il grande commissario. Rosalba Recupido, la super magistrata. Cristoforo Pomara, maestro di medicina legale. Paola Di Simone, la vera Paola della polizia Scientifica.

Per la cortese consulenza sulle cariche della Polizia di Stato, ringrazio di cuore il dottor Domenico Cerbone, e con lui tutto il dipartimento di Pubblica sicurezza per l'affetto riservato a me e alla mia poliziotta di carta.

Mai come stavolta voglio ringraziare i grandi professionisti della casa editrice Einaudi, la meravigliosa casa in cui Vanina è cresciuta, che con il loro lavoro magistrale trasformano i miei manoscritti nei libri che voi leggete sostenendoli e valorizzandoli come meglio non si potrebbe. E cosí la mia amata agente, Maria Paola Romeo, Elena Tafuni e tutta l'agenzia letteraria Grandi & Associati.

Grazie di cuore ad Alessia Gazzola per le lunghe sedute di sostegno psicologico alla scrittura «matta e disperatissima» degli ultimi tempi.

Grazie alla mia famiglia per l'amore di cui mi ricopre. Sono una persona fortunata.

E infine grazie, mille volte grazie a Maurizio, mio marito, e alla sorte benevola che un giorno l'ha portato nella mia vita, rendendola meravigliosa.

Questo libro è stampato su carta contenente fibre certificate FSC®
e con fibre provenienti da altre fonti controllate.

Stampato per conto della Casa editrice Einaudi
presso ELCOGRAF S.p.A. - Stabilimento di Cles (Tn)
nel mese di giugno 2023

C.L. 25637

| Edizione | | | | | | | Anno | | | |
|---|---|---|---|---|---|---|---|---|---|---|
| 1 | 2 | 3 | 4 | 5 | 6 | | 2023 | 2024 | 2025 | 2026 |